六藏图

下

天下第一郭 ◎ 著

重庆出版集团　重庆出版社

目录

第二十二章	燕弘信：服丧	1
第二十三章	康君邺：玄智	8
第二十四章	慕容婕：夜探	16
第二十五章	伽罗：尸鸟	27
第二十六章	芸一：讨债	38
第二十七章	张九微：真相	61
第二十八章	慕容婕：魍魅	67
第二十九章	张九微：衷肠	85
第三十章	康君邺：献媚	104
第三十一章	张九微：怒吻	112
第三十二章	康君邺：遗珠	125
第三十三章	慕容婕：忍冬	141
第三十四章	伽罗：遇刺	150
第三十五章	慕容婕：入瓮	164
第三十六章	康君邺：设局	176
第三十七章	慕容婕：求药	182
第三十八章	张九微：危讯	195
第三十九章	慕容婕：抉择	204
第四十章	张九微：惊涛	212
第四十一章	慕容婕：轮回	220
第四十二章	张九微：佛珠	225

第二十二章
燕弘信：服丧

　　走在化度寺西侧的古树林中，燕弘信百无聊赖。

　　五皇子李祐和妹夫阴弘智，今日都到化度寺为太上皇超度跪经，刚才化度寺的玄智法师请了他二人去云会堂，没让燕弘信跟着，他只能一人在寺中溜达。

　　自五月太上皇驾崩，长安城内所有的教坊、酒楼都关门守丧，连李祐府中的宴饮都停了，令燕弘信憋闷已极。这国丧要服到什么时候？我来长安是要过风流快活的好日子的，现在却连平康坊都去不得。燕弘信想到此处，恼恨地抽出随身佩刀，对着面前的古槐就是几刀，生生从树冠上砍下一截茂密的枝丫。

　　"施主，"树林里不知何时冒出个八九岁的小沙弥，一脸惊愕地道，"这古槐怎么惹你了？你要如此伤它？"

　　燕弘信正不忿服丧之事，心中不悦，嚷道："一棵树罢了，你这小和尚，别管那么多。"

　　小沙弥认真起来，回道："施主此言差矣，一草一木皆是生灵，你砍断古槐的枝丫，就相当于砍掉了它的手臂。"

　　燕弘信没想到自己竟会被个小孩子教训，也拿起了派头，道："小和尚，你可知我是谁？我是五皇子的贴身护卫，也算是皇家的人，砍棵树算什么？"

　　"那又如何？"小沙弥寸步不让，"化度寺乃是高祖敕封过的寺院，如今正是国丧期间，皇子们更要尽孝。莫说是个护卫，就是皇子本人，也不能在为高祖治丧的寺院里随意损毁器物。"

燕弘信想不出话来辩驳小沙弥，登时火冒三丈，叫道："小秃子，你给我等着，我这就叫五皇子出来说道说道。"

"你去便是，我就在这等着。"小沙弥一脸硬气。

燕弘信嘴里骂骂咧咧，想赶紧找到李祐出来撑腰，忘记了阴弘智让他不要擅入云会堂的嘱咐。他自幼习武，感官比一般人敏锐，一踏进云会堂，便觉察出只有东南角的厢房有人，于是快步走近。

"父亲，"这是阴弘智的声音，"仇人终于死了，你和兄长们在天有灵，可以安息了。"

仇人？燕弘信听阴弘智的语气颇为反常，下意识地把要叩门的手缩了回来，竖起耳朵。

"阴侍郎，如今太上皇已经崩逝，还望你能够放下仇恨，节哀顺变。"

"法师，"阴弘智听着十分激动，"我盼这一天已足足十七年。父兄惨死至今，我阴氏家祠，连他们的牌位都不能供奉。若不是法师慈悲，特意为我父兄在此设了牌位，我身为人子，竟是连祭拜他们都不能够。"

燕弘信立刻明白了阴弘智口中的仇人是谁。其实在妹妹与阴弘智议亲前，阿耶也有顾虑，直到当时还是秦王的圣人纳了阴弘智的姐姐为妃，阿耶才敢与阴家结亲。想不到他竟然如此大胆，在化度寺为阴世师私设牌位，还借着为太上皇治丧的借口，特意来此祭拜。此事若是传扬出去，那可是泼天的罪过。燕弘信想到此处，额角咚咚地跳了两下。

"燕壮士，你怎么不进去？我舅父在里面吗？"五皇子李祐出现在云会堂的堂口，大声地道。

燕弘信尚不及回答，身旁厢房的门便由内推开。阴弘智见到站在门口的燕弘信，微微一滞，随即对李祐道："殿下，快到屋里坐吧，我们借玄智法师的宝地吃盏茶。"

李祐应了一声，又招呼燕弘信："燕壮士也一起吧。"

阴弘智没有反对，燕弘信便一道进入厢房。房内的玄智法师为几人端上茶汤，又在镂空银质香炉中添了一盘香，就径自退了出去。那清新怡人的檀香气丝丝入骨，让燕弘信刚才还紧绷的神经渐渐放松。

阴弘智给李祐斟了一盏茶，问道："殿下，经书抄得如何？"

"已抄完三卷，"李祐揉着自己的手腕，"再抄一两日就能完成。"

"好，"阴弘智点点头，"早一日抄完，便可早一日进献给圣人。"

"舅父，你为何一定要我抄经进献？你也知道，太子和四哥请了诸多高僧为太上皇超度，恨不能宿在佛寺中。我这几本经书，就算是送上去，陛下也未必会看。"

"正是因为太子与四殿下争相请驻高僧，弄得声势浩大，你献上几卷手抄的经书，才显得朴实纯孝。过几日进宫，记得跟你母亲也带句话，太上皇治丧期间，只尽本分便好。我们阴氏一族，身份特殊，做得越多，就越会惹圣人猜忌。"

李祐将茶盏叩在食案上，不满地道："就因母亲是阴氏族人，我们连服丧都要如此谨慎，同是皇子，为何偏我就要夹起尾巴做人？"

"殿下慎言！"阴弘智板起面孔，"自古嫡庶有别，陛下爱重嫡子，无可厚非。你要多学学三殿下，他身负隋室血脉，处境不比你好；可我看他胸有城府，从不与嫡子们争锋，这几年，陛下对他愈加看重。"

"要我像三哥那样处处忍让，不管是游猎，还是击鞠，都要故意输给太子，我宁可不要陛下看重。"李祐负气地说。

"胡闹！"阴弘智也把手中的茶盏摔在案上。

燕弘信见状，忙道："阴侍郎莫恼，殿下少年心性，也就在这多说几句，真到了陛下面前，定会谨慎行事。"

阴弘智仍冷脸对着李祐，道："殿下心中焦躁未除，还是再去佛堂抄半个时辰。"

"舅父——"李祐一脸的不情愿，但阴弘智不为所动，李祐只好将茶汤一饮而尽，出了厢房。

李祐走后，阴弘智兀自悠哉吃茶，半晌都没有动静。厢房内的安静让燕弘信有些发怵，他斜眼瞥了瞥坐在对面的阴弘智：我这妹夫尚不足三十，看着却比我还要年长几岁，说起来，五皇子与他颇有几分相像，尤其是这眉宇间的阴沉。

"燕兄，"阴弘智突然开口，"适才不知你在门外，让你苦等许久，对不住了。"

"这是哪里话？我……我没站多久，也没听到什么。"燕弘信不打自招。

阴弘智双眸射出一道寒光，紧紧盯着燕弘信道："燕兄，你我两家联姻，一荣俱荣，一损俱损。我在国丧期间，私下祭奠先父，若是被外人得知，要连坐的可不止你妹妹一人。"

燕弘信听懂了他的威胁，手心冒汗，忙道："阴侍郎放心，我定会把今日听到的、看到的，全都烂在肚子里，绝不对第二人提起。"

阴弘智抽回视线，缓缓地道："燕兄懂得就好。我特意向五殿下引荐了你，也是希望阴、燕两家，可以和衷共济。说到底，你我二人未来的福祉，都系在五殿下身上。你如今做了他的贴身护卫，很多事，我还要仰仗你的消息。"

他这是要我帮他监视五皇子吗？燕弘信有点不明白。

只听他续道："对了，还有件事要提醒你，平日你如何花天酒地我不管，但而今正是国丧，切不可被抓到去了什么不该去的地方。五殿下府中，也要看紧些。"

燕弘信不好意思地挠了挠头，只把话题引向李祐："阴侍郎多虑了，五殿下……五殿下恐怕看不上那些庸脂俗粉，他每日心心念念的，都是李靖将军家的张娘子。"

"哦？就是那个李药师夫人家的侄孙女？"

"正是。殿下虽未明说，但我看得出来，他对那张娘子，很是上心。平日里不管遇到什么好玩的，总记着要给张娘子送一份。"

"李药师……"阴弘智摩挲着手上的玉扳指，"当年他也是隋室的忠臣，得知李家起兵，特意伪装成囚徒，要给炀帝报信，谁知阴差阳错被困长安。他与我父亲一同被绑缚刑场，我阴氏一族惨遭屠戮，他却活了下来，还建功立业，富贵双全。"

"可近日利州刺史高甑生不是才参奏了李将军谋反吗？"

"谋反？"阴弘智冷哼一声，"李药师虽识时务，却绝不会做谋反这等大逆不道的事。那高甑生跟随李药师讨伐吐谷浑，在途中贻误兵机，差点坏了大事。李药师按军法处罚于他，他心怀怨怼，一回来就伙同广州都督府长史唐奉义参李药师谋反。此人也是秦王府的旧将，没想到竟会愚蠢至此。陛下若对李药师不信任，又岂会屡次将治军大权委任与他？"

"那如此说来，李将军此番大破吐谷浑，又是奇功一件。以他在军中的威望，若是能与五殿下结为姻亲，将来必是很大的助力。"燕弘信对自己的献策很是自得。

谁知阴弘智却冷笑道："你当李药师是谁？他能出将入相，靠的可不只是用兵如神。满朝文武，何人及得上他的精明谨慎？他自知功高，又与李孝恭、李道宗、李世勣这些军中重臣交好，是以每次遭遇弹劾，都自请其罪。统领相权后，更是恂恂不言，从不与房玄龄、长孙无忌等做无谓争执。你道他辞官时，陛下跟岑文本说了什么？陛下称，要以李药师为一代楷模。在陛下眼里，他不只是从无败绩的军中神将，更是不贪权、知进退的范蠡张良。这样的人，面对于他有知遇之恩的陛下，尚且还要在玄武门之变中保持中立，如今又岂会随意与皇室结亲？"

"那……"燕弘信有些赧然，"那是否要劝阻五殿下不要与张娘子继续来往？"

"暂且不必。殿下性子执拗，劝阻未必管用。况我听闻，四皇子似也与这张娘子走得近，我倒想看看，李药师一世英名，要怎么把这事摘得干净。"

燕弘信颔首应允。从前在凉州时不觉得，可到了长安后，每次见到阴弘智，都愈加看不懂他眸色中的晦暗难明。

"燕兄，我与玄智法师还有些佛理要论，你先去佛堂陪五殿下抄经吧。"

燕弘信心知阴弘智是要支开他，乖乖起身，临出门前却没忍住说了一句："阴侍郎，你的事我本不该多言，不过这玄智法师……到底是外人。"

阴弘智听罢，投来森然一瞥，让燕弘信头皮发麻。不知为何，自己对这个妹夫总有那么一丝惧怕。他立刻知趣地退出厢房，离开了云会堂。

李祐还在佛堂里抄经，燕弘信不耐烦听和尚诵些阿弥陀佛，跟李祐知会一声，就到化度寺的山门处等他。化度寺的山门正对着义宁坊的坊门，坐在山门处看街上的热闹也比听和尚念经要好。可燕弘信刚出得山门，就被之前古树林里小沙弥叫住："这位施主，我在古树林里等了你许久，你在国丧期间，损毁御敕寺院古木，岂能说走就走？"

燕弘信差点忘记还有这个小沙弥，他见小沙弥手里还拖着那株被自己砍下的枝丫，不禁苦笑：这小秃子，怎么没完没了？

"小和尚，这树枝就是我砍下的，你要怎样？"

"你什么错，我说了不算。咱们得到住持面前分辩清楚。"

· 6 ·

燕弘信见这小沙弥不依不饶，便唬道："玄智法师你知道吗？我跟玄智法师是朋友，是他专程邀我来化度寺的，他肯定会跟住持解释我是无心之失，住持也不会怪我的。"

小沙弥听后反而捂着嘴笑起来，道："阿弥陀佛，施主，你在佛祖座前乱打诳语，也不怕佛祖怪罪？刚刚你就说是五皇子的贴身护卫，现在又说是玄智法师的朋友，你怎么不说你是菩萨转世呢？"

燕弘信还是头一遭被个小孩子讥笑，怒道："小秃子，你不要欺人太甚，别以为我不敢打小孩。"

"哼，"小沙弥撇撇嘴，"我才不怕你。我就是玄智法师座下的弟子圆悟，咱们这就去请玄智法师，看看他到底认不认识你这个扯谎之人。"

燕弘信当即就想奔进寺内去请玄智法师，但马上想到阴弘智刚因偷听一事训诫了自己，自己若是因与一个小和尚的争执去找玄智，势必又要被阴弘智斥责。正犹豫间，小沙弥一把扯住燕弘信的衣袖，道："走，跟我去见玄智法师。"

燕弘信哪里肯，但在佛寺山门前，又不好直接动手打人。他心中想着李祐与阴弘智不定何时就要出来，看到这一幕，岂不丢人？奈何小沙弥就是不肯松手，燕弘信心中愈发着急。

就在这时，山门外忽然走来一人，隔着几步远叫道："这不是燕郎君嘛。"

第二十三章
康君邺：玄智

　　康君邺在义宁坊门口的食摊上，刚点了一碗热气腾腾的馎饦。囫囵地吃进一口，咦？怎么这么酸？他朝碗中看去，才发现是自己错把醋倒进了馎饦的面汤，唐人惯食酸味，可康君邺一个康国人，真不喜欢这味道。罢了，反正我也不是真饿了，他用竹箸搅着馎饦，视线又回到了义宁坊内的化度寺。

　　这寺院仅看山门，便已十分气派。远望入内，正殿有青黑色的双层檐顶，一大一小，红色的檐柱撑起飞扬的檐角，七间殿门中开着的三间，香火缭绕。

　　阿耶的信中多次提过化度寺，他说寺内的僧人经常周济穷苦，他们不分汉胡，对谁都是一视同仁。阿耶因此也时常偷偷给化度寺布施，还与寺中住持僧邕大师交好，只不过碍于胡人的身份，不能经常入寺探望。

　　康君邺跟义宁坊内的人都打听过，这个僧邕大师已于贞观五年圆寂，当年他座下的那五名出家人，也确实如何念山所说，自大火之后，再无人见过。

　　石大童按照康君邺的吩咐，分派了几队人手于三阶宗长安的三座寺院外盯梢，每隔几日就向康君邺汇报。恰逢高祖驾崩，百日重孝期内，长安城的所有寺院都为高祖治丧，进出寺院的人多为宗亲与权贵，斯鲁什质库派去盯梢的人，竟因此一下子识得了许多长安贵人的面孔。

重孝期过后，只有曾被皇家敕封过的寺院继续为高祖超度诵经，化度寺也在其列。康君邺就住在义宁坊，日日都能经过化度寺的山门，很想进去一探究竟，可自从在祆祠里被米世芬闹了那么一出，他不敢贸然进入佛寺，以免再被人抓到把柄。石大童说，米世芬似乎也得了为苏尔万商团在长安交易的差事，一直没有离开长安。康君邺因此更加谨慎，今日到这食摊上，并不为填饱肚子，而是要借故盯着化度寺。

欸？那不是……一碗馎饦尚未吃完，化度寺山门前出现一个熟悉的身影。康君邺立刻丢下几文钱，起身走向山门。

"这不是燕郎君嘛。"康君邺一副惊讶的神色迎上去。

燕弘信不知为何正被一个小沙弥扯住衣袖，满脸怒容，他见到康君邺，也有点吃惊："康使者……"

康君邺快步走近，指着二人不解地道："燕郎君这是？"

小沙弥先开了口："是他，他砍断了寺内古树的枝丫，非但不道歉，还狡辩说自己是皇子的贴身护卫，当真大言不惭。"

燕弘信涨红了脸，叫道："小秃子，你胡说什么！"说着就要使蛮力，撂倒那小沙弥。

康君邺急忙拦住，然后笑意不减地对小沙弥道："小师父，我可以作证，这位燕郎君的确是五皇子的贴身护卫。"

小沙弥扭了扭眉毛，对康君邺打量一二，问道："你是何人？你不是大唐人士，我为什么要相信你的话？"

康君邺躬了躬身，拿出金色的火焰纹符牌，道："我是康国往长安朝贡的使臣，姓康，名君邺。我入宫赴宴时，曾在宫中见过五皇子和燕郎君。"

小沙弥狐疑地松开一只手，道："就算他真是皇子的护卫，但在国丧期间，随意损伤曾被高祖敕封过的寺院的古物，就是不对。"

燕弘信嚷道:"不过就一根树枝——"

康君邺对燕弘信摆摆手,打断道:"小师父,你说的枝丫可就是你身后这枝?"

"就是它。它好端端地长在树上,现在却死了……只能当柴烧了。"小沙弥的语气中全是不忍。

"小师父,它可没有死,"康君邺笑道,"这种槐树,砍掉的枝丫可以再栽种入土,侍弄得当的话,还会再长出一株新树。"

"真的?"小沙弥惊喜地抬头,抓着燕弘信衣袖的另一只手也松了。

"我岂会骗你,在我们西域,经常会砍掉大树的枝丫,用于栽种新树。"

小沙弥瞬间雀跃,拍着手道:"太好了!我现在就去锄土,让它再长出一棵新树。"

他澄净的眼眸里闪动着康君邺许久未曾见过的天真,康君邺突然有点感动,从怀中取出一贯钱,递给小沙弥,道:"小师父,你的善念我深为感怀,这贯钱就当是在下的布施,我也盼望你能早日种出一棵新树。"

燕弘信也赶紧掏出一枚小小的猪腰银,塞给小沙弥,道:"小和尚,虽然我常来化度寺,但还没正经布施过,今日也算我一份。"

小沙弥瞅着手里突然多出的财物,有点不知所措,道:"你们要布施,可以进去寺院,这样塞给我,不好吧。"

康君邺笑道:"小师父,我来自西域,是光明之神阿胡拉的信徒,怎好进去佛寺?今日正好撞见,与你有缘,就劳烦你代我去佛前布施吧。"

"就是,就是,"燕弘信急于摆脱小沙弥,推着他往回走,"你再不去锄土种树,这株树枝可就种不活了。"

小沙弥一听,赶忙拖着树枝往古树林跑走了。燕弘信这才转向康君邺，拱手道："哎呀，康使者，今日真是要多谢你，你不知道，这个小和尚有多难缠。"

"哪里，哪里，燕郎君客气了。听这小沙弥的说法，燕郎君是来为高祖诵经的？"

"不是我本人，是五皇子和我妹夫阴侍郎。他们都还在寺中。"

康君邺听罢，脑中顿生一计，对着燕弘信一脸惋惜地叹道："燕郎君，从前我在东行路上，时常听人说大唐佛法兴盛。到长安后，我住进了这义宁坊，又得知化度寺乃是座皇家敕封的寺院。可叹我一介西域人士，实在不便入寺，只能每天路过的时候，在山门前多瞅几眼。"

燕弘信奇道："康使者何时对佛法如此感兴趣？"

"我不是对佛法感兴趣，只是我国国主曾经会见过从长安西行取经的玄奘法师，很是感佩。我想着，若我能在长安结识些高僧，他日回国，也可以在国主跟前说上几句，"说着冲燕弘信挤挤眼，"可惜啊，我异乡人，怕是没有这样的机会。不像你，身为皇亲，可以随时结识高僧。"

燕弘信一听"皇亲"，不自觉挺了挺腰杆。他刚想说话，化度寺内走出一个华服男子，招呼道："燕壮士——"

康君邺一眼就认出，此人正是在东宫夜宴上，差点让自己难堪的五皇子李祐。不等他站定，康君邺躬身见礼："康国使臣康君邺，拜见五殿下。"

李祐眯起眼睛也认出他来，略感诧异地问："咦，你不就是来长安献狮的那位？你怎么会在此处？"

"回殿下，臣就住在义宁坊，刚才经过山门，无意中撞见了燕郎君。臣和燕郎君也算是旧识，当然要来问候一番。"康君邺恭敬地低了低头，瞥见李祐腰间的蹀躞带上有一枚木质镂空的挂坠，好像与珂雅的那枚很像。

燕弘信也道:"五殿下,康使者常年行走西域,见多识广,很想跟化度寺的高僧切磋佛理。不过,碍于他是康国使臣,不便入寺,所以我们才在山门外攀谈。"

"哦?这有何难?"李祐不以为意地挥挥手,"我素与玄智法师交好,近来为高祖抄经,多得他指点。过几日,我要在府上斋请玄智法师,到时,就让燕壮士也给康使臣送张请帖。"

康君邺大喜,忙躬身致谢:"多谢五殿下成全!"

不几日,燕弘信果然送来五皇子的请帖,他主动提出接康君邺赴会,倒省得康君邺去找石大童借马。

因仍在国丧期内,五皇子府中寡淡得很,歌舞宴饮一律没有,不过王府里的素斋,也远不是普通百姓家中的粗茶淡饭可比。即便如此,康君邺看得出来,燕弘信早就受不了没有荤腥的日子,一顿饭吃得愁眉苦脸,什么都不对他的胃口。

简单的斋饭过后,李祐的舅父阴弘智也到了王府。此人远比燕弘信长得俊美,只是面容中有一股化不开的忧思,让他鬓边初现的几根白发,分外显眼。相比之下,玄智法师却是出乎意料地年轻,长眉若柳,一双眸子乌黑如玛瑙,身上的僧衣固然朴素,却掩不住他周身的矜贵气度。

这玄智法师并不是化度寺的住持,只是辈分高一些的僧人,可他身上哪有半点出家人箪食瓢饮的痕迹?难道安元寿的怀疑是真的?三阶宗真有什么珍藏?康君邺这样思忖,免不了又多看了玄智法师几眼。

玄智法师似有觉察,便问道:"五殿下说,康使臣是想与贫僧切磋佛理?贫僧不解,康国人都信奉祆教,康使臣怎会对佛理产生了兴趣?"

康君邺笑道:"怪在下之前没说清楚,我确是祆教信徒无疑,只不过此次东来长安的路上,先是在高昌国被佛陀留经,后来因缘际会，又因怀中的经书捡了一条命，是以很想听听佛理。"

他这一说，立刻成功挑弄起众人的好奇。康君邺便绘声绘色地将在高昌被佛陀留经、得老僧相赠《维摩经》，以及在吐谷浑如何从箭下逃得性命的遭遇都讲了。席上诸人，包括一直冷淡的阴弘智，听完之后都难以置信地连连赞叹，看康君邺的眼神友好了许多。

"所以，"康君邺总结道，"在下一直觉得，我也许是和佛家有缘，就算我仍是阿胡拉的信徒，也总想去佛祖面前告拜一番。怎奈我有使臣的身份，不敢在众目睽睽下前往佛寺，这才要通过燕郎君，与法师结识。"

玄智法师双手合十："阿弥陀佛，今日听康使臣一言，更是我佛慈悲的明证。佛陀愿度一切众生，若执着于不同教派的门户之见，倒是违背了礼佛初心。康使臣放心，若你愿意去佛前叩拜，我自可安排。你既住在义宁坊，不如就在夜里前来，这样既能圆你心愿，也不会引人注目。"

康君邺等的就是这句话，忙道："法师心胸宽宏，在下求之不得。"

几人吃着茶，又说了一阵，康君邺忽然笑眯眯地道："法师，在下还有一事想请教，若是问得唐突，还望你恕罪。"

"康使者但说无妨。"

"在下到长安后这几个月，总在酒楼食肆里，听别人说起化度寺中曾有一名为六藏图的圣物，据说是信行大师留下的，可后来在兵乱中遗失，不知这六藏图到底是什么宝物？"

一旁的阴弘智蹙起长眉，不满地问道："康使臣，你打听这个做什么？"

"实不相瞒，"康君邺眨了眨眼，"我国国主最喜欢听此类轶事，国主不能亲自出使各国，但凡能多讲些轶事的，都能在国主身边谋个一官半职。在下随商团行走西域已经十多年，可谓历经生死，真的不想再过这种挣命的生活,遂一路搜集沿途各国的稀奇事,打算记录成书,待回国之后,献给国主。或许我就可以不再走货,而是娶妻生子,安定地在飒秣建城过下半辈子。"

燕弘信听罢,笑道:"看不出康使臣还是个恋家之人。"

康君邺假装红了脸,道:"康某没什么大志向,让各位见笑。"

玄智法师微微一笑,回道:"想平安顺遂,是人之常情,康使臣不必妄自菲薄。不过,使臣恐怕要失望了,我化度寺中,从无所谓圣物,贫僧更是不知六藏图为何物。"

"哦?"康君邺惊讶万分,"可长安城中传得有鼻子有眼,难道竟是谬闻?"

一旁的燕弘信挠了挠头,也道:"我也在酒楼里听人说过这六藏图,法师当真没见过?"

"的确如此。贫僧自武德年间在化度寺出家,一直侍奉先师僧邕大师直至他圆寂。先师僧邕大师乃是信行祖师的直传弟子,跟随信行祖师从相州来到长安。他在世时,我从未听他说起过什么六藏图。"

康君邺拿不准玄智所言是真是假,遂道:"这还当真奇怪。化度寺之中没有的东西,竟然会在街头巷尾传言至此。"

玄智法师道:"其实,我和住持也一直不解,为何长安城中会有如此传闻?信行祖师根本不擅书画,且晚年患病,卧床不起,连观想都只能在床上进行,又如何能画什么图?先师常说,信行祖师誓度众生,节衣缩食,亲服劳役,只愿秉承大乘法,布施穷苦。供奉圣物这种事,他绝对做不出。"

"玄智法师所言有理,"五皇子李祐也开了口,"我万没想到,这长安百姓中,竟有人会信此种无稽之谈。不知道的,还以为是圣人的教化之功不足。"

康君邺敏锐地感觉到,李祐刚说完,阴弘智即向他投去责难的一瞥。李祐登时目光躲闪,有点尴尬地摩挲着蹀躞带上的挂坠。

"五殿下多虑了，"康君邺作势笑了几声，"天可汗的威名远播四海，才有而今的万邦来朝。像我这样的外乡人，只觉得长安就是最富贵繁华的梦乡，岂会因为此等谣言，就对大唐有了偏见？"

康君邺的话，让阴弘智的表情缓和，李祐忙道："使者所言甚是。"

"我看殿下刚才一直把玩这个红珊瑚珠的挂坠，"康君邺指向李祐腰间，"不知可否借与康某一观？"

李祐愣了一下，但还是解下挂坠，递了过来。康君邺定睛细看，这挂坠的样式，果然与珂雅的那件如出一辙，唯一的区别就是镂空香木中的珠宝不同。

他将挂坠凑在鼻尖嗅了嗅，赞道："好香。没想到殿下这挂坠看着小巧，却有如此不同寻常的香气。康某见过的香料甚多，眼下却说不出这具体是什么香。"

康君邺正要把挂坠还给李祐，玄智法师也起了兴致，讨过去仔细闻了闻，品评道："浮在表面的有白檀香气，还有苏合香，可却又不止这些。"

这和尚还懂香料？康君邺心下略微惊异。

只听他又道："敢问殿下，是在何处得了这么一个宝贝？"

李祐脸上微微一红，回道："是朋友送的，听说是西市懿烁庄的货品。"他说着又把挂坠讨了回去，显然这是他心爱之物。

又是别人送的？珂雅只是舞姬，李祐却是皇子，他们的随身之物却都来自同一家商铺。看来，这个懿烁庄，有空我也得去逛逛。

第二十四章
慕容婕：夜探

楚州东接东海，西通淮水，南北分别与运河的邗沟、通济渠相连，是江淮一带，除了扬州之外，最为繁华的港口。

这些天跟着丁元与萧岚，慕容婕得知了不少关于楚州的事，比如从倭国、新罗、百济来的船只，大抵会从楚州靠岸，而非扬州；又比如，楚州民风较扬州更为质朴，这里除了港口，还有城外的万顷水田，不像扬州那般商贾侩气。

萧岚的家就在楚州治所山阳县外。这处名为憺寿山庄的庄子，外观古拙，掩在环绕的绿树之中，并不起眼，但入内之后，才知山庄内廊桥水榭，一进院子连着一进院子，颇具规模。

萧岚引着慕容婕和丁元来到内院的正厅，中州派掌门萧元德、清宁师太、芸一，早就等在那里，他们一见慕容婕，纷纷上前见礼。

清宁师太合十长揖道："木施主，救命大恩，无以为报。所幸施主得佛祖菩萨庇佑，一切安好，不然……不然贫尼这后半生，都于心有愧。"

"师太，"慕容婕扶起她，"当日在商船里，你曾经对我说过，佛家最讲求因缘。世上之事，诡谲难测，我识得芸一，救得师太，或许都是因缘使然。如今我活得好好的，师太又何必在无常人世间，徒增牵绊呢？"

慕容婕虽是就事论事，但语中有一种勘破世情的萧索，让厅内诸人一时都陷入了沉思。

"诸法因缘生，诸法因缘灭，因缘生灭法，佛说皆是空。"萧元德身后的坐床上，一个温柔的声线打破了沉默。只见一个消瘦的中年女子斜倚在凭几上，她面色萎黄，不施粉黛，然而五官秀美灵动，有种说不出的天真姿态。

"这位想必就是萧夫人。"慕容婕见她一脸病容，便猜出了她的身份。

她温煦一笑，微微欠了欠身，道："妾有恙在身，不便起身，望木娘子勿怪。"

众人落座后，她又道："没想到木娘子年纪轻轻，对佛理所悟却通透。世间诸般皆无常，该来则来，该去则去，过分执着，只是徒增烦恼罢了。"

"阿娘，"坐在一旁的萧岚急道，"你的身子已有了起色，莫要再说此等丧气话。"

萧夫人伸手握住萧岚的手，叹道："岚儿，生死有命，终有一日，你是留不住阿娘的。"

萧岚腾地坐起，扯住萧夫人的胳膊靠了上去，澄澈的眼睛中盈满恐惧，道："我不管。我就要阿娘永远陪着我。"

"阿姐，"清宁师太也蹙着眉道，"做什么要吓唬岚儿，郎中不是说了，这次的确是大好了。"

"萧伯母吉人自有天相，一定会好起来的。"

"就是，就是，夫人只管放宽了心。"

丁元和芸一也都加入劝慰的行列。慕容婕瞥了瞥坐在主位上的萧元德，他虽未说话，但眸色深沉，关切之余，忧思难解。看来萧夫人的病情，也许并不像萧岚之前说的那样乐观。

"好了，好了，我不说就是了，"萧夫人见众人都开始嘘寒问暖，忙岔开话头，"木娘子，我听萧郎说，你是长安人氏？敢问你住在长安哪个里坊？"

"从前在平康坊住过一段时间。"

"平康坊……平康坊我倒是没怎么去过，"她说着转向清宁师太，"清宁，你还记得平康坊什么样吗？"

"这……"清宁师太有些无措，"阿姐，平康坊是……是妓馆云集之地，我怎么会记得？"

"哦。"萧夫人恍然，不好意思地笑了笑。

慕容婕奇道："难道萧夫人和清宁师太也是长安人氏？"

萧夫人略微踟蹰，答道："算是吧。十多年前，我和清宁也住在长安，如今想来，恍若隔世。"

慕容婕被勾起好奇，问道："哦？那萧夫人和清宁师太，怎么会来了楚州？"

"这……就说来话长。"她轻咳了两声。

萧元德立刻问道："可是累了？要不就先回厢房歇息？"

萧夫人摆摆手："整日窝在厢房，没病也要憋出病来。我难得遇上长安来的人，萧郎就让我同木娘子多说几句。"

萧元德没有反驳，只是细心地为萧夫人身后多加了一个腰枕。慕容婕佯装吃茶，又留心多看了几眼萧元德双手手腕，确实并无任何念珠。

只听萧夫人接着道："当年，我和清宁为避兵乱，去了扬州，后来在扬州遇到萧郎，这样一来二去，就再未回过长安。这辈子，恐怕也没有机会再回去看看了。"

萧岚一听这话，又紧张起来，慕容婕忙道："长安确实繁华，却未必有江南的好风光。我同丁兄与萧娘子来的路上，见楚州一带城郭连着水田，田园诗意，美不胜收。"

芸一也附和道："就是。这憺寿山庄，乃是萧掌门为萧夫人专门而建，萧夫人在这样山清水秀的地方将养，岂不正好？"

萧夫人淡淡地笑了笑,没再接话。

慕容婕想起师父曾说,化度寺的本济和净名都是扬州人,便顺势问道:"萧夫人说,是在扬州遇上的萧掌门,那想来萧掌门是扬州人氏?"

萧元德点点头,回道:"不错,祖上是在扬州。不过我与夫人都不喜喧闹,加上扬州也没剩多少还可以来往的亲戚,索性就举家搬来楚州。"

他果然是扬州人,慕容婕心思轻转,又问:"从前我听芸一说萧掌门乐善好施,常去佛寺布施,今日又听萧夫人直言佛理,二位难不成是由于清宁师太的缘故,也修习佛法?"

此话一出,他三人脸上都有些不自在,最后还是清宁师太答道:"木娘子误会了。阿姐和姐夫在我出家前,就笃信佛法,若说影响,那也是我受他们的影响才是。"

慕容婕注意到三人的微妙反应,正自寻思要如何继续发问,丁元却忽然插话道:"萧世伯,我阿弟去了哪里?怎么也不见萧熠弟弟?"

"哦,熠儿吵着要去扬州游玩,正好丁同与陆督主要去扬州办事,就一道去了。说来也是不巧,他们昨个才离开楚州。岚儿没有提早送信回来,不然我定要他们晚一天再出发。"

"不碍事,我和阿弟总能见到,还是中州派的事务要紧。"他嘴上如此说,可慕容婕看得出来,丁元对于见不到丁同,有些失望。

正说着,萧夫人又是一阵咳嗽,道:"木娘子,我身子不适,恐怕要先行告退。不过,萧郎和我,都希望你能在憺寿山庄小住一阵,让我们一尽地主之谊。木娘子是长安人,对佛法也有体悟,我很想与你交个朋友,娘子要是不嫌弃我这缠绵病榻之人,就请多住几日。"

师父要我探查萧元德的底细,住进萧家,不正是个难得的机会?慕容婕没有多犹豫,便应道:"萧夫人盛情邀请,我岂敢推辞?"

"如此甚好。清宁和元儿也都住下,我不能出门,平日里只有岚儿陪我说话,怪闷的。有你们在,我也难得热闹热闹。"她的神色中透出一股与年龄不相称的娇憨,仿若年节里的小孩子,多给一块糕,都能开心半晌。

一晃,慕容婕随丁元在憺寿山庄已住了数日,师父交予的任务却半分进展也没有。萧元德因惦记萧夫人的病情,不常出门,只要他在,慕容婕便不敢在山庄内随意走动。他听音辨位的功夫很是了得,贸然行动只会打草惊蛇。

慕容婕希望能在憺寿山庄多住些时日,便总是去找萧夫人和清宁师太叙话。几次下来,她发现萧夫人与清宁师太,无论是行礼、走路、吃茶,举手投足间,都一样仪态万方。此外,二人似乎对吃食、茶水、熏香都颇为讲究,萧夫人也就罢了,清宁师太一介出家人会如此,令慕容婕心生疑窦。

长安人氏,容貌出色,又是这般举止,难道她二人来自长安的官宦人家?慕容婕几次在闲谈中试探,可每当言及过去在长安的经历,她们又总是含混带过。

尚未想清这一节,扬州传来消息,有笔大的漕运买卖需要萧元德亲自督办。他走后的第二日,慕容婕终于抓到机会,趁傍晚山庄内诸人都各自回房歇息,才施展轻功,悄无声息地摸到了萧元德的书房。憺寿山庄内,除了会客的厅堂与卧房,萧元德最常出入的,就是这里。

借着晚霞的余炽,慕容婕在书房内翻找着,几案与柜阁上除了中州派的文书和账簿,最多的就是佛经。慕容婕找了一阵,并未发现什么特殊物事。

如果萧元德真是化度寺的和尚,那串佛珠,他就算不随身携带,应该也不会放在显眼的地方。慕容婕思忖着,又打量一番书房内的布置。这房中唯一有点不寻常的,便是东南角的那处香案。香炉、蒲团一样不缺，可墙上却没有佛龛，只挂着一幅山水画。

有蒲团和香案，定是萧元德打坐或是叩拜的地方，他笃信佛法，按理说这画中应是佛像，怎么却是山水？慕容婕想不明白，又仔细朝画中看去，忽觉似曾相识——这画中的地方，不正是爊明谷？群山沟壑中，还能看得到丁元抚琴其上的那方山崖。

绘画之人显然对爊明谷很是熟悉，险峰、流泉、村舍、岩洞，都绘制得惟妙惟肖。再看到下方的竹林里，有个和尚闭目打坐，旁边还围着许多鸟兽。这是什么意思？难道是类似佛陀舍身饲虎的佛经典故？这幅画没有题字，也没有印鉴，萧元德把这样一幅画挂在书房，是何用意？

慕容婕在香案四周和画的背面，摸索一番，也没找到可能的暗格。她不死心，又回到书房的主案。主案上有一个精巧的漆盒，里面都是信笺，慕容婕实在找不到别的线索，只能从这些信中碰碰运气。

此时，夕阳已沉，室中光线微弱，慕容婕先贴在门上听了听外间的动静，然后在墙角点燃一截蜡烛，自己也缩进角落，一边挡住火光，一边迅速地拆阅。

信中的内容大抵都是中州派的漕运生意，个别两封，提及了在运河沿岸查找黑衣人的行踪。

师父已经返回吐谷浑，一时半会你们怕是找不到他了，慕容婕暗暗得意。

接下去的几封，都和萧夫人的病情有关。有海外采买珍稀药材的，也有从大唐各地搜集民间偏方的，还有一封是萧元德派人去畿内道寻访药王孙思邈的回信，这封信的日期就在上月，看来所谓萧夫人病情好转，并不确实。

一盒子的信笺很快看完，仍然没寻到任何和萧元德过去有关的信息，慕容婕失望地站起，将信笺按顺序重新放回漆盒。

就在此时，外间的院子里忽然不近不远地传来许多脚步声——

慕容婕这才意识到，自己站起前忘记掐灭烛火，定是被巡逻的中州派弟子发现了亮光。

她不及多想，迅速压灭蜡烛，揣进衣内，随即飞身跃至门前，就要闪身而出。可就在推开门扉的刹那，一股凌厉的掌风催来，逼得慕容婕后退几步，她回身接招的同时，抽出匕首，直击对方要害。匕首锋利的刀刃在昏暗的书房内映出一缕寒光，借着那抹转瞬即逝的光线，慕容婕和来人同时认出了对方。

丁元即刻收掌，但慕容婕这一击志在脱困，劲力极大，勉力回撤虽改了方向，仍嗤的一声，在丁元肩头划开一道血痕。

丁元不顾肩上的伤口，小声问道："怎么是你？"

"我……"慕容婕情急之下编不出理由，只焦急地朝外间张望。院子里跑动的脚步声越来越近，想从正门出去是不可能了。

丁元略一迟疑，抓起慕容婕的手腕，道："跟我来。"

他带着慕容婕走到书房侧面仅有的一扇窗户前，在边缘轻推两下，整个窗户竟然平行转开，露出一间小小的暗室。慕容婕之前只当这是寻常的窗户，未曾理会，哪知这竟是萧元德书房中的机关。

"你怎么知道这里有暗室？"

丁元不答，只催促道："快进去。"

两人赶在中州派的弟子进到书房前躲入暗房。慕容婕屏住呼吸，一动也不敢动，身边的丁元也是如此。黑暗中，慕容婕突然生出一丝与暗室外的嘈杂无关的胆怯，她意识到即将面对丁元的诘问，只想就这样永远地躲在暗室里，再也不要出去。

然而中州派的弟子把书房里里外外查看一番，并未发现异常，很快便撤走了。她和丁元默默对坐在促狭的暗室，明知外间已无危险，却谁也不想先提起刚才的事。

末了，几乎是在同时，二人起身推开窗户，从暗室中跳出。慕容婕见丁元关上暗室窗户时略有些吃力，歉然问道："丁兄，你的伤——"

丁元却打断道:"天色已晚,木娘子请先回房吧,"他的语气中有种不容拒绝的冷淡,"明日巳时,我在山阳县外的荷塘边等你。"

慕容婕不敢看丁元的表情,依言退出,沿着来路,回到自己的房间。

这一夜,她辗转反侧,心中编织着各种搪塞丁元的理由,却又一条条地推翻。慕容婕不知道自己究竟是担心丁元会识破这些借口,还是压根就不想欺骗他。

有那么一刻,慕容婕觉得坦承真相是最好的选择,丁元或许能够理解,但随即就被自己这样的念头吓到。不行!我在想什么?萧元德是他的世伯,于他有照拂之恩,他阿弟又与萧元德如此亲近,于情于理,他都会站在萧元德这边。我和他,不过是萍水相逢……

可我们真的只是萍水相逢吗?我们共过生死,赏过江月,那日在淮水上,他拼了命也要救我……不对,清宁师太是我推下码头的,若是丁元知晓我相救清宁师太的真实缘由,他还会在淮水上遍寻我的踪迹吗?

就这样翻来覆去直至深夜,慕容婕于半梦半醒间,又来到听丁元抚琴的那方山崖。琴音涤荡山谷之时,她听到自己说:"师父,要是你永远别来寻徒儿该有多好?"

刚说完,师父魁伟的身影就出现在丁元身后,他面无表情地看着慕容婕,同时,将一串青绿色的佛珠套上了丁元的脖颈。

"师父,不要——"慕容婕叫喊着从梦中惊醒,窗外仍是夜色深重。

她不敢再睡,只怔怔地数着房顶上的蛛网。那蜘蛛跨着八只脚爪,在蛛网上游刃有余,这层层叠叠的白色蛛丝,缚住了飞来的蚊蝇,却丝毫阻碍不了蜘蛛的脚步。

师父,你武功卓绝,为何一定要做大宁王的死士?我们,为何一定要陷在大宁王织出的蛛网里动弹不得？

　　楚州的山阳县外，水田比比皆是，而今正是秋收时节，农人们一早便光脚踩在田里，不辍劳作。那阡陌纵横中，多年前挖出了一道荷塘，塘中荷叶碧连天，深深浅浅地盖满池塘，但荷花早已凋零，一朵朵扑倒在荷叶上，只有筋脉暴露的荷梗还倔强地挺立着。

　　丁元立在荷塘边望着残荷出神，慕容婕从荷塘边的一株古树上叫道："丁兄——"

　　丁元抬头，瞧见正坐在树干上的慕容婕，稍感意外，问道："你何时到的？怎么在树上？"

　　"早就来了，你也上来吧，这里视野更好。"

　　丁元愣了一下，旋即纵上古树。慕容婕挑的这枝粗壮树干，似对荷花有着万分的依恋，斜斜地伸向荷塘。二人并肩而坐，望着树下交叠不一的碧盘滚珠，又陷入了沉默。

　　未几，丁元开口问道："木娘子，昨晚你为何会在萧世伯的书房？"他疏朗的眸色中，翻动着复杂的情绪，有不解，有惧怕，却也有一丝期待。慕容婕感到有种力量紧紧地锁住了自己的舌头，让她勉强编出的谎话再也说不出口。

　　"丁兄，"慕容婕轻叹一声，"我记得在爝明谷时，你曾说过，人生在世，羁绊甚多，身不由己处更多。我自有我的身不由己，如果我不能说，你还会视我为友吗？"这简单的一句话，却是经历了心中无数的挣扎，慕容婕的目光并不从容，隐隐熠动的忧虑之下，是深深的不舍。

　　丁元没有回避慕容婕的视线，他静静地与她对视半晌，露出了清浅的笑意。只听他道："木嫆，我就知道你不会骗我。虽然与你相识不久，可自从在淮水上共赏江月，我便觉得好似已与你相知多年。在你之前，从未有人听出过我的琴意，哪怕是同我一起长大的阿弟……我怎么会不视你为友？于我而言，你不只是朋友，更是知己。"

知己？他当我是知己？慕容婕怔怔地回望丁元，不敢相信他说出的话。

"你不知，昨夜我不敢与你对峙，"丁元继续说道，"我怕你用谎话搪塞我，我怕你不再是那个听我抚琴的人。"

"我也怕……"慕容婕喉头一热，"怕你只当与我萍水相逢，会因昨夜的事，便舍弃我。"

"舍弃你？"丁元温和地看着慕容婕，笃定地道，"我不会。我相信你自有你迫不得已的理由。你放心，昨夜的事，只要你不想说，我不会再问。只是……"

"只是什么？"

"只是萧世伯于我有恩，我虽从不参与中州派的事务，但也不能坐视中州派的利益受到损害。"

原来你以为我是为中州派的漕运生意才偷入书房。

他继续道："所以，我想与你定个君子之约。"

"君子之约？丁兄请讲。"

"第一，在楚州期间，你不得再偷入憺寿山庄的任何地方。"

我已经被发现了一次，又没在书房找到有用的线索，待萧元德回来，我也不会再有机会探查。慕容婕于是应道："好，我说到做到。"

"第二，我不希望你伤害萧家的任何人。"

萧夫人和她的儿女，本就跟十七年前的旧事无关。至于萧元德，以我的身手，根本不可能伤他。我要做的，只是把消息告诉师父，师父若是出手，应当不算我伤害的吧。慕容婕这样斟酌一番，也应道："丁兄放心，我本就没有伤人之意，我答应你。还有吗？"

丁元似乎宽心许多，道："还有，望你今后也能像今日这般，不想说的事可以直言，却不要拿谎话诓我。"

"好，"慕容婕顿了顿，"如果我也想如此要求丁兄呢？"

丁元笑道："朋友之间，原就该坦诚相待。今日我们就击掌为誓，从今以后，决不欺骗彼此。"他说着举起右手。

慕容婕与他连击三掌，丁元的手掌中有股温润的暖意，比轻拂过荷叶的秋日暖风还要恬适，纾解了人间无尽的萧瑟。两人终于卸下从昨晚就负在心头的重担，一时间皆倍感轻松。

慕容婕这才问道："丁兄，你的伤怎么样？"

"皮外伤，不妨事。"丁元大力扭了扭肩头，以示无碍。

慕容婕想起在太湖的山亭里，丁元帮自己挡下陆飞澜的竹箸时也是如此，更加歉疚地道："每次都害你受伤，我……"

"真的只是小伤，"丁元清煦一笑，"我发现木娘子你真会挑地方，从这树干上俯瞰荷塘，景致果然是与站在下面不一样。"

慕容婕知他是不愿自己再心有愧疚，才故意岔开话题，便也指着荷塘道："我自幼生活在北方，很少见到这样碧连天的荷塘，只可惜荷花都败了，又要等上一年才能看到荷花铺满荷塘的盛景。"

丁元笑道："这也未必。江淮最负盛名的荷塘就在清宁师太的荷恩寺，那里的荷塘水采自山泉，又栽有一种名为靛云丹的晚荷，每年要到入冬才会开花。你若想去，我陪你。"

"还有这等罕见的荷花？那定要去看看。"

慕容婕嘴上说着，心中却是另一番计较。眼下在憺寿山庄是查不到什么了，但清宁师太和萧夫人，处处透着蹊跷。尤其是清宁师太，她身在佛门，萧元德又诚心礼佛，或许我从她的身上，能有些别的发现。

第二十五章
伽罗：尸鸟

浩瀚无垠的东海之上，波涛起伏，流波岛的船队只张着半帆，在风雨中缓缓前行。这支船队由三艘满载香料的苍舶和一左一右的两艘斗舰组成，伽罗刚在苍舶上查看了紫棠伽楠更换香料的情况，便乘小艇又返回了斗舰。乌蒙晦暗的天空中，有两只白鸥盘旋，发出阵阵尖厉的嘶鸣。

"郑安，"伽罗见郑安独自站在甲板上发呆，招呼道，"外面雨大，你怎么不进船舱？"

"喔，"郑安仿佛刚意识到自己半边身子已被淋透，"我……我在外面盯一盯航向。"

本以为拿到六娘写来的书信，他就能不再这么失心疯，可怎么自打离开流波岛，他又是一副失魂落魄的模样？伽罗无意再提及张瑾辰，只好就势问道："我看这暴风雨一时也停不下来，咱们的航速没问题吧？"

"只要不张帆，就没事。"

伽罗将伞递给郑安，准备回舱，桅杆上负责瞭望的船员忽然叫道："有情况！西北五里！"

郑安立刻纵身蹿上瞭望台，向西北方向望去。伽罗在甲板上什么都看不到，仰着脖颈问道："郑安，可看到什么？"

"是船队，不过……"郑安眯起眼睛，面色犹疑不定。

"不过什么？"伽罗心底没来由地有些不安，虽说有斗舰随行，但郑言提过的那伙专劫香料船只的海盗，最近时常出现在脑海。

郑安还是没有答话，伽罗等不及，也攀上了瞭望台。

"你看——"郑安指着海平面上逐渐显现的点点船帆，"一共有三艘船，但在这种天气里，却张着满帆，寻常商船不会如此，而且看样子，这三艘船吃水很浅，不像是满载了货物。"

伽罗目力远不及郑安，只隐约看得到是三艘多桅大船，船帆的确全部张满，于是问道："那依你看，咱们该如何？这一单可全是香料，出海前，郑叔叔一再嘱咐我要小心东海上的海盗。"

郑安略一沉思，对着甲板上的船员吼道："传令，转舵向南，苍舶全张满帆，斗舰押后。"

斗舰上都是训练有素的船工与卫兵，听得郑安号令，迅速行动起来。伽罗无不担心地问道："可这种天气，满帆不会失了方向吗？若是再遇上风暴，岂不是自讨苦吃？"

"先确认了他们的身份再说，"郑安已经下定了决心，"如果不是海盗，自然不会随我们改变航向。"

伽罗相信郑安的判断，只是自从在离岛上受过水刑，本以为已经忘却的对暴风雨的恐惧，又连同对阿耶阿娘的记忆一道，时常缠夹在梦中。他没理会郑安让自己回船舱待着的叮咛，继续留在甲板上，紧紧盯着海面上时隐时现的船帆。

向南行驶了约一炷香工夫，船队离风暴中心越来越近，豆大的雨点砸上甲板，噼啪作响，那三艘船仍然不近不远地跟着。

郑安抓着桅杆，皱着眉道："看来这几艘船真的是来者不善。咱们往南，他们竟也往南。"

"那怎么办？"空中盘旋的白鸥又叫了一声，适时地掩盖住伽罗声线中的颤抖。

"空船更怕风暴，"郑安果断地道，"这种天气，他们不敢一直追下去。传我号令，加足马力，继续向南。"

随着船队逐渐驶入风暴中心，狂风卷着旋儿，在海上东一头西一头地乱撞，雨势密集如潮，很快就淹上了甲板。郑安沉着地在甲板上指挥船员挂帆，转舵，排水，全然不顾暗夜中的雷声轰鸣。

白鸥仍在凄厉地叫着，每一声都戳出更骇人的回忆，逼得伽罗捂起耳朵，不敢再听。可眼前这景象，暴雨、狂风、黑夜……不正是小时候商船倾覆前的样子？不！我不要再回到那片舢板上，绝对不要……

伽罗冲向郑安，叫道："郑安！咱们快返航吧，再这样下去，船就要翻了！真的要翻了！"

伽罗的叫声惹得甲板上的船员忐忑相顾，郑安从未见过伽罗如此失态，回身道："伽罗，你放心，流波岛的船结实得很，可以挺过这风浪。"

话音刚落，空中劈来一道金剑似的闪电，正打在斗舰的桅杆上。只听一声巨响，桅杆的上半段径直划破船帆，朝着甲板坠落。

"快闪开——"郑安大吼一声。

撕裂的船帆在风中疯狂摆荡，小时候，阿耶就是被船帆裹着消失不见的……伽罗被记忆中的绝望牢牢锁在原地，动弹不得。

震耳欲聋的雷鸣中，乌云似在燃烧，一股突如其来的力道将伽罗甩向船舷，眼前骤然漆黑一片。

不知过了多久，海风的咸涩顺着鼻尖涌来，紧接着是一股血腥味，伽罗不喜欢这味道，皱了皱鼻子。

"伽罗，"郑安一见伽罗有了动静，又推了推他，"你怎么样？伤到哪里了？"

伽罗缓缓睁开眼，看见一脸关切的郑安，前额处闷闷作痛，他摸着额头，回道："头……头有些痛。郑安，我怎么了？刚才……对了，暴风雨，海盗。"伽罗一想起海盗，猛地从床上坐起，血气瞬间涌到额头最痛的地方，让他直咧嘴。

"唉，你别急，"郑安赶忙按住他，"咱们的船队已经穿出了风暴，那伙海盗跟到一半，就撤了，你放心吧。"

"可桅杆……"

"是断了一根桅杆，不过斗舰又不是单桅，不碍事。"

"那就好，"伽罗终于放下心来，"……这船上一股什么味儿？"

郑安嗅了嗅，回道："喔，估计是那只白鸥。闪电劈断桅杆的时候，白鸥就在桅杆旁，也一道被劈死了，掉下来的时候在甲板上砸出好大一摊血，现在尸体还在外面。"

"怪不得，"伽罗捏住鼻子，嫌弃地道，"行船这么多年，还头次遇见海鸟被闪电劈死，真是晦气。"

"晦气？你可知这白鸥掉下，正好垫住了桅杆，我才来得及将你推开，它也算得上是救了你一命。"

伽罗一脸难以置信，郑安待要解释，船舱中忽地跑进一个船工，对着二人道："郑安，伽罗，你们快出来看看，外面……外面有艘沉船。"

伽罗一听，忙从床上翻下，由郑安扶着，来到甲板上。斗舰上的卫兵和船工都聚在船头，伽罗越过他们，果然在不远处的海面上看到一艘多桅大船半倾着的船身，它的四周满是碎裂的舢板和尚未沉下的货物。

"看来这艘船刚遇险不久，船身才沉了一半，"郑安惋惜地道，"要是咱们早到一阵，兴许还能救下几个人。"

几个人？伽罗脑中突然划过一道电光。"不对——"他扯住郑安的手臂，"你看，海面上一具尸体也没有。"

郑安经伽罗提醒，也察觉出不对劲："怪了，船身都被风暴倾覆，怎么会看不到一个死人？"

"你记不记得郑叔叔说过,被那伙海盗打劫过的船只,都只剩空船?"

"你是说,"郑安想起郑言的话,"这艘船被那伙海盗打劫过?"

"是不是如此,上去看看就知道了。"伽罗说着吩咐船工准备小艇。

"伽罗,"郑安面露难色,"既然没有活口,咱们何苦犯险上船?还是赶紧绕开,重回航路的好。"

"不妥。虽说今日咱们甩脱了他们,可日后还要做香料生意,难保不会再次遭遇海盗。这艘沉船,正是了解那伙海盗的最好机会,岂能轻易放过?"

郑安略一思忖,应道:"那好吧。我跟你一起上去,也好有个照应。"

不多时,两人携了几个身手好的船员,划着小艇,向沉船驶去。

这艘商船很大,下沉得缓慢,待几人到得船上,甲板还有一半翘在海面上。伽罗与郑安进入舱房,迎面便闻到一股似曾相识的香气。

"这是……紫棠伽楠?"郑安不敢肯定。

伽罗又仔细嗅了嗅,回道:"的确是紫棠伽楠,不过这是没晒过之前的味道,和咱们岛上晒过的,不大一样。奇怪,摩逸国今年的紫棠伽楠,全都在咱们船上,怎么这艘船也有?"

只见船舱内凌乱不堪,四处都是被翻找过的痕迹。

"快看,血迹——"郑安指着舱房地面上的殷红。这血迹每隔几步,就有一摊,"这么多血,看来真杀过人,只是为何会没有尸体?就算抛尸入海,也不至于连一具浮尸也见不到。"

伽罗没有答案,这艘船当真如传闻中一样空空如也,究竟是什么样的贼人,连尸体也不放过?正苦思间,舱房角落的一个小酒桶内,忽有一声细微的响动。郑安也听到了,他示意伽罗不要出声,自己施展轻功,悄无声息地探到酒桶边。刚要掀起酒桶盖,一团模糊的肉球陡然间蹿出,以极快的速度朝舱门方向滚去。

伽罗看不清这团东西是什么,只觉得骇人,急要躲避,而这肉球也没看到伽罗,咚的一声把伽罗撞了个仰倒,自己的速度也慢下来。郑安趁机跃上,按住了那团东西,伽罗摸着昏沉沉的头勉力爬起,才看出郑安按住的竟是一个人,准确地说,是一个极其矮小的侏儒。

那侏儒在地上拼命挣扎,喉咙里唔哑唔哑地嘶吼,全然不理会头上、手上的伤口都在冒血。他弄出极大的动静,甲板上负责放哨的船工听到,都跑进舱房。

"你不用怕,"伽罗对侏儒大叫,"我们不是海盗,我们只是路过的商船。"

那侏儒似乎听得懂唐话,惊惧交加地瞥了伽罗一眼,仍未放弃挣扎。

"郑安,你放开他。"

郑安不肯,只在手上略略松劲,道:"不妥,这小东西腿脚很快。"

伽罗又对着侏儒道:"喂,这艘船马上就要沉了,我们可以留你在船上,自生自灭,也可以带你回我们的商船,跑还是不跑,你自己决定。"说罢从侏儒身上,拉开郑安的手。

侏儒立刻站起,后退两步,戒备地看了众人半晌,终于道:"我……我跟你们走。"

伽罗听他说话带着浓重的狮子国口音,便问道:"你是狮子国的?"

侏儒尚未回答,船身再次隐隐下陷,郑安催促道:"伽罗,此地不宜久留,有什么话,咱们回去再说。"

待几人乘小艇返回斗舰,刚上得甲板,那侏儒突然尖叫一声,惊恐地指着甲板上还未及清理的白鸥尸体,浑身颤抖。

伽罗蹲下来,拍着侏儒的肩膀,轻声道:"你别怕,那只白鸥已经死了。"

"不……不是,"侏儒磕磕巴巴地道,"它不是白鸥,它……它是尸鸟。"

尸鸟?何为尸鸟?这分明就是一只白鸥。伽罗和郑安面面相觑,完全不懂这侏儒在说些什么。

侏儒一眼都不愿多看那只死去的白鸥,隔着好远绕过白鸥的尸体进入船舱。刚进舱内,侏儒见到船舱的食案上放着一壶酒,几步奔近,抄起来就咕咚咕咚地猛灌了半壶。

灌完酒,他的脸终于有了些颜色,一屁股坐在地上,颓然道:"你们想问什么,便问吧。"

伽罗满心都是疑问,也不客气,开口道:"你是谁?来自哪里?你怎么会说唐话?"

"我是要被卖去大唐的杂耍奴隶,"侏儒低着头,"主人叫我馒头。主人说,大唐的贵人最喜欢我这种畸胎。主人教我说的唐话,主人说,只有能说会道的侏儒,才能卖出更好的价钱。"

侏儒说起自己的畸形,语气平淡而麻木。伽罗在长安的酒楼里见过为人助兴的侏儒,也给过他们赏钱,却从未想过这些助兴侏儒的来历。

"那你的主人呢?你们的船又是怎么回事?"

"死了,都死了,"侏儒又灌了一口酒,"我们的船被他们包围,他们搬空了船上所有的香料,女人和小孩都被带走,男人……男人全都杀了。他们把船上躲藏的人都搜了出来,只有我……只有我躲在小酒桶里,他们大概是觉得小酒桶容不下人,没有搜查。他们走后,风暴就来了,我独自在船中待了一天一夜,直到遇见你们。"

"全死了……"伽罗重复道,"可为什么我们一具尸体也没见到?"

"尸鸟！"馒头厉声指向舱外，"那种鸟，它们……它们专吃尸体。海盗把死了的人都搬到一艘船上，那些鸟，就围着尸体，一口，两口，手脚……"

伽罗透过馒头惊惶的眸子，仿佛已经看到堆积如山的尸体上空，盘旋着还未把内脏吞进去的白鸥，不由得胃里翻滚。

"别说了！"伽罗喝止。

馒头却好似未听见一般，继续道："他们还会斩断尸体上的指头，抛给那些鸟，尸鸟每接住一根指头，他们就在船舷上一起大笑。"

郑安也听不下去了，重重拍在案上，骂道："这些丧尽天良的海盗，打劫杀人还不够，竟然专养一群以人尸身为食的怪鸟取乐，真该被千刀万剐！"

"不，不是为了取乐，"馒头抬起头，"他们是为了香料。"

伽罗和郑安不解地看向馒头。

"这群尸鸟，能够分辨出香料的气味。从好几日前，就有尸鸟一直跟着我们的船，直到海盗登船后，船上的人才得知这些鸟是海盗饲养来专门追踪海上香料船只的。"

伽罗腾地站起，囔道："是了！难怪那只白鸥跟着我们，在风暴中也不离去，它频频嘶鸣，就是在给海盗报信。郑安，咱们昨夜侥幸逃脱，不只是风暴的关系，还因为那只鸟，它被闪电劈死了。"

郑安张大嘴巴，完全不敢相信世间还有如此匪夷所思的事情。

"这下全说得通了，"伽罗激动地踱着步，"为什么他们可以一直打劫香料船只，为什么打劫后只剩空船，连尸体也没有，都和这尸鸟有关。馒头，那群海盗长什么样？你还记得吗？"

"记得。只是，他们来自哪里的人都有，有唐人，有波斯人，有天竺人，还有昆仑奴。"

"看来都是些亡命之徒……那首领呢？首领是什么人？"

"好像是个绿眼睛的波斯人,我躲在舱内,看得不分明。"

郑安回过神来,道:"伽罗,就算知道首领是什么人也无用。咱们流波岛是做正经生意的,我在明,敌在暗,咱们顶多能提防海盗,却不能主动出手。"

"也是,"伽罗点点头,"对了,馒头,我听你有狮子国的口音,你们这艘船是从狮子国往大唐去的吗?"

"嗯。我幼年被卖给了狮子国的主人,主人本来不是做香料生意的,但这次接到一个扬州来的大买卖,有个唐商在高价收购香木,主人这才临时决定要运香木去扬州。"

"你主人卖的香木,可是紫棠伽楠?"

"你怎么知道?"

"我们也是香料商人,一闻船上的香味便知,"伽罗嘴上敷衍着,却和郑安对视一眼,"据我所知,紫棠伽楠只生长在摩逸国,狮子国竟也有?"

"这我就不知了。主人在狮子国有片紫棠伽楠的林地,在此之前,主人也从未想过,紫棠伽楠还能卖钱。"

"那你可知高价收购紫棠伽楠的商人,叫什么?"

"不知全名,只听主人称那人为崔掌柜。"

扬州,崔掌柜,难道好巧不巧,真的是崔奉天?伽罗心中暗自惊异。

他为何要高价收购紫棠伽楠?会不会是因为晚我们一步,没能买到摩逸国的?可紫棠伽楠并不是唐人常用的香木,若不是九娘偶然发现晒过的紫棠伽楠会香气大盛,我们也不会去做紫棠伽楠的买卖。况且,紫棠伽楠的产量,相比檀香、沉香,要少许多,崔奉天向来做大宗生意,为何会独独选中紫棠伽楠?

这一日遇到的怪事实在太多,伽罗揉着仍然肿胀的前额,无力继续思考。

晚间，馒头狼吞虎咽地吃过东西，很快就在舱房内睡着了。伽罗又想起那只被闪电劈死的白鸥，心情复杂，想把尸体清理掉。等来到甲板上，却见郑安一个人迎着海风，兀自出神。

看这样子，他又在想张瑾辰了。

伽罗从小到大，最亲近的女子就是张九微。他们一起长大，一起跟着岛主研学商务，一起出海，张九微无论去哪里，伽罗都会跟着。但即便如此，在伽罗眼中，张九微就是一个任性又聪慧的姐姐，他无法理解郑安对张瑾辰的那种感情。

"郑安，你又在想六娘？"

"我……没有。"郑安矢口否认，但那落寞的神情恐怕连他自己都骗不了。

"六娘的信上怎么说？她还好吗？"

"哦……都好。"郑安的语气很不自然。

伽罗轻叹一声："郑安，六娘近况如何，我不知道。不过咱们就快回到大唐，等回去九娘身边，你可不能再这样。你是九娘的护卫，岛主还指望你照顾九娘的安全。"

郑安低头不语，伽罗不好再数落他，岔开话题道："你有想过怎么安置馒头吗？"

"安置？什么意思？"

"哎——"伽罗觉得郑安已经被张瑾辰的事，搅得满脑袋糨糊，"咱们既救了他，总不能再把他卖去做杂耍奴隶，况且他大概是这世上唯一清楚那伙海盗底细的人，留下他，未来或许有用。"

"那……那咱们就带他一起回长安？"

"那怎么成？九娘身边突然多出个侏儒，如何跟李相和李夫人解释？九娘有李夫人侄孙女的身份，才好隐在懿烁庄的背后，不能让馒头为她引来不必要的注意。"

"那你说怎么办？"

·36·

"我想着，不如等到了钱塘，把馒头交给秦二爷？"

"秦二爷？"郑安不解。

"对，云门坞到底是江湖势力，有个把怪人也不稀奇。再说，秦二爷磊落，虞坞主洒脱，应能善待馒头。他是个苦命人，郭二公不是常说，要慈悲为怀，咱们这也算是积德行善。"

"好，"郑安点点头，"还是你考虑得周全，等到了钱塘，我就带着馒头去云门坞。"

第二十六章
芸一：讨债

这应该是今年的最后一场秋雨了，芸一望着屋外的绵绵细雨，撑起手中的油纸伞。都说一场秋雨一场寒，眼下秋雨还未下完，冬意便已来袭。若不是今日是荷恩寺周边农户来偿还香积钱的日子，芸一本不愿在这样的天气出门。

泗州地处通济渠和淮水的交界处，是江南船只进入运河的必经之地，但因在内陆，到底不及外商番客聚集的扬州、楚州繁华。

上月陪清宁师太去楚州探望萧夫人，芸一原想在楚州多待些日子，得空的话，还想再去扬州看看阿弟芸泽。可木嫆娘子与丁谷主提出要来荷恩寺看荷花，清宁师太便让芸一陪同他们先回了泗州。荷恩寺无尽藏院的典座一见芸一回来，就立刻把接待农户的差事甩给了芸一。

木娘子先后救过我和师父，为了她赏花尽兴，我多做点事也应当。

芸一正想着，就瞧见木娘子一人执伞立在荷塘边。芸一自幼在江淮的田埂间长大，从不觉得秋雨像文人们诗里写的那般凄冷，对于每日在稻田里劳作的农户而言，秋雨意味着丰收。可不知为何，当看到木娘子独立于秋雨中的身影，芸一蓦然间有种无根无蒂的飘零之感。好像除了同丁谷主在一起的时候，她总是一个人。

"木娘子——"芸一走上前去。

木嫆似乎尚未从自己的思绪中抽离，虽转身应了，但脸上还带着郁郁之色，让她的微笑都显得有些勉强。

"木娘子,怎么不在寺中?可不要小看了这秋雨,你穿得如此单薄,当心着凉。"

"不碍事,习武之人,倒不是那么怕冷。我就是想出来看看荷花开了没有。"

"娘子想看到盛开的靛云丹,只怕还要等几日,"芸一指着荷塘中星星点点的花苞,青紫色的花瓣已隐隐欲现,"这荷塘中的山泉水终年不冻,远比一般水源要温热,需得入冬,待水温降下来,靛云丹才会开。"

"我不知世上竟还有靛色的荷花,太想一睹为快,是我太心急。"

芸一笑道:"娘子只管放心在荷恩寺住着,总能看到满塘荷花。娘子是我和师父的大恩人,师父吩咐了,娘子想在荷恩寺住多久便住多久。我就怕佛门清苦,只有粗茶素斋,会委屈了娘子。"

"怎么会?我每晚在寺中听师父们诵经,白天同丁兄在泗州游览,日子过得很是惬意,何来委屈?"

"娘子舒心便好。话说,怎么不见丁谷主?"

"哦,丁兄说他阿弟今日会在泗州码头换船,他许久未见阿弟,要先去码头上看看。"

"芸一师姐——"荷恩寺的俗家弟子明慧从寺内跑出,冲着芸一叫道,"你怎么还在外面?农户们都在别院候着呢。"

"你先去,我就来。"芸一招手,转身对木熔道,"木娘子,寺中还有些事,容我先行告辞。"

"反正荷花也没开,我就同你一道回去吧,"木娘子也跟了上来,"不知寺中今日可是有什么法会?农户们都来参加?"

"不是法会,"芸一摆摆手,"是泗州的农户来无尽藏院偿还香积钱。娘子可能不知,咱们三阶宗的无尽藏院放贷出去的香积钱,都是春借秋还,今日是入冬前最后一次还债的日子,可难办着哩。"

"难办?为何难办?"木熔不解。

"哎……"芸一重重叹了口气,"娘子想想,若是能还上的,秋收一过,有了新粮,早就还了,何苦还要等到现在?通常挨到入冬前才来还钱的,都是那些还不上的。"

木嫆恍然,问道:"那要真还不上可怎么办?"

"这就是难办之处,"芸一苦笑道,"还不上的农户各有各的情由,有苦苦哀求的,有撒泼打滚的,还有恶言相向,甚至要动手的。荷恩寺都是出家人,慈悲为怀,自是不能威逼人家还债,可无尽藏院乃是用香客布施出借,收来的利钱都要用来供养迦蓝,办病坊和悲田坊,也绝不能不讨债。所以每年这个时候,我这个俗家弟子,都要被推出来做恶人。"

二人说话间,已走到了荷恩寺的别院。这座别院虽与荷恩寺挨着,但相互间并不连通,只有寺中少数女尼与俗家弟子会在这里接待外客。

"木娘子,"芸一停下脚步,"我看你还是不要进去,这些欠债的农户,说话间难免会失了礼数,你是我荷恩寺的客人,不能没来由地让你受气。"

"你放心,我不会与他们置气,"木嫆不以为意,"刚才你不是说,还有可能动手?我有武艺在身,真遇到那不讲理的,兴许还能帮你镇镇场子。"

这倒也有理,芸一想了想,遂应道:"那便有劳木娘子。若是你不耐烦他们,随时离开就是。"

两人前后脚踏进别院的正堂,堂内果然已站了不少粗布衣衫的庄稼人。他们一见芸一,都退开几步,有的人不敢抬头,有的人欲言又止,有的人面容凄苦,还有个衣衫湿了半边的中年娘子拖着只有几岁的小孩子,咿呀咿呀地嚷个不停。

看来今天又是一场硬仗。芸一强打起精神,来到堂中的主位,客气地对着堂内的农户们说道:"劳烦诸位今日冒雨前来,天气也怪冷的，咱们就按照春日时签的契书，尽早处理完，大家便可早一点回去，"芸一说着指向厅中不停吸着鼻涕的小孩，"明慧，快给这孩子端盏热茶。"

立在一旁的明慧听了，赶忙斟了一盏茶，送与那小孩。小孩看着只有四五岁，他怯生生地瞅着明慧，不敢接下茶盏，只不断往中年娘子身后躲。那娘子在小孩脖颈上掐了一把，骂道："没出息的小子，你当这是想喝便喝得着的吗？荷恩寺的茶水，可金贵着呢。"

小孩吃痛，大哭不止。那娘子也不理会，一把抢过明慧手中的茶盏，喝了个精光。

"赵娘子，"芸一示意明慧退下，"做什么拿你孙子撒气，你赵家一脉单传，好不容易得个男娃，吓坏了可如何是好？"

赵娘子一听这话，上前两步，扑通一声跪倒在芸一身前，扯着嗓子哭道："芸一娘子，你也知我家男丁少，我那儿媳妇这次怀相又不好，家里水田那点收成，都拿来给她请郎中了。求你跟清宁师太说说，再宽限我们些时日吧。"

"赵娘子，你这是何苦，"芸一要扶起她，她却死活不肯站起，"按照契书，你家的香积钱两月前就该还了，就是念在你家困难，才又多宽限了两月。我看你还是早些还了债，不要无谓多生利钱，我这也是为你考虑。"

"芸一娘子啊，"赵娘子拉过还在抹泪的小孩，"你看我这孙子，入冬也还是一身单衣，我家是真没有余钱可以还债。你发发慈悲，再宽限我家几个月吧。"

芸一用余光扫到厅中的其他农户，他们窃窃私语的脸上，都露出期待。今日真是倒霉，一上来就碰到个哭天抢地的，我若是真应了她，这满厅的人待会儿都哭着喊着要求宽限，那岂不坏了规矩？

"赵娘子，你看这样好不好，"芸一仍是一脸亲切，"你家中既然劳力少，耕种那百亩地必也困难，我看……不如就用二十亩田产抵债?"

跪在地上的赵娘子一愣,断断续续地道:"这……可这是我家吃饭的地啊……"

"你放心,出家人慈悲为怀,必不会逼你,"芸一又伸手扶她,赵娘子这才站起,"你今日立了契书,我便代无尽藏院做主,再宽限你三月。三月之中,若你可以偿还之前的香积钱,那田产仍旧是你的;如若不能,二十亩田产就归荷恩寺所有,不过你家作为佃农,仍旧可以继续耕种那二十亩田地。你看如何?"

赵娘子一听还能再宽限三月,双眼登时一亮,她犹豫片刻,一咬牙,道:"若还能再宽限三月,那就按你说的办。"

芸一不动声色地瞟了一眼明慧。明慧会意,立刻拿出早就准备好的契书,递与赵娘子。那赵娘子本是普通的农户人家,哪里看得懂契书,只略略确认了下识得的数,就要按下手印。

谁知这时正堂外突然挤进几个戴着斗笠的人,叫道:"娘子且慢。"

赵娘子按了印泥的手悬在半空,同堂内诸人一道回身望去,只见那几人脱去滴着水的斗笠,个个身材壮硕,横眉立目。

"阿娘——"几个壮汉背后蹿出一人,快步奔至赵娘子近前。

赵娘子一脸诧异,问道:"阿大,你不在家照顾你媳妇,怎么跑这儿来了?"

"阿娘,"阿大抽出赵娘子手中的契书,草草一扫,急道,"阿娘,你这是要质押咱家的二十亩水田?你把田产质押了,咱们日后拿什么过活?"

"我何尝不知?"赵娘子叹道,"可若不质押田产,咱们欠的钱要如何还?芸一娘子说了,可以再宽限咱们三月,三月内要是能还上,水田还是咱家的。"

"可钱大哥说——"阿大瞧见身旁的芸一,不好意思继续说下去，而是指了指堂口的壮汉。

那壮汉接过阿大手中的契书，对赵娘子道："赵娘子，你糊涂啊。他们宽限你的三月正是隆冬，你家田里能长出什么？这宽限等于没有，无非是要你心甘情愿地质押田产罢了。那可是二十亩地哩，一旦归了荷恩寺，可就再拿不回来。他日你成为佃农，辛苦耕种，却只得温饱，而这寺中的人，却可以清闲地诵经念佛。就说他们吃的茶，你平日可吃得起？"

"阿娘，"阿大也道，"钱大哥说的有理，咱家的田产，那是要传给孩子的，怎么能随便被人拿去？"

赵娘子听罢，脸上早已没了适才的坚决，看看壮汉，又瞅瞅芸一，不知如何是好。而堂内其他的农户，则开始窃窃私语。

芸一见状不对，忙道："钱郎君，话可不能乱说。无尽藏院为周边农户放香积钱，乃是用香客布施一解乡亲们的燃眉之急。这堂内的诸位春天时来举贷，可都是心甘情愿，自古欠债还钱，难道不是最天经地义的道理？怎么到了你口中，反倒是荷恩寺的不对？你莫不是还对之前还不上钱的事耿耿于怀？"

"哼，"壮汉冷哼一声，"两月前你也是用同样的说法，要逼我将祖上田产质押，好在我最后筹到了钱，不然今日也成了只能看你脸色的佃农。"

芸一懒得和他多言，诘问道："钱郎君，今日是赵娘子家的事，与你无关。你既已还了钱，就请早些离去，莫在这里搅扰。"

"怎么与我无关？我就是要让乡亲们擦亮眼睛，不要着了你和清宁师太的道儿。"

听他辱及师父，芸一再也按捺不住，怒道："钱老三，你休要胡言！清宁师太的清誉，岂容你随意污蔑？"

"清誉？你当我不知清宁师太的底细和她十七年前的旧事？"

钱老三突然转身面向厅内众人，"诸位，近日我才得知，这清宁师太可不是什么一心向佛的出家人。她乃是前朝随炀帝巡幸江都的美人。炀帝死后，他的后宫皆被窦建德俘虏。窦建德的妻子曹氏善妒，逼迫所有后宫妃嫔和美人出家为尼，而清宁师太就是其中之一。"

钱老三的话，像一颗炭火中的爆栗，在别院中炸开。农户们交头接耳，看芸一的神色骤然大变。

另一位壮汉叫道："当年炀帝大肆搜刮百姓，累得家中老小饿死病死，没想到现在咱们又被他的美人搜刮，这苦日子何时是个头？"

阿大带头附和，几个胆子大的农户也加入进来。

不能再让他们这样闹下去，芸一冲向钱老三厉色威胁道："钱老三，我看你今日是专程来闹事，也不怕我报官捉了你去？"

钱老三丝毫不惧，回道："好啊，那咱们就去县尉那里好好讲讲清宁师太的旧事。"说着拽起芸一的胳膊。

不好！真要让钱老三在县衙里胡说，那师父和荷恩寺的名誉可就全毁了，芸一急要挣脱，无奈比不过钱老三的力气，竟生生被他拖出几步。明慧一脸无措，只能失声叫道："你们这些混人，快放开我师姐。"

当此时，一直站在角落的木熔忽地纵身而出，芸一看不清她的身形，只听啪啪两声，钱老三松了手，摔倒在地上。

木熔指着钱老三道："这位郎君，有话好好说，芸一是佛门弟子，又与你男女有别，你怎可借故轻薄于她？"

钱老三立时跳起，叫道："我几时轻薄她了？"

"众目睽睽之下，你还想狡辩？刚才若不是我出手，你还扯着芸一不放呢。"

这倒是个站得住脚的理由，芸一暗叹木熔机敏，遂极其委屈地道："钱郎君，有道是男女授受不亲。我荷恩寺上下，皆是女弟子，平日也只接待女香客。你们几人，与荷恩寺并无任何干系，无缘无故闯上门来，对我们动手动脚，我定要去县尉那里，告你一个调戏良家子之罪。"

钱老三莫名其妙被扣上了调戏良家子的罪过,气得说不出话来,一张脸涨成猪肝色。与他同来的一壮汉道:"大哥,别和她们啰唆。咱们就抓她们去县衙,看看到底谁怕谁。"

钱老三听罢,心下一横,招呼他身后的几名壮汉又一起围将上来。木熔不等他们靠近,飞身而起,左冲右突,待厅内诸人再看时,钱老三几人全都仰倒在地,龇牙咧嘴地揉着前胸后背。

木熔冷冷地道:"几位,今日有我在此,岂容你等轻辱佛门弟子?若是再不走,可不要怪我手下不留情面。"

钱老三几人总算见识到木熔的厉害,自知不是对手,爬起之后,愤恨地啐了一口,骂道:"你们等着——"便互相搀扶着跑了。

钱老三这一走,堂内农户们的脸色更加难看,赵娘子和阿大把头深埋在胸前,不敢与芸一对视。

芸一捡起被钱老三丢在地上的两张契书,缓步走回主位,对赵娘子道:"赵娘子,事情闹到这个份上,你家的田产我荷恩寺是断不能再收了,至于你欠的香积钱,我会去同师父商量,也一道免除。"

赵娘子和阿大猛地抬头,不敢相信他们听到的话。

"只是——"芸一顿了顿,"只是从今以后,我三阶宗在江淮的所有无尽藏院,都不会再放贷给你,以免多生误会。毕竟,钱财事小,出家人的声誉事大。"

赵娘子和阿大对视一眼,露出难以掩饰的焦虑,她扑到芸一身前,哀求道:"芸一娘子,这可使不得啊,但凡赶上个灾年,不能借香积钱岂不是要断了我一家老小的活路?"

"阿弥陀佛,赵娘子切莫乱说话,我要免了你欠的债,怎么倒成了不给你活路?"

赵娘子抬手给了自己一耳光,道:"是我嘴笨,说错了话,芸一娘子恕罪。今年的欠债,我们不要免除,若是三个月内还不上,就用二十亩水田抵押。请娘子行行好，还让我们立这个契书吧。"

"这如何使得？"芸一还捏着那两张契书，"我师父的清誉已经因为此事受损，我断不能再接收你家的田产。"

赵娘子一把抢过芸一手中的契书，飞快地按上手印，然后恭敬地递上一份，道："芸一娘子，你放心，我和阿大今日什么也没听到，绝不会在外乱嚼舌头。"

芸一面色淡淡地盯了赵娘子半晌，勉为其难地道："罢了，赵娘子，损害出家人的声誉就是损害佛祖菩萨的声誉，若你真有心，就请在佛祖面前立个誓吧。"

赵娘子见芸一仍不接字据，也知这誓言不立是不行了，只好跪倒在堂内的佛龛前，一字一句地道："佛祖菩萨在上，若是日后我赵家人在外乱说今日的是非，就请佛祖菩萨降罪，让我赵家的田里今后长不出庄稼。"

她发狠立过誓之后，芸一才接过契书。赵娘子不愿多待，扯着还想说话的阿大和小孙子出了别院。正堂余下的诸人，目睹了这一出，谁都不敢再生事端，或质押，或还债，一一办妥。临走之前，亦都在佛前立下重誓，保证不再言及清宁师太的传闻。

眼见送走了最后一个农户，芸一长吁一口气，招呼明慧拿来蒲团，请木熔坐下。

她亲自为木熔斟茶，笑着一揖道："木娘子，今日多亏有你，不然真不知会如何收场。本来是招待你来寺中看荷花，没想到又蒙你出手解围，你可真是我荷恩寺的福星呐。"

木熔端起茶盏，笑道："路见不平，自当拔刀相助，我焉能坐视那几个田舍汉随意诋毁清宁师太？我只怕他们今日未能得逞，又在我手下吃了亏，日后会来报复，那我岂不是弄巧成拙？"

"木娘子可千万别这么说。那钱老三因今年举贷险些还不上利钱，心生忌恨，与木娘子有何干系？你放心，我明日便修书一封给师父，让她请萧掌门派几个人来，就钱老三那几下庄稼汉的身手，还怕他不成？"

"还是芸一思虑周全，有中州派的声势，自然不怕那些人。我只是不解，那钱老三既然已经还了钱，那今日何故特意冒雨前来，为赵家鸣不平？"

"娘子心细，这一节我也觉得奇怪，"芸一蹙起眉头，"他来的时机实在太巧，可钱老三就是一个泗州的庄户人，他家的那些事，荷恩寺周边的农户都是一清二楚的。"

"钱老三是什么样的人，我不知，"木嫆的语气中带着点意味深长，"不过，芸一，他适才言及清宁师太时，说是近日得知，那必是有人告知于他的。"

"娘子的意思是钱老三乃是受人指使？"芸一霍然清醒。木娘子说得对，告知钱老三师父从前旧事的人，定然不安好心。钱老三今日专程前来，为赵家鸣不平是假，散播师父的传言才是真。

她沉吟道："这事肯定不是巧合，我得派人去查查。"

木嫆笑着点点头，继续吃茶。芸一却对明慧道："明慧，午课就快开始了，你先回寺中吧。我整理完契书，自会回去。"

明慧应了一声，合十退下。芸一又为木嫆斟了一盏，袅袅茶香，扑面而来，她笑道："木娘子，今日累得你要为这些口无遮拦的庄稼汉操心，实在对不住。他们编派师父的那些话，委实不堪入耳，还望你不要放在心上。"

木嫆对着茶汤轻轻吹气，云淡风轻地道："他们既是口无遮拦，说出的胡话，我自然也当过眼云烟。我在佛门清净地住着，理当灵台清明，心中容不得半点污言秽语，芸一莫不是要我也在佛前立个誓言？"

这……芸一噎住，她本有此意，可木嫆这样一问，反倒不好再开口。罢了，木娘子这前前后后相救我数次，又不图荷恩寺什么，便叫她听到些流言，也不能怎样。两人心照不宣地不再提及刚才的一幕，只继续闲聊些泗州的趣事和靛云丹的种种。

又过了半个多月，荷恩寺外的靛云丹终于盛开，青紫色的荷花铺满了整个荷塘，芸一派去调查钱老三的人也回来复命。

"这么说，是博陵崔氏的人私下与钱老三通了气？你确定吗？"芸一有点不敢相信。

"千真万确，"派去调查的人答道，"就是去年在宋州用田产举贷的人，博陵崔氏第六房下的崔玄昭。"

"崔玄昭……"芸一默默回忆着，"我只记得明觉寺的典座来信提过，去年他来不及还利，质押的田产便归了明觉寺的无尽藏院。"

"正是，明觉寺的典座说，崔玄昭一直是派他的管家去寺院接洽，是以寺中无人见过崔玄昭本人。我拿典座画的画像，给同钱老三一起来闹事的人看过，确认那就是崔玄昭的管家。听那个庄稼汉说，钱老三今年欠的香积钱也是那人帮忙还的。"

"这倒稀罕，有钱帮个庄稼汉还贷，却没钱还自己欠下的香积钱。"

"博陵崔氏岂会把钱老三欠的那点钱放在眼里？据明觉寺回报，崔玄昭举贷的金额极大，一次质押了五百亩的田产，且那处田产在宋州，一向收成很好。还债之期将近，崔家要求再宽限些时日，明觉寺便说需再签个契书，并找两位乡绅耆老作见证人，谁知崔家死活不肯，最终只能按照初始的约定，田产归明觉寺所有。"

如此看来，崔玄昭是不想被外人知道他举贷之事。他没能拿回田产，怀恨在心，这才打起了钱老三的主意。想不到他竟然能查到师父十几年前的旧事，又利用钱老三和农户们来播散师父的传言。这一招真是狠辣，若是被他奸计得逞，那荷恩寺乃至江淮其他三阶宗的无尽藏院，都会受到影响。兹事体大，这件事我需尽快告知师父，由她来定夺。

"对了,"芸一又想起了钱老三,"钱老三和那几个庄稼人怎么说?"

"芸一娘子放心,陆督主派来的人去过钱老三家之后,他每天大门不出二门不迈,消停得很。其他人见钱老三那样,又都收了我们的好处,自然也不会再生事。"

"很好。那就劳烦你明日再来一趟,我有封信要你尽快送去憺寿山庄。"

清宁师太的回信远比芸一想象中更快,信中吩咐芸一去扬州当面向崔奉天告知崔玄昭举贷之事。此时已近年下,但芸一不敢耽搁,而木熔与丁元在楚州赏过荷花后,打算回爌明谷,三人便同行先往扬州。

这几年,三阶宗在扬州日渐崇盛,地处江都县的静乐寺,是三阶宗在江淮一带最大的尼寺。寺中的观音殿中供奉有一尊小巧的白玉观音,于姻缘、求子上极是灵验,因而静乐寺常年香客不断,即便此刻正值隆冬,也不例外。

不过芸一倒不必担心受香客打扰,早在抵达扬州之前,静乐寺的怯尘师太便让无尽藏院的典座,为芸一和木熔在云会堂中安排了两间远离山门的清净厢房。

今日是初十,芸一要斋戒,很早便回来房中,只等待会儿寺中的晚课开始。正自吃茶,咚咚的叩门声又响又急,芸一起身开门,阿弟芸泽的媳妇王氏迎面扑了上来。

"阿姐——"王氏一见芸一,便带着哭腔大声嚷道,"你可要给我做主啊!"

芸一对在这个时辰王氏还跑到静乐寺来,很是诧异,又见她衣衫不整,双眼红肿,额头上还有块瘀青,忙阖上房门,问道:"这是怎么了?"

王氏紧抓着芸一的手臂,就要跪下,挤出的眼泪混着香粉糊在脸上,号道:"阿姐,我不能活了,你行行好,这就做主让我和芸郎和离了吧。"

芸一的耳膜被王氏的嗓门震得生疼,心想她再这么吵嚷下去,必要扰了寺中师姐妹们的清净,忙将她拖起来,安慰道:"弟妹,有话好好说,你这么哭天抢地,要被人看了笑话。你放心,若是阿泽他犯了什么错,我定不饶他。"

王氏似乎等的就是芸一的这句话,她听话地在蒲团上坐下,拿出帕子来揩了揩脸。

这弟媳妇一贯刁蛮,自打与阿弟成了亲,吵闹便是常事,芸一心中无奈,但还是亲切地道:"说说吧,今日又和阿泽闹什么?"

"阿姐,"王氏抽噎起来,"这次真不怪我。是芸郎他……他竟要去妓馆买春!"

芸一吃惊地张了张嘴,阿弟会去妓馆?阿弟同芸一一样,是三阶宗的俗家弟子,虽娶妻生子,可一贯洁身自好,怎么可能会去妓馆?

王氏见芸一不信,委屈地哭道:"阿姐别不信,芸郎此刻人就在燕春楼。阿姐不知,芸郎最近时常夜不归宿,今日被我发现他要去妓馆,我拼命阻拦,可芸郎他……他非但不听,还出手打了我。"她说着指向额头上的瘀青。

芸一这才明白王氏傍晚也要来静乐寺的缘由,看来这回真的是阿弟的不对。芸一握住王氏的手,道:"我都知道了,这次让你受了委屈,你且回去,待明日我找阿弟好好训诫一番。"

"不成!"王氏尖声叫道,"等到明日,芸郎又会说是我无理取闹。我眼看着他进了燕春楼,今日阿姐要是不给我做主,我可不活了!"说罢扑在芸一身上,又哭喊起来。

芸一心知王氏是要自己现在就去燕春楼拿住阿弟,可眼下都什么时辰了,再说自己一良家子,如何去得妓馆?王氏见芸一不作声,更加放肆地撒泼打滚,哭号声一下大过一下。

正无从应对,住在隔壁厢房的木熔闻声而来,见到眼前的一幕,颇为惊讶。芸一劝慰不住王氏，只得难为情地向木熔解释了原委，谁知木熔却道："去妓馆有何难？咱们换身男装，混进去就是。"言下之意，竟是要陪芸一同去。

"可……可燕春楼是什么地方，怎好为我那不知好歹的阿弟，连累木娘子的名声？要去也只我一人去就好。"

木熔不以为意地道："名声只是身外之物。再说你阿弟在妓馆一定吃了不少酒，未必会听你的，多个人，或许能给你帮把手。"

王氏听了，哭得更加起劲："阿姐，今日全凭你给我做主了！"

芸一苦叹一声："罢了，罢了。谁叫我阿弟对不起你，我身为姐姐，就跑这一趟。"

王氏立刻收住眼泪，也要跟去，芸一却阻住她："你要真想我做主，就莫再添乱，你二人若是在妓馆相见，保不齐要出什么大事。"

送走王氏，芸一抓紧换上木熔借她的男装，两人匆匆赶往几条街外的燕春楼。走到中途，芸一还是觉得不妥，对木熔道："木娘子，咱们到底是女子，妓馆里有些事怕是应付不来，不如把丁谷主也叫上，万一遇到什么不便出面的事，也好有个照应。"

木熔也觉有理，好在丁元住的逆旅，本也离静乐寺不远，两人于是又去请了丁元，三人这才踏进燕春楼的红廊烟海。

头一次进妓馆，芸一怕得要命，假母对她多笑一下，她都手足无措。再看看身旁的木熔，在这样笙歌燕舞的暧昧氛围里，仍是一贯的淡然容色，连丁元都没她镇定。芸一四处搜寻着阿弟的身影，只想快点找到他，好离开这里，偏在大堂寻了一圈，并不见阿弟。

燕春楼的假母一直笑眯眯地跟着三人，丁元会意，让她给安排了一处大堂里的席位，又点上些酒菜，假母才放心离去。

芸一不好意思地道："连累丁谷主和木娘子要为我的家事奔波，我看我那弟媳妇的话做不得真，要不咱们还是走吧。"

木熔道："芸一莫急，刚才只是在大堂里寻过，我看这燕春楼大得很,你阿弟说不准是在楼上或者内堂的小厢房。"

芸一一听到内堂的小厢房,立即涨红了脸。内堂都是妓馆娘子的私房,要留宿的恩客才会去,木娘子是真把阿弟当成浮浪之人。

只听木嫆续道:"咱们先在大堂里坐一阵,若是仍然等不到你阿弟,就让丁兄去内堂找找。"

丁元也不自在起来,尴尬地道:"木娘子,去内堂这事,恕我无法从命。我就怕扰了……扰了厢房里的鸳鸯。"

"丁兄,你脸红什么?"木嫆忍不住笑道,"又不是让你一间间地搜,我们只需给假母点好处,让她告知我们芸一的阿弟在哪间厢房,然后去把他请出来就是。"

"阿弥陀佛,"芸一双手合十,"木娘子快别说了,我阿弟……他不是那样的人。"

木嫆的嘴角动了动,但最终没有反驳。这个话题实在难堪,不好再继续说下去,三人的沉默让邻座席面上的笑闹声更加声声入耳。

"朝云娘子,"席面上的青年郎君揽着身旁一位妖娆的女子,"国丧的这大半年未见,可把我想得紧。"

那娘子为其斟了杯酒,妩媚地道:"燕春楼才恢复迎客,奴天天盼着李郎来。"

那人把着娘子的手,将酒送进口中,笑道:"那正好,不如咱们今日就早些去内堂?"

席上的余人起哄道:"春宵一刻,耽误不得。李郎君快快结了酒钱,这就去罢。"

芸一听着他们的调笑之语,就想捂住耳朵,只听那娘子又道:"李郎莫要心急,这半年多的光景,奴日日闭门不出,不如李郎先说说朝廷里都有些什么新鲜事,也给席上的姐妹解个闷。"

李郎君捏了捏她的脸颊,笑道:"还是这么会磨人……朝中啊,眼下正是年尾,吏部的考功司要给各级官员考课。长安来的校考史才到淮南道，要按照四善和二十七最为官员定级……"

朝云娘子用帕子在他肩上轻捶一下，嗔道："谁要听这个？什么四善、二十七最，李郎可饶了奴吧。咱们要听点稀罕的。"

"稀罕的……"李郎君摸着朝云娘子的手，想了想道，"稀罕事倒的确有一件。五月中，李靖将军不是才在西海之上平了那吐谷浑吗？吐谷浑的老可汗慕容伏允自缢而亡，他的长子慕容顺举国降我大唐，被封了西平郡王。"

"奴知道他，听说这西平郡王在前朝为质时，还曾随炀帝来过江都。"

"对，就是那个曾做过质子的慕容顺，你猜他怎么着？"

席上诸人见李郎君一脸的讳莫如深，顿时都来了兴致，朝云娘子催促道："李郎别卖关子了，快说，快说。"

"就在月初，"李郎君故意拖慢声调，"这西平郡王慕容顺被部下所弑，死啦。"

就在邻座诸人的一片惊呼中，刚吃了一口酒的木熔突然呛住，手中的杯盏也掉在地上，弄出几声脆响。她止不住地猛烈咳嗽，引得邻座的朝云娘子探出头问道："这位郎君没事吧？要不要我让人端些水来？"说着招呼起堂内的博士。

丁元一边轻拍木熔的背，一边冲朝云娘子笑笑："是我这位朋友酒吃得太急，扰了各位的雅兴，对不住。"

大概是看丁元眉目清俊，那李郎君面露醋意，拉住朝云娘子道："莫要管他们，刚才还没说完呢。"

朝云娘子眼角带出媚态，又攀上李郎君的肩头，道："李郎继续说，那西平郡王不是才坐上吐谷浑可汗之位，怎么就死了？"

李郎君满意地转过头，朝席上诸人道："据说是部下叛变，吐谷浑国内如今大乱，兵部急报，圣人要派军前去安抚，以防吐谷浑再度叛唐。"

……

芸一无意听这些朝中轶事，朝大堂内不断张望。这一次，当她再次扫到廊角，阿弟熟悉的身影正搂着一个妓馆女子从屏风后走出，芸一心中一沉，小声道："在那儿，是我阿弟。"她迅速站起，直奔过去，截住了还在与女子调笑的芸泽。

芸泽对于芸一的出现全无准备，惊道："阿……阿姐，你怎么在这？"

芸一将他与搂着的女子扯开，斥道："阿泽，看来你媳妇说的一点没错，你竟然……竟然到妓馆来买春！"

芸泽狡辩道："我……阿姐，我没有，不是你想的那样。"

"还说不是？"芸一指着妓馆女子，"我不跟你啰唆，你现在就跟我回家去。"

"我不走！阿姐，我的事你不要管，你在此处才不合适，快些走吧。"芸泽说着又揽住妓馆女子，转身要走。

芸泽向来敬重自己，从不敢这般与自己说话。芸一难以置信地看着弟弟，心道，这没出息的小子，定是被妓馆女子迷了心窍，再这样纵容下去，我如何对得起死去的阿耶阿娘？

她抢上前，一把拉住芸泽，喝道："芸泽，你若还认我这个姐姐，今日就跟我回去，否则……"芸一后半句的威胁到底没敢出口。

芸泽还没说话，那妓馆女子一双妙目在芸泽和芸一身上过了个来回，奇道："原来郎君不是姓张。"

芸泽脸上掠过一抹稍纵即逝的慌乱，他放开妓馆女子，凑到芸一耳边小声道："阿姐先回去，莫要坏了我的大事。"

大事？！难道你个有妻有子的小子，还想留宿在妓馆不成？芸一一个巴掌扇在芸泽脸上，骂道："阿耶临终前要我立誓，即使终身不嫁，也要为芸家保你周全，你……"芸一气得发抖，"长姐如母，你可不要忘了，你如今在崔掌柜那里的差事和脸面，都是谁帮你谋来

·54·

的！"

丁元忙上前劝解道："芸一娘子息怒，你二人姐弟情深，切不可无谓伤了感情。"之后转向芸泽，小声道："芸郎君，这里不是说话的地方，我看，你还是先跟我们走，有什么话出去再说。"

芸泽在这么多人眼前被甩了耳光，脸上红得发紫。他不敢看芸一，脚下仍固执地不肯挪动。

就在这时，屏风内又闪出一个身着棕青色缺骻袍衫的中年人，他眨巴着一双三角眼，狐疑地打量着眼前的几人，朝芸泽问道："张郎君，我说你怎么半天也不回席面，这里可是有人要寻你的晦气？"

妓馆女子袅袅地扭过身子，指着芸一对那人道："孙郎君不必多虑，这位是张郎的阿姐，特意来找张郎的；而且张郎他其实不姓张，而是姓芸。"

"姓芸？"孙郎君将视线锁在芸泽身上，眯成缝的眼中，疑虑越积越多。

芸泽上前几步拱手道："孙郎君恕罪，今日家中有急事，请容我随阿姐先行离去，改日再向孙郎君赔罪。"

芸一没想到芸泽这就改了口，也慌不迭地朝孙郎君拱拱手，跟着芸泽快步出了燕春楼。

燕春楼前，丁元主动告辞："芸一娘子，既然令弟之事已毕，想来你二人还有些话要说，我和木娘子就不耽搁二位。"

芸一感激地朝丁元和木熔长揖到地，目送二人离去。转过头，芸泽却铁青着一张脸，小声道："阿姐，你怎能听信我那蠢妇的胡言？今日你可坏了崔掌柜的大事。"

"崔掌柜的大事？"芸一不解，可看阿弟严肃的神色，心里也开始打鼓。

芸泽拽着芸一来到距燕春楼一条街外的窄巷，见四下无人，才开口道："阿姐，我的为人你难道不知？若非有特殊的情由，我岂会日日流连妓馆？今日燕春楼中的那个孙郎君，不是别人，正是崔玄昭的管家。"

芸一吃惊地掩住嘴，心中隐隐觉出事态不对。

只听芸泽续说道："其实，早在你来扬州之前，清宁师太就已遣人向崔掌柜送了信。崔掌柜派我盯着崔玄昭的动静，我费了一番力气，才打听到燕春楼里有位娘子是崔玄昭的孙管家在扬州的相好。我日日去捧那娘子的场，不为别的，就为能结识此人，好作日后之用。可今日这一闹……哎，前功尽弃。"

见阿弟懊恼顿足，芸一心知这回是自己鲁莽，可她还是想不明白，遂问道："崔玄昭质押田产举贷的事，都已查明，我也料理了那些传播师父流言的农户，崔掌柜何故还要你结交崔玄昭的管家？"

"个中情由，我也不全清楚，估计还是跟崔掌柜当年从博陵崔氏的族谱中除名有关。"

芸一不禁问道："听说当年崔掌柜执意要经商，与家中闹得水火不容，最终竟然被逐出宗谱，难道崔掌柜是想找机会报复崔家？"

"阿姐，你还有空想这些？"芸泽余怒未消，"我跟了崔掌柜这些年，好不容易得他信任，逐渐能有些要紧差事。今日这事算是办砸了，你还是先帮我想想如何交差吧。"

如何交差？芸一看着自己最疼爱的阿弟，叹气道："这事既是我搞砸的，我自然会去请师父出面向崔掌柜求情。你放心，你是我唯一的亲人，阿姐断不会让你吃亏。"

芸一向清宁师太解释原委的信送出去没多久，清宁师太便离开憺寿山庄，来了扬州。眼下正值年末，不日就要过年，芸一对师父的匆匆前来，既诧异，又感激。

上一次随师父到崔掌柜府上做客，还是几年前。这崔掌柜本名崔奉天，乃是扬州赫赫有名的商人。他的崔记商铺，遍布淮南道，人人都说崔奉天家财万贯，富可敌国。芸一不太清楚师父与崔奉天因何结识，只知十年前拜入荷恩寺带发修行时，清宁师太与崔奉天便已有往来。

扬州很早就是商贾云集之地，自天宁寺与静乐寺的无尽藏院开设以来，前来举贷香积钱的大抵都是在扬州一带做生意的商人。无尽藏院的香积钱数量有限，为防举贷人不能如期偿贷，每年大金额的借契都要问过崔奉天才会签押，因他熟识扬州的商人和买卖，能帮无尽藏院的典座判定哪些举贷的商人会难以偿贷。日子久了，连芸一都差点忘记，正是由于崔奉天的襄助，清宁师太才能身在楚州，却插手着扬州几间大迦蓝的无尽藏院。

一直随崔府的仆从进到正堂，芸一和清宁师太才摘下罩在身上的幂篱。清宁师太仍是一身素白僧衣，只有走近了，才能看出她的僧衣并非普通的粗布，而是产自越州的白绫。

堂内只有衣饰华贵的崔奉天和阿弟芸泽。芸一小心翼翼地朝阿弟瞥了瞥，自那日从燕春楼出来，芸一每次去芸泽家里，他都在外办差，也不知崔掌柜有没有因燕春楼的事为难他。

清宁师太坐定后，崔奉天为她斟了茶汤，道："这是你最爱的神泉小团，近日刚从东川送来的，你尝尝。"

芸一不敢看崔奉天，只听他对师父说话的语气亲昵，几年前来崔府做客时，也是如此吗？芸一有点想不起来。

师父总会敲打自己过慧亦夭，所以芸一常常提醒自己不要随意过问师父的事。毕竟这十年来，芸一也从师父这里得了不少好处，又把阿弟推荐进崔记做事。只要不愁吃穿，有些事，还是不知道比较好。

清宁师太揽袖饮过，点头赞道："色泽清亮，入口回甘，果然好茶。"

崔奉天喜道："你喜欢就好，回头我派人送去荷恩寺。"

清宁师太放下茶盏，轻声道："崔郎，前些日子在燕春楼的事，芸一都同我讲了，虽是误会一场，但到底坏了你的计划。芸一的阿弟是我引荐至你府上的，还望你看在我的面上，莫要责怪芸泽。"

崔奉天扫了一眼低着头的芸一，对芸泽道："阿泽，你来说说，燕春楼的事后，我可有为难你？"

芸泽立刻回道："师太，阿姐，掌柜只是让我详述事情原委，并无任何惩戒。阿泽自知办坏了差事，日后定当全力弥补。"

芸一放了半颗心回去，对着崔奉天跪倒，恭敬地道："崔掌柜大人大量，奴和阿弟感激不尽。"

清宁师太笑道："行了，快起来吧。崔郎一言既出，绝对说到做到，你不必再担心。"

芸一见崔奉天稳重的方脸上松散着笑意，这才彻底放下心来。哪知刚站起身，正堂外的院子里一阵吵嚷，急促混乱的脚步声后，几个男子肆无忌惮地冲了进来。清宁师太和芸一来不及退入内堂，芸一忙挡在坐着的清宁师太身前，自己也侧过头。

为首之人一进来便大呼崔奉天的名讳，阻拦他的崔府仆从着急地向崔奉天解释道："阿郎，这些人不听劝，说什么都要进来，还动手打人。"

崔奉天一见来人，当即敛去脸上笑意，挥挥手示意仆从退下。他睨着来人，冷冷地道："我还当是谁，原来是玄昭阿弟，你这大老远地从齐州赶来，莫不是要提前向我贺年？"

这就是崔玄昭？芸一顾不上避讳外男，转头看去。只见他身着墨青色十字花暗纹襕袍，白净的瘦长脸上，五官匀称。

崔玄昭冷哼一声，傲慢地道："崔奉天，自打你出了宗谱，就与我博陵崔氏第六房再无瓜葛，也不再是我阿兄。敢问崔掌柜，为何要派人接近我的管家？偷偷摸摸，所为何事？"

与此同时，跟在崔玄昭身后的人认出了芸一，他狡黠的三角眼从芸一身上滑向芸泽，指着芸泽对崔玄昭道："阿郎，就是这个人，自称姓张，通过燕春楼向我打听崔家的事。还有这位娘子，女扮男装潜入燕春楼,也不知是要做什么龌龊勾当。"

"你休要胡言!"芸一急要辩解,侧开了半个身子,崔玄昭旋即注意到一身白衣的清宁师太。

他开始只是讶异,定睛再看后忽然指着清宁师太道:"你……你怎么在这儿?"

清宁师太默不作声,只拿起茶盏,继续吃茶。崔奉天直视崔玄昭,问道:"她为何不能在此?"

崔玄昭的视线从崔奉天移到清宁师太,接着又移向了芸一和芸泽,仿佛明白了什么似的,怒道:"崔奉天,想不到这么多年过去了,你竟还与这个浮浪妇人痴缠!当年你为了她,不惜与阿耶决裂,被逐出宗谱,而今……而今你还与她沉瀣一气,你说,你究竟要算计我什么?"

"放肆!"崔奉天抬手将手中茶盏甩出,茶盏碎裂在崔玄昭脚边,未用完的茶汤溅了他一身,"这里是我崔奉天的宅邸,我不许你在此口出秽言!"

崔奉天突然间的暴怒让堂内诸人俱是一惊,崔玄昭更是全未料到崔奉天会用茶盏丢他,愣了一下之后,登时跳起,叫道:"崔奉天,你不要欺人太甚!你被这炀帝后宫中的祸水迷得失了心智,累得我与阿耶被族中老少讥笑多年。你如此执迷不悟,如何对得起临终时还念着你的阿耶?"

"崔玄昭——"崔奉天的眼底寒气逼人,"我念在是兄弟的分上,才没有将你质押祖产举贷的事捅出去,你若还有些自知之明,就不要再散布流言,败坏清宁的声誉,否则……博陵崔氏的宗谱里,也未必不能再少一人!"

他沉稳的声线中透着赤裸裸的威胁,那凛然的气势,让芸一都跟着打了个寒噤。

"你——"崔玄昭错愕的脸上一阵慌乱,他指着崔奉天和清宁师太，满腔愤怒无从发泄，只颤抖地道，"你……你竟然为了这个女人，你怎么敢？"

"我有何不敢？"崔奉天扬起的唇边，尽是嘲讽，"你既然不认我这个阿兄，我又何必对你客气？如你所言，我早就不是博陵崔氏之人，我劝你还是好自为之，莫要多生事端。"接着对芸泽道："阿泽，送客！"

芸泽依言走上前去，对着崔玄昭做了个请的手势，崔玄昭紧缩着下颌，无比忿恨地瞪了崔奉天一眼，拂袖而去。

崔玄昭走后，正堂内安静得可怕，芸一紧紧揪着衣角，一动不动，心中早已骇浪滔天。

师父和崔掌柜竟然是旧情人……芸一不敢相信自己听到的，可脑中却又忍不住把过往的种种一遍遍筛过，许多芸一曾经不理解也不愿多想的事，陡然间都说得通了。怪不得崔奉天对师父态度亲昵，怪不得他一直帮助无尽藏院，也怪不得崔玄昭会那么气急败坏，可……可崔掌柜当年既愿意为师父脱离博陵崔氏，他二人又为何没能终成眷属呢？

芸泽送客回来的脚步声打断了芸一的苦思，堂内又只剩下崔奉天、清宁师太和芸一姐弟。

"芸一，"清宁师太缓缓地道，"你拜入我门下也有十年了。这十年中，你忠心可嘉，办事也牢靠。不过为师还是要提醒你，这世间的许多东西，得来不易，失去却就是一瞬间的事。"

师父一贯柔婉的声线此刻听来有些刺耳，但芸一几乎想也不想，便叩首道："师父放心，芸一今日的一切都是拜师父所赐，芸一从前怎样，今后还怎样。"

"如此甚好，"清宁师太不动声色地与崔奉天交换了眸光，"既然你们姐弟二人都知道了，那日后我同崔郎之间的一应消息往来，就都由你们负责吧。"

第二十七章
张九微：真相

凛冬已至，长安初雪。

北风过处，飘雪纷纷扬扬，仿若散入天际的蒲公草。张九微捧着轻盈飘落在掌心的片片雪花，饶有兴致地看那丝丝甘凉，一点点融化于掌中。

伽罗从平康坊宅院的屋子里走出，好奇问道："九娘，你在做什么？"

"嗅雪啊！"张九微说着又从院中的石案上捧起一团雪。

"嗅雪？"伽罗也跑到院中，狐疑地问，"雪也有味道？"

"当然有！"张九微故意认真起来，将手伸向伽罗，"不信你闻闻看。"

伽罗动了动鼻子："明明就没有味道。"

"有的，有的，你再凑近些。"

伽罗听话地凑上去，还没等反应过来，就被张九微糊上了满脸的雪，鼻孔和口中也吸进许多，瞬间连打几个喷嚏。

张九微在一旁笑得直不起腰，伽罗才知上当，用衣袖抹掉脸上已经化开的雪水，恼道："我这才从流波岛回来，九娘就开始作弄我，之前书信说想念我，原来都是假的！"

张九微还没笑够，上气不接下气地说："我也没想到……你离开才……才半年多工夫，怎么……怎么就傻到这般田地？说什么你都信？"

"九娘也没好到哪里去——"伽罗气得将双手环抱于胸前，"又年长半岁，却还玩这种小孩子把戏。"

"那还不都是因你不在长安，"张九微在伽罗的幞头上敲了一下，小声道，"你不知道，郑齐每天就会跟我算账，连句玩笑话都不会说。郭二公又只顾礼佛，这大半年的国丧期，什么好玩的事都没有，我都快闷死了。唯一欣慰的，就是姑祖父打了胜仗，平安归来。"

伽罗撇撇嘴道："看来要我不在九娘身边，九娘才觉出我的好来。"

"自以为是，"张九微白了伽罗一眼，"不过你这趟差事办得不错，赶在大哥之前收了那么多青檀白檀，这回他即使想接下崔奉天的买卖，也没那么容易。"一想到又赢了张夔一局，让他收不到檀木，张九微心里就乐开了花。

伽罗脸上却没有张九微的欢欣，沉着脸道："提起崔掌柜，如果馒头说的没错，那崔掌柜应该也在采买紫棠伽楠，九娘觉得是为何？"

"还能为何？当然是跟我们一样，为了赚钱。"

"可紫棠伽楠不是寻常香木，没晒过之前，论香味悠远，亦远不及沉香和檀香。咱们在这长安城中，还从未见过除了懿烁庄之外的商铺，有卖紫棠伽楠。崔掌柜愿意出高价收购，一定有特别的原因。"

"唔……你说的也无不道理，只不过崔奉天光在淮南道，就有数百间商铺，也许他用紫棠伽楠做匾额呢。不管怎样，这回叫你顺藤摸瓜，知道了狮子国也有紫棠伽楠，也算好事一桩。伽罗，有你帮我，咱们早晚能够让离岛的生意超过大伯父的。"张九微扬了扬嘴角，露出一贯自信的微笑。

伽罗没接话，有些无措地站在雪中，躲避着张九微的目光。

张九微看出不对，问道："伽罗，你怎么了？这次从流波岛回来，不只郑安每日心不在焉，怎么连你也变得遮遮掩掩？"

"九娘，"伽罗轻叹一声，"其实有件事，我一直没有写信告知你。这次……这次在流波岛，岛主同我言明了让你远赴大唐给李相送信的缘由。"

"缘由？不就是让我接手懿烁庄吗？"

伽罗的表情好似在咀嚼一团不该被吃进口中的生梨，好半天才道："接手懿烁庄是不假，不过……不过岛主说，懿烁庄是他为你准备的嫁妆，是想让你嫁到大唐之后，也可以继续经商。"

"嫁到大唐？"张九微满脸困惑，"我为什么要嫁到大唐？祖父几时说要给我议亲了？"

伽罗一咬牙，把张仲坚派张九微来长安送信，实则是希望通过李靖夫妇为张九微觅得良婿的计划和盘托出。最后，还不忘复述道："岛主说，李夫人最有识人之能。她当年能慧眼识得尚在微时的李相，九娘跟着她，也必能找到文武全才、可以相守一生的良伴。"

张九微不等伽罗说完，激动地打断他："你胡说！祖父不会这样待我！他知道的，我只想经商，若我嫁到大唐，那船队怎么办？离岛怎么办？"

"九娘，"伽罗咽了一下，"离岛……离岛最终还是大郎的啊。"

什么？！张九微脑中嗡地一声，不自觉退出两步，她没法接受伽罗的说法，摇着头道："不！不会的！祖父不会这样待我的！伽罗，你骗人！"

伽罗赶忙上前扶住她，安慰道："九娘，你先别急，伽罗说的，也许不是岛主全部的想法。不管怎样，岛主断不会逼迫九娘，九娘只管安心在李相府上住着，一切从长计议。"

李相府中……对了，这两年工夫，祖父前后给姑祖父捎了好几封信，姑祖父、姑祖母一定知道祖父的安排。

张九微想到此处，再无犹疑，一把推开伽罗，转身向院门跑去，刚出得宅院，脚下就是一滑，歪倒在雪地里。

伽罗追了上来，急道："九娘，你没事吧？你这是要去哪里？"

张九微挣扎着站起，回道："我现在就要去找姑祖父、姑祖母问个明白。"

伽罗阻拦道："九娘，你莫要冲动。眼下雪这么大，况且大家都还在等你一起用夕食。等雪小一点，咱们再回去。"

张九微坚决地道："不行，不问个明白，我如何吃得下饭？"

她说罢，不顾街上的积雪，深一脚浅一脚地朝李府奔去。伽罗好像朝院内喊了句什么，然后急急跟上。

从宅院到李府的路，从未如此漫长。张九微感觉不到寒风侵肌，那些飘落在脸上、手上的雪花，刚触到内心的急切便化作水雾，一层又一层，要把她团团笼住。张九微不管不顾地拨开眼前的迷蒙，想将所有的一切都看个分明。

一入李府，张九微便径直奔进第二进院子，远远地叫道："姑祖父，姑祖母——"

李靖和张出尘正在用夕食，眼见张九微满身是雪地冲进来，张出尘急忙起身，握住张九微冰凉的手，关切地问道："九微，怎么冻成这样？快去把外衫换掉，当心着凉。"

张九微上前一步，径直跪倒在二人身前，忍耐许久的泪水夺眶而出，边哭边道："姑祖父、姑祖母，祖父是不是要把我嫁到大唐？求你们告诉九微，祖父到底为什么要遣我来长安送信？"

李靖和张出尘略微惊异地对视一眼，交换着复杂的眸色。张出尘用帕子掸掉了张九微身上尚未化开的雪绒，柔声道："九微，你先起来，到火盆边上坐，身体要紧。"

婢女闻言迅速拿来一方坐榻，摆在火盆边。张出尘使了个眼色，厅内的婢女仆从们便都退了出去。

·64·

见张九微在火盆边坐定后，李靖轻咳一声，开口道："九微，姑祖父不瞒你，兄长的确拜托我和出尘在照顾你的同时，为你在大唐寻一桩好姻缘。"

"祖父他……"张九微哑然失声，李靖的话带着尘埃落定的力量，让张九微心头悬着的巨石重重砸下，压得她动弹不得。

李靖和蔼地续道："你自幼失去双亲，在兄长身边长大。兄长是担心他百年之后，不能再护你周全，是以希望你能在大唐安家。"

"可为什么……"张九微脸色煞白，眼泪顺着脸颊不停滚落，"为什么我不能留在流波岛？我……流波岛才是我的家。"

李靖有些不忍，但还是直白地问道："九微，兄长的信中虽没有明说，可姑祖父问你，你与流波岛上的伯叔亲属，关系如何？"

张九微紧咬下唇，不愿作答。

李靖似乎早就猜到了答案，和缓地道："九微，同为家族中的族长，即使兄长不说，我也能明白他的苦心。正是因为你与伯叔兄弟们不睦，兄长才愈加担忧你的将来。暮年之人，唯愿子孙和睦，家族兴盛，为你在大唐择婿，或许是兄长能想出来的最好的折中办法。这样既保全了你，也不会使流波岛上生出事端。"

"可为什么要离开流波岛的人是我？就因为我是女子？"张九微心里一万个不服。她不想听李靖说的这些大道理，她只想在浩瀚大海之上，领着船队远航，只想每一次航行的终点，都是心心念念的流波岛。

"祖父，他……他不能这么对我！"说不清是怒气还是寒冷，张九微感到脊背上一阵抽搐。

张出尘心疼地搂住她的肩膀道："九微莫怕，兄长不是现在就要给你议亲。只要你不喜欢，没人会逼你。兄长也好，我和李郎也罢，都希望你能找到相知相惜之人，携手一生。"

张出尘的臂弯很温暖，可张九微只感到一阵阵的寒意。震惊、委屈、不解,还有一种被背叛的强烈感觉撕扯着她,让她在冬夜里兜兜转转,绕不出心头的冷冽。如果阿耶阿娘还活着,他们也会这样对我吗?

泪水模糊了眼前的一切,张九微蓦然间想到了嫁去百济的张瑾辰。阿姐就是那样,远离了从小陪伴自己的家人,被困在一个陌生的、事事都做不了主的地方,再也看不到大海,闻不到海风。

不,我不要,我不能!张九微猛地跳起,想要夺路而逃,逃到一个谁也找不到她的地方。可刚迈出几步,身子便被一波接一波汹涌而来的寒颤困住,她挣脱不得,栽倒在地。

第二十八章
慕容婕：魑魅

是如何离开燕春楼的，慕容婕不记得，直到夜晚的寒风飕飕地打在脸上，她才意识到已在扬州的西水门长街上走了许久。奇怪，以前从不觉得江南的夜风寒凉，怎么今夜这风中竟带着吐谷浑草原上的冷冽？

身旁的丁元一直默默地跟着，他似乎知道慕容婕不想说话，这一路走来，也未曾开口。

直到静乐寺的山门出现在眼前，丁元才拉住慕容婕，小心地问道："木娘子，你是不是有什么心事？还是刚才酒吃得太急，不舒服？"

日渐深重的夜色并未阻隔丁元关切的眸光，慕容婕强压住心头的错杂，勉力一笑，回道："酒吃得是急了些，这会儿昏昏沉沉的。"

"那就早点回去歇息，明日你不是还想去邵伯码头？"

慕容婕这才想起与丁元还约好了明日要去邵伯码头游玩，于是推托道："丁兄，天气寒凉，今夜又折腾许久，明日我不想出门。就容我在寺里清净几日，你看如何？"

丁元果然没有强人所难，回道："也好。你且休息几日，要是想出去走走，就随时来逆旅找我。"

两人拱手告别，才走出几步，丁元又回身道："木娘子，抚琴那日，你说不会对我'薄言往诉，逢彼之怒'。对你，我也是这句。

· 67 ·

你若有什么烦闷事,不要憋着,我随时洗耳恭听。"

皎皎月色下,丁元的眸光分外澄澈,在慕容婕混乱的心中映出一方远离喧嚣的山崖。正是这一方谁也打扰不到的地方,让她惶惑已极的心稍微安定,她轻轻点了点头,丁元这才放心离去。

大宁王真的死了吗?在等待夜深人静的时辰里,慕容婕脑中只有这一个问题。

他怎么会死?他处心积虑谋划了十几年,在可汗面前处处隐忍,无论是天柱王的离间,还是尊王的挑衅,他都从容应对。那么多腹背受敌的惊险,那么多饱受猜忌的落寞,他都一一挨过。他终于达成了自己的夙愿,终于坐上了可汗之位,他不可能会死!

湿冷的冬夜中,江都县府负责夜间巡逻的卫兵懒懒走过,谁也未曾注意到一个轻盈的黑衣身影,早就攀上了地处闹市的远朋楼的檐顶。

慕容婕无法说服自己等到翌日,她必须今夜就见到远朋楼的梁掌柜。眼下师父远在吐谷浑,若说有谁会知道确切的消息,那就只有梁掌柜了。

慕容婕去年在远朋楼住过一个多月,知道梁掌柜的厢房就在远朋楼最高层的西北角。一般人若从楼内寻找需费一番功夫,还得设法躲避各层的宾客,可对慕容婕而言,只需从檐顶跃进一扇窗户。

此刻已近子时,但所幸梁掌柜的厢房还亮着。慕容婕将内力贯于指上,戳破了窗棂上的油纸,借着室内通明的烛火,看清梁掌柜正背对着窗户坐在屋内。

她抽出匕首,在窗框开合处用力一划,随即双脚蹬出,以绵力踹开窗户,翻身只一个跟头便欺近梁掌柜身侧,须臾之内,慕容婕冰冷的手掌就捂住了梁掌柜的口鼻。

梁掌柜受惊欲跳起,慕容婕忙运劲按住他,压低声音在他耳边道:"别出声,梁掌柜,是我。"

梁掌柜看清了慕容婕的面目，眼中惊惶之色渐消，可当慕容婕将手移开之时，她反倒一怔——梁掌柜的下颌上，只有半边吊着一绺歪歪斜斜的胡须，另外一绺则攥在他的手上。

假胡须？慕容婕迅速扫了一眼梁掌柜的下颌，没错，他下巴上还有粘胡须留下的印迹。

"你——"慕容婕退后一步，"你的胡须……"

梁掌柜下意识地捂住下颌，窘迫地转过头去，不悦地回问道："怎么是你？你来做什么？"

慕容婕顾不上假胡须的事，拱手道："梁掌柜，请恕我夜间惊扰之罪。只是我今日听说，大宁王……大宁王他……"慕容婕发觉自己喉头干涩，想问的话半天都说不出口。

"你听说的没错，大宁王已经死了。"梁掌柜的回答不带一丝拖沓，斩断了慕容婕心中仅存的侥幸。

死了？她突然有点不能理解这两个字的含义，脑中一片空白。

梁掌柜不理会慕容婕的错愕，继续说道："大宁王继任可汗之位后，一直难以服众，树敌甚多。圣人曾遣凉州都督李大亮率兵声援，可李大亮的部队一走，伏俟城立刻叛乱四起，大宁王就在叛乱中被杀。"

慕容婕终于缓神，上前一步，急道："可我师父呢？师父怎么可能会让大宁王出事？"

"慕容先生的下落我也不知。如今吐谷浑国中大乱，除了大宁王的死讯报到了长安，其余消息皆难以确实。圣人虽册立了大宁王之子诺曷钵为河源郡王，继任吐谷浑可汗，但唐军一天不前往驰援，吐谷浑内部的叛乱就一天都不会平息。"

慕容诺曷钵？慕容婕记起了那个只有十岁的孩子。他一直生活在他母妃的王帐，纵然二人也算姐弟，但慕容婕几乎从未同他讲过话。

"那……"慕容婕不知自己还能问些什么，"那可有办法打听到我师父的下落？"

梁掌柜此时已粘回了胡须，不作答，却是冷冷地问道："你既是大宁王的死士，如今旧主已死，你难道不该回去吐谷浑效忠新君吗？"

效忠新君？慕容婕不清醒的脑中更加混乱，嗫嚅道："我……我没想过。"

我成为大宁王的死士，都是师父的安排。师父总说，只有以死士的身份，我才能不引人注意地留在大宁王身边。慕容婕已经习惯了听从大宁王的命令，她从不承想过大宁王不在人世会是什么情形。

"我不管你怎么打算，"梁掌柜的语气骤然严肃，"大宁王已死，我与他恩怨两清。从今以后，我同你们吐谷浑再无瓜葛，我也不会再为你们传递消息。"

"可……"慕容婕不解，她不知道大宁王同梁掌柜有着什么样的旧事，为何大宁王一朝身死，梁掌柜竟会如此决绝。

"你走罢，"梁掌柜冷漠地指着窗户，"记住，以后莫要再来寻我。"

面对梁掌柜突然的逐客令，慕容婕不得已纵身跃出厢房。夜色中，沿街的房屋早已漆黑一片，只剩悬在空中的那弯弦月，向人间泼洒着冷冷清辉。

自得知大宁王的死讯，已过去数日。慕容婕一直称病不出，只在清宁师太从楚州来到扬州后，草草问候了一面。

这日清晨，慕容婕被寺中比丘尼们的早间诵课唤醒，她裹着被子，触到了眼角的湿润。

我又梦见他了吗？慕容婕试图回忆。

梦里的大宁王，在王帐中身披貂裘，迈着轻缓的步子，朝自己走来。她忍不住低头去数，一步，两步，三步……然而那双黑色镶金边的靴子，似乎永远也无法走完这短短的距离。

窗外庭院里的古树，枯叶凌乱地缀满枝头，冬风稍作，便飘散了一地的凋零。我已在寺中躲了数日，也许今日该出去走走。

待坐上马鞍，慕容婕才意识到自己有多么想念追风。她抬手扬鞭，疾驰越过江都县府的北城门，任由风声在耳边呼呼作响。江都郊外的水田和农舍，渐次被抛在身后，她大口地呼吸着凄冷的寒风，又抽下一鞭，还不够，再快些……

然而座下的马儿先累了，渐渐改为小跑，缓步穿进仍然繁茂的山林。慕容婕不知自己身在何处，任由马儿在林中走了一阵，发现不远处有座不大的佛寺，朴素的山门上没有匾额，只有砖墙瓦色，静静地浸润在冬日的山光里。

空气中的檀香味，隐隐透出哀思。是了，你走了这么久，我都还没为你敬过一炷香。慕容婕把马拴好，跨入山门，当跪倒在佛前的蒲团上，却又不知该祈愿些什么。

你从未像一个真正的父亲那般待我，从长安初次来到伏俟城，王帐中的你，甚至都叫不出我的名字。这些年，除了分派任务，你极少与我单独相处，偶尔的关怀，如果不是在吃过酒之后，那便是因为师父又规劝过你什么。

最后一次与你面对面，你说不能听我叫你一声阿耶，是你的错……当时的你，是真的心有惋惜愧疚，还是只是说出那样的话，好让我心甘情愿顶着叛逃的罪名，去达成你暗自与大唐结盟的目的？我永远都不会得知答案了，对吗？就像我永远不会再有机会叫你一声阿耶。

过去十年的种种一刻不停地在脑中翻涌着，慕容婕茫然地盯着眼前的佛像，泪水不经意间滑落成行。

佛堂内值守的老僧走近，对着慕容婕合十道："施主，你在佛前隐泣，可是有什么伤心事？"

慕容婕回过神来，一边拭去脸上的泪痕，一边道："让大师见笑，奴家中长辈刚刚去世，奴在佛前，一时悲从中来。"

"阿弥陀佛，生死有命，施主还请节哀，切莫过分执着。"

"大师教诲得是，"慕容婕颔首，"我途经宝刹，见山门上并无匾额，也不知自己行到了何处，还望大师示下。"

"贫僧只是普通的出家人，并不是什么大师，这里也不过是雷塘中的无名寺院罢了。"

"雷塘？"

"正是。"

"我看此处山林茂密，又有溪水环绕，当是处风光胜地，可一路走来，未见一人，不知是何缘故？"

老僧扬了扬眉，问道："施主当真不知雷塘是什么地方？"

慕容婕摇头。

"雷塘乃是隋炀帝的归葬之所，自贞观五年，炀帝改葬于此，来雷塘的人便很少了。"

慕容婕吃惊地张了张嘴，她只知隋炀帝被弑于江都，却从未探寻过他究竟葬于何处。

老僧怆然慨叹道："想当年炀帝在世时，穷奢极欲，驾着龙舟几度巡幸江都，可身死后，却连口像样的棺材也没有。就算后来依照帝礼迁葬于此，可他迁葬那日，从前身边的百官、妃嫔与宫人，又有哪个能与他为伴？阿弥陀佛，可见世间空苦，诸行无常，乃是众生都脱离不了的生灭法，唯有如佛陀所言，生灭灭已，方能无生无灭。"

老僧说罢，向慕容婕双手合十，又坐回佛堂角落的蒲团，默默诵经。

慕容婕难以体悟他所说的佛理，脑中却不断萦绕着他说的那句话——隋炀帝的百官、嫔妃与宫人。大宁王曾陪同隋炀帝巡幸江都，那么或许……

当日黄昏，慕容婕专捡了个宾客扎堆用夕食的时辰，又来到远朋楼。梁掌柜正在大堂内往来穿梭,忙得不亦乐乎。

趁他回身的空当,慕容婕搭手在他肩上。梁掌柜微微一惊,立刻蹙起眉头,小声道:"你怎么又来了?我不是叫你不要再来寻我。"

慕容婕客气地道:"梁掌柜受累,眼下我还有最后一件事,需要你帮忙。"

梁掌柜轻哼一声,不屑地回道:"你当我是谁?可以任你呼来喝去?我说过与吐谷浑再无瓜葛,岂是戏言?"

慕容婕打定主意要证实自己的猜测,凑近了在他耳边轻声道:"梁掌柜,你若不应允,我便当着这满堂宾客的面,扯下你的须子,再不然,我也可以当众划开你的裤衣。你说,这么多南来北往的商客,若是得知远朋楼的掌柜竟是个阉人,会作何感想?"

梁掌柜清瘦的脸上顿时惊怒交加,他盯着慕容婕毫无半分戏谑的双眸看了半晌,咬着牙道:"随我去楼上。"他随即向大堂的酒博士招呼了一声,然后引着慕容婕踏上楼梯,来到远朋楼最高层的厢房。

阖上房门后,梁掌柜恼恨地道:"说吧,到底什么事?"

"说正事之前,梁掌柜难道不想给我讲讲你到底是什么人?和大宁王又是什么关系?"

梁掌柜兀自忿然地瞪着慕容婕,不肯答话。

"好吧,既然梁掌柜不愿说,那就容我先猜猜,"慕容婕自取了一方坐塌,坐在梁掌柜身侧,"大宁王曾说与你是旧友,可他在大唐为质多年,行动受限,根本不可能随意进出长安。照理说,他的旧友该在长安才是。大业十二年一直到大业十四年,他陪同隋炀帝巡幸江都,若说是那时在扬州结识你,也无不可。只是,他整日与炀帝在一处,能与他结识之人,定然也时常出入宫禁。"

慕容婕边说边牢牢盯着梁掌柜,他的神色几度变幻,绷得紧紧的脸庞上一点血色也没有,比自己的脸孔还要苍白。

她继续说道:"之前我一直想不通你为何需要贴假胡须,直到无意中听人说起隋炀帝被弑杀后的情形。梁掌柜，若我推断不错，你正是当年隋炀帝宫中的宦官，如此才会与大宁王交往密切，并在隋炀帝身死城破后，留在了扬州。"

梁掌柜听罢，颓然一笑，泄去了最后一丝抗拒的气力，看着慕容婕道："罢了。大宁王已死，这些旧事就算告诉你，也没什么要紧。你猜得不错，我的确是前朝宫中的宦官，炀帝驭龙舟和楼船巡幸江都时，我正好在大宁王的船中侍奉。炀帝被弑后，江都大乱，我趁乱出逃时险些被宇文化及手下的兵将所害，是慕容先生救了我。后来，我得到大宁王的资助，买下了远朋楼，就一直定居在扬州。"

"如此说，大宁王于你有恩，那你为何要拒我于千里之外，还不肯再帮吐谷浑传递消息？"

"有恩？"梁掌柜轻蔑地笑了一下，"救我性命的是慕容先生，并非大宁王。照顾我养伤期间，大宁王还责备慕容先生多事，救了一个不相干的人，亦不愿带着我同回长安。我虽受他钱财，可这十几年来，既要当他的暗哨，又要将远朋楼的收入分他四成，他的那点恩情，我早已还清。"

利用所有可以利用的人，的确是大宁王的手段，慕容婕在心中苦笑一下。

"好了，"梁掌柜不耐烦地说道，"你想知道的都告诉你了，现在说吧，你到底要我帮你什么？"

"我想请梁掌柜帮我确认一个人的身份。"

"确认一个人的身份？"

"正是。梁掌柜当年在宫中当差，又随炀帝同来江都，想必认得不少他身边的妃嫔？"

"认得又如何？"

"我听闻武德元年，窦建德在聊城攻破宇文化及之后，俘获了隋炀帝的众多妃嫔，但他的妻子曹氏善妒，便逼迫这些后宫女子出家为尼，可有此事？"

"有是有，不过……"梁掌柜翻了翻眼珠，已经猜到了慕容婕的用意，"难道，你想让我确认身份的人，曾是炀帝的妃嫔？"

慕容婕点点头，接着道："只要梁掌柜能帮我确认此人的身份，我便允诺从此之后，不再登门寻你的麻烦。"

"好，我就帮你这个忙。此人现在人在何处？"

"就在江都。过几日我会来请梁掌柜，到时还请梁掌柜依照我的计划行事。"

贞观九年岁末，扬州的闹市街巷到处充盈着即将过年的祥和喜气。

辰时刚过，一身素白襦裙的慕容婕和芸一，随同清宁师太一道，跨进了江都县府天宁寺的山门。天宁寺的住持悟本方丈和几位辈分高的僧人早就等在大雄宝殿之内，殿中的香案上也一早置下了超度法事所要用的诸多法器。

难得换一回女装，慕容婕被从头罩下的轻纱幂篱弄得有些心烦，这东西不只妨碍她施展轻功，还总会遮挡视线。

隔着幂篱，慕容婕认出了殿中丁元的青衣身影。自那日静乐寺外一别，慕容婕一直未去找过他，更没想到他会在此出现，不禁问道："丁兄，你怎么会来天宁寺？"

"我听芸一说你今日要为往生的父母超度，我虽不识你的双亲，但也想来为他们敬一炷香，"丁元顿了顿，"数日不见，你心情可好些了？"

"劳你挂怀。这些日子没去找你，实是我……"

不等慕容婕说完，丁元温言抢道："我明白。我幼年就失去双亲，只与阿弟相依为命，我知道思念父母的滋味。"

慕容婕突然有些庆幸自己戴着幂篱，不会被丁元看到此刻的心虚。这场所谓的法事，与故去的阿娘与大宁王，并无干系。慕容婕借口在新年之前为双亲做场法事，又特意恳请清宁师太亲至天宁寺为亡父亡母诵经祈福，为的是要方便梁掌柜暗中观察。

净手、安位、招请、诵经、发愿，慕容婕依照悟本方丈的指示，将仪轨一一完成，当诵完最后一遍地藏经，寻常香客也逐渐涌入天宁寺。

法事已毕，慕容婕谢过悟本方丈，几人跟随清宁师太从大雄宝殿离开。正走在殿前的院子里，两个衣衫褴褛的孩童突然打闹着窜出，摔倒在清宁师太身前，伏地不起。

清宁师太少不得躬身去扶。刚问了两句话，顽皮的孩童一抬手，不小心掀掉了罩在师太头上的幂篱，另一个小孩随即捡起，像模像样地戴在自己头上，跑出好远，迟迟也不肯还回。

几人不好跟小孩子理论，芸一无奈，只得将自己的幂篱脱下，重又为清宁师太戴上，一行人才出得天宁寺。

"梁掌柜可看得仔细？确认她就是隋炀帝后宫里的人？"慕容婕与梁掌柜相对而坐，面前的几案旁，炭火正温着茶壶。

"不会有错，"梁掌柜肯定地道，"当年随楼船南下江都的后宫妃嫔远没有留在长安宫中的多，我在江都的离宫中见过她多次。此人姓李，当时她只是宝林，宫人们都唤她李宝林。她的样貌没怎么变，真没想到乱世之后，我竟然还能再见到宫中的旧人。"

看来那日在荷恩寺，钱老三所说的并非是流言。如果清宁师太是后宫美人，那与她同来扬州又姐妹相称的萧夫人⋯⋯

慕容婕又问道："那梁掌柜可还记得后宫之中，有什么女子与她特别交好？"

"特别交好？"梁掌柜思忖片刻，答道，"这倒不知。不过宝林的位份，按例没有单独的寝殿，她是与几个位份低的美人同住一殿。"

"同住的女子之中，可有一位双眸极其灵动，还有些娇憨的孩子气的？"

"娇憨的孩子气……"梁掌柜努力回忆着，"是有一位少不更事的陈美人与李宝林住在一起。她那时常耍小脾气，宫人们见她位份低，又天真稚气，也都不与她计较。"

"那就是了……"慕容婕自言自语。

"是什么？"梁掌柜听出了慕容婕自语背后的故事，"难道除了李宝林，你还见过陈美人？"

"这不重要，"慕容婕说着朝梁掌柜拱拱手，"此次多谢梁掌柜相助。我言而有信，今后不会再来打扰你。"

梁掌柜似是未料到慕容婕会如此干脆，抿了一口茶汤后，淡淡地问道："如今大宁王故去，慕容先生又下落不明，你今后作何打算？"

这是慕容婕一直在回避的问题，自得知大宁王的死讯，她不愿也不敢想今后的日子，只能嗫嚅道："我……我也不知。"尚未说完，眼中竟隐隐有了水汽，慕容婕怕梁掌柜看到，连忙垂首。正当此时，厢房外有人叩门，急唤道："梁掌柜。"

梁掌柜起身开门，远朋楼的酒博士冲进来，也没看房内有没有人，便急道："梁掌柜，县府的县尉又差人来了，还是那件凶案，又要查客舍住的胡商。"

"又来了？"梁掌柜听着颇为无奈，他对酒博士道，"你招待他们便是，凶案已经过去近两年，还能指望查到什么？"

酒博士得令走开，慕容婕不禁问道："是县尉来查案？"

"是，"梁掌柜边说边阖上房门，"贞观八年的上元节前，有胡人打劫扬州郊外的龙华寺，僧人胡人拼斗，死了数人。扬州州府一直没能破案，远朋楼内尽是胡商，是以直到今日县尉还时不时会来查访。"

上元节前，龙华寺……是师父去抢佛珠的那晚，看来那拨胡人的来历仍然成谜，也不知拿走胡人过所文书的中州派查出来了吗？

慕容婕还在思量，梁掌柜突然道："慕容婕，再有几日就是除夕，不管你未来作何打算，都等好好过完年节再说吧。"

年节？慕容婕差点忘了。年节该是阖家团圆，可如今，家人于我还有意义吗？

数九寒天，黎明的曙色打在扬州郊外的山林间，一点点穿透弥漫的晨雾。龙华寺静立在人烟罕至的荒芜之中，藤蔓爬上了斑驳的瓦砾，连地面上铺的青砖也裂开细小的纹路。自贞观八年正月这里发生命案后，本就香火萧条的寺院，如今只余下庭院中那棵肆意生长的樟树和再也不曾敲响的晨钟。

慕容婕在不大的寺院里走了一圈，徒劳地寻找着师父留下的痕迹。她也说不清自己到底指望从龙华寺中找到什么，只是大宁王死后，自己同吐谷浑的牵绊似乎只剩下师父和那串青绿色的佛珠。在憺寿山庄内，没发现多少有用的线索，眼下除了确认萧元德是扬州人氏之外，慕容婕对于中州派为何也在寻找慧如的佛珠，一无所知。

扬州州府的法曹没有费力清理现场，大雄宝殿前的院子里，还隐约看得到砖墙上的血污。师父当时，应该就是在这儿，杀掉了满寺的僧侣。慕容婕用手拂去墙上的尘垢，想看得更仔细些。

寒风拂过，送来山林中的细微声响。慕容婕耳边动了动，依稀听到轱辘滚过砂石的声音。她警觉地轻纵两步，转眼就蹿上了院内的香樟。须臾之后，龙华寺的山门前，果然停下了一辆牛车。

靠着香樟的树干，慕容婕越过还凝着晨霜的常青枝叶，向下望去。驾着牛车的矮小之人头戴斗笠，从牛车中扶出一个全身素白的身影。她虽然戴着幂篱，可慕容婕已隐隐猜到了二人的身份。

只见两人跨过山门，也来到大雄宝殿前的庭院里。幂篱下传来清宁师太的声音，语气娇婉，与平日大不相同："一大清早，你带我来这种地方做什么？"

矮小之人摘下了斗笠，露出陆飞澜那张狡黠的面孔，他讨好地道："你莫生气。年节前，那么多年货运抵扬州，眼下扬州城内，中州派的人实在太多，又有云门坞的耳目，只有在这里，你我才能好生相聚。"他说着搂住了清宁师太。

慕容婕在树上险些惊呼一声，她提醒自己陆飞澜武艺不俗，切不可被他察觉，于是屏息凝神，更加专注地听着。

清宁师太扭动肩头，从陆飞澜怀中挣脱，嗔道："你不知道这里死过人吗？只是站在这里我都觉得脊背发凉，哪有心思同你亲热？"

陆飞澜调笑道："那正好，我热得要命，我帮你暖暖。"他说着从身后抱住了清宁师太。

清宁师太不配合地再次挣脱，她小心地环顾四周，双手合十一下，道："龙华寺的这桩命案两年都未侦破，死者的冤魂必然还萦绕于此，我们还是快些走吧。"

"不许走——"陆飞澜扯住清宁师太的衣袖，又将她拉回怀中，"你在憺寿山庄一住就是两月，我每天都只能眼巴巴地看着，而今好不容易能在扬州相聚几日，岂能放过？"

陆飞澜伸手揭去清宁师太头上的幂篱，露出她线条优美的白皙脸庞。他环抱着清宁师太，顺着她耳边一路吻下去。清宁师太任由他吻了一阵，才喘着气推托道："那也不能在这里。"

陆飞澜一双手不听话地在清宁师太身上游移，笑道："有我在，你怕什么？你放心，就算死在这里的那些胡人还了魂，我也会让他们再做一次刀下鬼。"

清宁师太似乎听出了不对，推开陆飞澜道："再做一次刀下鬼？什么意思？"

陆飞澜不答，只顾埋头在清宁师太的脖颈亲吻。清宁师太将手按在他嘴上，又一次问道："难道那些人的死和你有关？"

"罢了，告诉你也无妨，"陆飞澜在清宁师太脸上拧了一下，

"死在这里的那些胡人就是我带人杀的。"

"什么——"清宁师太小声惊呼一句,不禁惊恐地看向庭院中的空地,显然十分害怕。

陆飞澜趁势搂住她,在她耳边道:"不用怕,死人没什么好怕的。"

"那僧侣呢?寺中僧侣也是你杀的?"

"本来就是要杀寺中的和尚,谁知来的时候,竟被那帮西域胡人抢了先。我奉掌门之命行事,不能留下活口,就把胡人一并宰了。"

"你又胡说!"清宁师太嗔道,"我姐夫礼佛至诚,怎会杀出家人?一定是你,又招惹了什么官司。"

"我何必骗你?下手之前,我陪掌门来过龙华寺几回。那寺中的住持,法名慧如的,我也见过。掌门要杀的人就是他。"

清宁师太摇着头道:"不,我姐夫绝不是滥杀无辜之人,且他一向礼敬佛门弟子,他和这慧如结下了什么仇怨,竟非要杀他不可?"

"个中情由,我所知不详,"陆飞澜捉住清宁师太白皙的手腕,亲个不停,嘟囔道,"我只知道,掌门是要那慧如手上的一串佛珠。"

"一串佛珠?"清宁师太探起身,"什么佛珠?"

"就是一串青绿色的佛珠。可惜那天我来晚了,抵达龙华寺之时,慧如已死,佛珠也不见踪影,掌门为此责备了我许久……"

清宁师太还欲再问,陆飞澜却不想再答。他低头缠住了清宁师太的唇,两人粗重的呼吸让樟树上的慕容婕头皮一阵阵发紧,可又不敢挪动分毫。

过了好一会儿,山林间寒风再起,树叶窸窣作响,清宁师太终于还是推开陆飞澜,小声道:"不行,这里到处都不对劲。要么换个地方,要么今日就算了。"

"怎么能算了?"陆飞澜急道,"明日你就又要回楚州,直到上元节过完,咱们都只能在掌门的眼皮子底下装相。"

"反正我不能在这里与你欢好。我只要一想到这里死过人,又有佛像看着,就什么心思都没了,"清宁师太娇嗔道,"更何况现在还是冬日,你从前可不是这么怜香惜玉的。"

她的柔情绰态,媚于语言,那勾魂摄魄的一举一动,与她平日在荷恩寺中的肃容清雅判若两人。若不是亲眼所见,慕容婕根本无法将此刻院中这桃夭柳媚的女子与在佛门苦修的女尼联系在一起。

陆飞澜被她勾得更加急不可耐,叹道:"那就去郊外的庄子吧。反正现在掌门人在楚州,那里最近没什么人,我让阿川盯紧些就是。"他说着拉起清宁师太,大步流星地朝山门外走去。

直到确认牛车已经驶远,慕容婕才从树上跳下,无法相信自己今日所看到听到的一切。

清宁师太平素端庄和婉,人人都道她是一心向佛的得道尼师,万没想到她背地里竟与陆飞澜有染,他们的这一层关系到底多久了?她既是隋炀帝后宫中的美人,被迫出家为尼,那为何在窦建德兵败后却没有还俗?

慕容婕想到清宁师太竟能瞒过萧元德和萧夫人与陆飞澜偷情,愈加觉得自己从前所查知的事情,根本真假难辨。

还有萧元德,陆飞澜说他在慧如遇害之前,曾几次拜访龙华寺,他来做什么呢?他为了佛珠,指名道姓要杀慧如,定然是知道慧如与佛珠的来历,难道他真的是化度寺当年的僧人?可若是那样,慧如就是他的师兄,他于人前虔诚礼佛,在江淮广有善名,却会为了一串佛珠出手杀掉自己的师兄?

大宁王、师父、萧元德、清宁师太、陆飞澜、梁掌柜……为何每个人在表象之下都另有一番脸孔?我今日所熟知的一切,究竟还有几分真实?

慕容婕抬起头,正对上大雄宝殿中的三尊佛像。两年无人侍弄,它们的脸上都起了青斑，那一块块斑驳凹陷，在眼角额间，扭曲出狰狞的阴影。凡所有相，皆是虚妄，我又何尝不是戴着面具的他们？师父训练我为大宁王的死士慕容婕，丁元却只道我是家道中落的木嫆，我到底是谁？

恐惧在不经意间迫近，龙华寺每道青砖的缝隙中，都渗出要攀上她脊背的低语。慕容婕慌了，她足不停步地在山林中狂奔，急于逃离那些她知道总有一日会追上自己的东西。

回到江都县府时已近黄昏，慕容婕在静乐寺的山门处徘徊不前。寺中的青灯古佛，再无了往日的庄严慈悲，竟让她一时不敢靠近。这样想着，不自觉退出两步，转过身，却见一张黑面獠牙、眦着巨大双目的可怖面孔出现在眼前。慕容婕顿时脖颈僵直，她惊叫一声，浑身毛发也跟着着了魔般似的竖起。

"木娘子——"丁元连忙摘下面具，"吓到你了？"

慕容婕这才从惊悸中缓过神来，抚平内息，指着丁元手中的面具道："丁兄，你这是做什么？"

"驱傩啊。"丁元说着又把那张鬼脸面具朝着慕容婕晃了几下。

"驱傩？"

"是啊，再过几日就是除夕，除夕夜自然是要驱傩。"

慕容婕依稀记起幼年在长安时，师父也曾在除夕夜带自己攀上平康坊外最高的树，看驱傩的队伍沿着金光门大街一点点涌向皇城。自从回了吐谷浑，她再未见过驱傩。可汗不喜大唐风俗，天柱王等又时常讥嘲大宁王像唐人，是以在伏俟城，大宁王极少提及长安旧事，渐渐地，连慕容婕也抹去了身上长安的痕迹。

"喔……我忘记了。"慕容婕含混地答道，还是下意识地躲避着那个面具。

丁元将面具挡在身后，道："这个面具本来是要送你的。既然你不喜欢扮成恶鬼，那不如就扮成护僮侲子。"

"丁兄，除夕夜你还要留在扬州？我以为……我以为你会回去爔明谷，与家人团聚。"

"我阿弟要留在憺寿山庄过年节，萧世伯也邀我同回楚州，"丁元淡然的语气中带着点小心翼翼，"只是你的家远在长安，我猜你未必愿意再去憺寿山庄。我不想你在除夕夜独自一人，咱们就一同在扬州过年，可好？"

对于死士而言，除夕早已和寻常日子无异，但慕容婕无法拒绝丁元，应道："好，就依丁兄之言。"

贞观九年的除夕之夜，扬州家家户户的院子里都燃起庭燎，炽烈的火光透过院墙，将冬夜的十里街巷映得荧煌如昼。

慕容婕难得穿了一件绯色的缺骻袍衫，戴着护僮侲子的面具，与丁元一道混在驱傩的队伍里。熙攘的人群在乐音中欢快起舞，慕容婕听着他们口中唱诵的驱傩词，蓦然间也生出童心，与街上跑来跑去的小孩子们一道，拿起茅鞭假意鞭打扮成恶鬼的丁元。

闹腾了一个时辰，驱傩队伍逐渐散去，两人回到丁元宿的逆旅。逆旅中还有些未曾归家的旅人，掌柜在大堂中央支起几个火盆，让众人围坐在大堂里，一道守岁。这些旅人皆来自天南地北，推杯换盏间，各自讲起家乡年节时的不同风俗。

丁元饶有兴致地听了一阵，问慕容婕道："木娘子，我从未去过长安，长安的年节，定然比扬州还要热闹吧？"

慕容婕眸中一沉，抿了口酒，回道："我……我不喜欢年节的喧闹，繁华越盛，就越掩不住寂寞。"

丁元一怔，不由得目光微凝，眼中无限疼惜。他为慕容婕斟满，问道："木娘子，子时四刻过后，就是新年，你可有什么愿望？"

"愿望？"死士从来只有听命行事，慕容婕不敢有愿望。

见她不答，丁元道："那我就先说说。陶潜公曾有诗云，'悦亲戚之情话，乐琴书以消忧'，我祈愿来年，还能与木娘子一道共赏江月,崖上听琴。"他端起酒盏,对慕容婕温煦一笑,那笑容,仿若春日暖阳,直射到慕容婕的心底。

她也端起酒盏,与丁元一饮而尽,而后指着被丁元放在食案旁的恶鬼面具,道:"那我就祈愿,来年可以不受可怖恶鬼的纠缠,福延新日,庆寿无疆。"

丁元若有所思地盯了慕容婕一会儿,而后运力于掌上,瞬间就将那恶鬼面具碎裂成数片,笑道:"你放心,今日你我一起驱傩,不管是什么样的魑魅魍魉,都绝不会再纠缠于你。"

不会再纠缠于我……慕容婕怔怔地望着那碎裂的面具,心头升起一丝无法抗拒的希望。大宁王已死,或许……或许我真的可以抛却过去种种,重新开始?

第二十九章
张九微：衷肠

都说韶华易逝，一转眼，已是贞观十年的暮春时节。

张九微站在东都洛阳的懿烁庄外，望着洛水沿岸的海棠花发怔。此刻的洛阳，草长莺飞，春光明媚，正是一年中最好的光景，可张九微却如那不愿结束冬眠的山鼠，仍然埋首于地洞中的一方晦暗。

得知祖父要把自己嫁来大唐的那日，张九微冒着大雪赶到李府，受寒加上急火攻心，让张九微高烧不退，大病一场，整个正月都未能下床。

病愈之后，张九微虽不再哭闹，但也没了往日的神采奕奕，整个人闷闷不乐，时常一个人对着院子发呆，对懿烁庄和离岛的生意也不大上心。

流波岛诸人很默契地不再在张九微面前提起远来大唐之事，但他们越是小心谨慎，张九微就越加消沉。不知是不是郭二公去拜请了姑祖母，在姑祖母的说服下，张九微终于勉强同意，在阳春三月去洛阳的懿烁庄看看，权当散心。

"九娘，水边风大，你大病初愈，还是不要站在风口。"陪张九微一道站在洛水街边的白芷，小心提醒道。

张九微回过神儿，挥挥手道："那咱们就回去吧，反正这里也没多大意思。"

两人正要穿过长街，回去懿烁庄的铺面，几匹小跑着的快马停在洛水街边，有人从马上叫道："欸？这不是九微娘子？"

张九微抬头望去，只见四皇子李泰探着半个身子，正朝自己招手。张九微忙欠身施礼道："九微见过魏王殿下。"

正月里，圣人不顾众臣劝阻，徙封十七位皇室子弟为王，李泰由越王改迁为魏王，并遥领相州都督。一同被晋封的还有三皇子李恪，由蜀王迁为吴王以及五皇子李祐，由燕王迁为齐王。

李泰踩着随行仆从的脊背，下得马来，走近问道："九微娘子怎么也在洛阳？"

"回殿下，是姑祖母怕我待在长安太闷，特意让我来洛阳小住一阵。"

"原来如此。今年上巳节也不见九微娘子去曲江游春，我本在游船上设了雅宴，打算邀请你。可药师公自打去年被高甑生诬陷谋反后，便一直阖门自守，请帖都被退了回来。"

就算姑祖父替我接了请帖，我也未必会去。张九微想到去年上巳节时，自己还志得意满地穿上满身行头去曲江，要为懿烁庄招徕生意，到头来却是一场空，不免又愁眉轻锁。

李泰全然未注意到张九微的神色变化，只顾吩咐仆从拿来一封请帖，道："陛下赐我东都道术坊的新宅邸，近日刚修整完毕，我过几日要在新宅中设开府宴，九微娘子既同在洛阳，不如也来游赏一日？"

张九微刚想婉拒，李泰又道："我记得九微娘子喜欢胡乐，这次我便请洛阳最好的胡乐工过府演奏，听说城内还有以凉州乐舞出名的舞姬，也一并请来，九微娘子务必赏脸。"他说得虽客气，脸上的神色却不似在询问，张九微无奈，只得接下请帖。

道术坊位于洛阳的中心地带，濒临洛水，与圣人在东都的离宫洛阳宫隔水相望。魏王府占了整整一坊之地，殿宇堂皇，庭院交错，林木葱郁间，廊桥水榭时隐时现，甬路相衔处，奇花异石点缀其中。更有自洛水引入府邸内的一弯偌大池塘，名曰魏王池，池边桃林环绕，美不胜收。

这哪里是一处宅院？分明就是建在洛阳城内的一处庄园，张九微躲在魏王池一处僻静的廊桥上，暗自叹道。

因新宅占地甚广，李泰的开府宴更像是游园宴，整个魏王府各处都散着宾客，游园赏景、听曲吟诗，互不打扰。张九微估计魏王妃阎婉今日也在，加之本也没多少兴致游园，便在无人的廊桥上独赏池中的天光鱼影。

"九微——"齐王李祐兴冲冲地迈入廊桥，欣喜之色溢于言表。

张九微躬身一福："九微见过齐王殿下。"

"可找到你了！我听四哥的管家说你已进了园子，便到处寻你。"

"寻我？殿下找我有事？"

"没事，就是许久未见，太想见你。"李祐这句话脱口而出，他自己不以为意，张九微却是一怔。

他打量了一番张九微，柔声道："九微，你怎么清减成这样？正月里我去拜年，李府上的人说你病了，眼下身体可痊愈？"

李祐眸中的关切真挚得仿佛可以摸得到，与流波岛诸人这几月来对待自己的小心翼翼是如此不同，张九微心中一暖，笑着回道："全都好了，谢殿下关心。"

"那就好。这开府宴我本不想来，但听四哥说也请了你，想着终于能见你一面，我才特意从长安赶来。"李祐始终盯着张九微，好似看不够一般。

张九微不敢回应他话中的殷切，岔开话头道："说起来，殿下晋封齐王，又拜为齐州都督，我还没向殿下道喜呢。"

"哼，人人都有份儿的徙封，也算不得多大的喜事，"李祐说着不屑地指向廊桥外,"便像这样的奢华宅邸,圣人就只会赏赐给四哥。"

张九微见他又起了愤然之色,忍不住劝慰道:"等日后殿下去了封地,圣人也一样会赐大宅邸给殿下的。"

李祐听罢,突然转身逼近张九微,认真地道:"九微,日后我去齐州赴任,你可愿意随我同去?"

去齐州?张九微不解李祐何意。

李祐又走近一步,整个身子罩住张九微。张九微被廊桥的围栏困住脚步,退无可退,只好微微后倾,尽力与李祐保持距离。然而李祐的目光愈发灼热,一刻也不移开张九微的面庞,那眸中的期待,拨弄着张九微的心不听话地乱跳起来。

所幸两人的对话被魏王府的管家打断,管家一路小跑至近前,向李祐见礼之后,对张九微道:"张娘子,魏王殿下正寻你呢,娘子快随我去正堂吧。"

"慢着,"李祐不满地道,"四哥有什么事?一定要现在叫九微过去。"

管家回道:"齐王殿下有所不知,魏王殿下为张娘子专门请了洛阳清水坊的胡乐工过府演奏,表演就快要开始了。"

李祐还要阻拦,张九微却道:"魏王殿下也是一番好意,再说这廊桥上风大,还真有些冷,不如殿下就陪我一道回去正堂?"

李祐瞥了瞥张九微单薄的衣衫,不情愿地对管家道:"那就带路吧。"

两人一前一后跟着管家进了正堂,张九微扫了一眼席上诸人,除了三皇子李恪和六皇子李愔,其他倒都是生面孔。主位上只坐着李泰一人,堂内并不见魏王妃阎婉的身影。

不等张九微坐定,李泰便热切地招呼道:"九微娘子,这可是我专为你请的胡乐工,正要请你鉴赏一番。"说罢示意堂口的乐工们开始演奏。

乐音欢快地从胡乐工手中的横笛飘然而出,独奏之后,羯鼓、琵琶渐次加入,每一个转圜处,都跃动着更欢畅淋漓的曲调。这支西域名曲《善善摩尼》,最适合欢宴,只是如今的张九微,满心失意,曲中的欢腾反倒让她自怜自艾。

一曲毕,众人拍手叫好,张九微只是笑笑。李泰注意到张九微未有想象中的雀跃,不禁问道:"昔日在大兴宫,九微娘子最爱西域胡乐的欢快,怎么今日却兴致不高?"

张九微不好拂了李泰的面子,只得说道:"正所谓听者有心,《善善摩尼》之中的无上欢悦,当然只有像魏王殿下这样春风得意的人,才最能享受其中美妙。九微一介小女子,枯坐闺中,既不能建功立业,也不能名士风流,鉴赏此等名曲,自是没有魏王殿下来得深刻。"

李泰抚掌大笑,对张九微的一席话照单全收,痛快地与她对饮一盏。

"张娘子说的是。"对面席上有一人掩嘴轻笑。张九微细看下,觉得此人有些面熟,努力回忆一番,想起这便是曾在曲江山亭里,同阎婉一起为难过自己的贵女之一。她今日也穿了男装,且与一男宾客合坐一席,张九微才没认出。

只听她继续说道:"《女诫》有云,阴阳殊性,男女异行。阳以刚为德,阴以柔为用,男以强为贵,女以弱为美。女子要什么建功立业、名士风流,还是谨守妇德,专心事夫,方为正道。"

谨守妇德,专心事夫……为什么所有人都要我专心事夫?祖父、大伯父要让我嫁来大唐,放弃离岛,而今连个不相干的人,也要教训我身为女子该当如何?张九微怒气陡生,她攥了攥手中的酒盏,冲着那女子冷笑道:"娘子这样说,见识未免浅显。女子虽不能于朝堂上建功立业,却也未必只有闺中的天地。自高祖以来,前有平阳

· 89 ·

昭公主亲自率军镇守娘子关，后有皇后殿下手不释卷，常于陛下面前谏言得失。我大唐君明、后贤、臣直，方有如今的文治武功，娘子岂能以事夫一言以蔽之？"

张九微的一席话盛赞了李泰生母长孙皇后，在场哪个敢反驳？那女子想是要讽刺张九微妇德不修，现在却恼恨得咬碎一口银牙，半句辩解的话也说不出。

李泰更是喜不自胜，赞道："九微娘子的见识，到底不凡。"旋即抬手敬向张九微。

张九微不顾席上诸人的另眼相看，与李泰一饮就是三盏。吃到第三盏时，坐在一旁的李祐阴沉着脸从她手中抢下酒杯："少吃点。"

末席上有位郎君突然笑道："药师公出将入相，文武双全，也难怪张娘子聪颖绝伦。张娘子有药师公的调教，焉知日后不能成为魏王殿下的良佐？"

又是要我嫁人……张九微听出了此人的言下之意，心中郁结——为什么无论我说什么做什么，你们最终都还是要我嫁人？为何就是无人理会我的想法？罢了，连祖父都硬要我嫁来大唐，我还能说服谁？何必再费口舌？她想到此处，又为自己斟了满满一盏酒，不管不顾地灌了下去。

而另一边，这句有意无意的玩笑话，登时让李祐大怒，他啪的一声将酒盏摔在案上，骂道："哪里来的田舍汉？敢在这里编派九微的是非？"

主位上的李泰蹙起眉头道："酒宴之上，便是多说几句玩笑也无妨，我看九微娘子都未介意，五弟何故发这么大火？"

"九微——"李祐看向张九微，想让她自己反驳。可张九微心灰意冷，只一盏接一盏地吃酒，似乎并不在意适才发生的事。李祐愈加气愤，搁在食案上的拳头越攥越紧，向李泰怒目而视，李泰也拿出主人姿态，挑衅地望着他。

这时,坐于李祐上席的吴王李恪伸手按在李祐的拳头上,笑道:"四弟莫怪,五弟这也是为了皇家颜面。高祖驾崩未满一年,赵国太夫人也才薨逝不久,双重丧期之下,刚才的无心之言若传将出去,外人会怎么想?陛下又会怎么想?"

李泰是聪明人,经李恪提醒,当即面有愧色,躬身道:"三哥所言甚是。自赵国太夫人薨逝后,皇后殿下一直气疾缠身,我身为皇子,只盼母亲能早日痊愈,实不该在此玩笑。"

席上的人见李泰说起长孙皇后的病情,神色大变,皆纷纷劝解说皇后殿下吉人自有天相,魏王殿下无须忧虑。

李恪趁此时,仍压着李祐的拳头,用眼神暗示他不要再起冲突。李祐这才松了拳头,但恼怒之色仍未消减。

堂口的胡乐再次响起,凉州乐舞同时上演,张九微招呼婢女又端来一壶酒,眼前舞姬们灵动的身形已渐渐模糊。这是张九微病愈后第一次吃酒,不多时,腹中便涌出一股酸辣之气。张九微踉跄着从席上抢出正堂,被婢女扶着去了厕室。

在厕室呕过一阵,张九微总算舒坦了些。她不想再回席上,遣走了婢女,独自一人靠在院子里的槐树下,试图理清混乱的思绪。

刚靠了没一会儿,手腕上突然一紧,齐王李祐出现在身旁,满脸愠怒地低声道:"跟我走——"

张九微还来不及反应,就被李祐生拖硬拽着出了主殿。她脚下虚浮,路上几次险些跌倒,可李祐只顾粗暴地将她拖起,直到来到魏王池边的桃花林中,才终于停下脚步。

张九微跑得上气不接下气,手腕也被李祐握得生疼,她用力甩着手,叫道:"你做什么?快放开我!"

李祐非但不松手,反而借力将张九微拉得更近,大声地质问道:"九微,你说,刚才席上你为什么不反驳?"

张九微根本不知道李祐在说些什么,她腹中又翻涌起来,只想用另一只手抠开李祐的手指，嘴里不停地喃喃道："快放开我。"

"九微，"李祐见张九微不答，发狠捏住了她的下巴，逼她看向自己，一字一句地问道，"九微，难道……难道你真的想嫁给四哥？做他的侧妃？"他俊美的眉目扭在一起，逼视着张九微的眸中似要喷出火来，那异常的恼怒之下，有一抹让张九微看不懂的害怕。

侧妃？阿姐不就是嫁去百济做了侧妃？张九微不大清醒的脑中满是张瑾辰虚弱地躺在床上的模样。她头痛欲裂，想到自己有一日也会如张瑾辰那般，心中忽地惊恐万分，不住地摇着被李祐紧紧捏住的下颌，泪水没过眼眶，汩汩涌出。

触到张九微滚烫的泪水，李祐慌了，赶忙松了手，无措地道："九微，你怎么了？你别哭，别哭……"

借着酒力，张九微几个月来的憋闷和委屈再也按捺不住，泪水落得又快又急。

李祐伸出手，轻轻揉了揉张九微脸颊上被掐出的暗红指印，不无后悔地说："九微，是我不好，弄疼你了，你莫生气。"

张九微一听这话，整个人扎进李祐怀中，放肆大哭起来，边哭边口齿不清地道："谁要嫁人？我才不要嫁人。"

李祐先是一滞，继而揽住张九微不停颤抖的娇弱身躯，喜道："我就知道……你不会喜欢四哥的。"

春风拂起桃花林中的阵阵幽香，捎带着几片淡粉色的花瓣，坠落在李祐肩上。他身上有股熟悉的味道，被桃花浅浅的香气晕染。

张九微恣意地哭着，这一刻，她仿佛又回到了从前的流波岛，只要撒个娇，祖父就会把自己托在肩头，满足自己的一切愿望。不知哭了多久，张九微的满腔愤懑化作李祐衣襟前的潸潸濡湿，酒醒了不少，只是还不愿从这样的无所顾忌中抽离。

她低头瞥见李祐腰间的蹀躞带上还戴着那颗红珊瑚珠的挂坠，下意识地挑起，拿在掌中，问道："这个挂坠有这么稀罕吗？你成天都戴着它，身上全是紫棠伽楠的味道。"

"只要是你送的，就算它臭气熏天，我也一定时刻戴在身上。"

"我这么识货，怎么会送臭的挂坠给你？"张九微不满地嗔道，"不过这个挂坠确实有些旧了，改日我再送你个新的。"

李祐听罢，伸手握住张九微的手，在她耳边轻声道："九微，其实我最想要的，始终是你。"

张九微身子一僵，只觉一股温热顺着耳后蔓至脸颊、脖颈，好不容易褪去的酒意瞬间又浮了上来，脑袋晕晕乎乎，胸腔中的跃动快得令人窒息。

李祐将张九微的手送至唇边，轻吻一下，他的触碰忽然间变得如此真实，直抵张九微脑海。我在做什么？张九微终于缓过神来，急要挣脱，可李祐搂着她，就是不愿撒手。

正纠缠间，桃花林里有人轻咳了几下。吴王李恪背着双手，目不斜视地睨着还拥在一起的二人，语气平缓地道："五弟，你出来醒酒已多时，再不回去，只怕要被魏王府的门客聒噪。"

张九微羞臊得满脸通红，迅速从李祐怀中挣出，用手抹干脸上残余的泪痕。她不敢看李恪，只草草见了个礼，便头也不回地朝魏王池的另一面跑去。

"九微——"李祐不舍地叫了一声，张九微却越跑越快。

今日是万万不能再回主殿了，张九微一直跑到力竭，确认已远离了桃花林，才停下来大口喘气。久病之后，体力果然大不如前，加上还有不少醉意，张九微头晕眼花，瞥见前面不远处有块巨石，便硬撑着走出几步，整个人趴了上去。

这巨石被日头晒得温热，趴在上面暖洋洋的，张九微闭起眼睛，昏沉的脑中全是桃花林中的纷乱。

姑祖父叮咛我与皇子的交往需谨慎，而我却……张九微叹了口气。齐王真的心仪于我吗？我对他的感觉会是男女之情吗？……祖父要我嫁人，既然要嫁，不如嫁给皇子做个王妃？至少能让大伯父、二伯父忌惮，二伯父只怕不只会忌惮，还会妒恨。还有张夔，他定然想不到我能嫁入大唐的皇室……不不不，我在想什么？张九微狠狠揪了揪自己的脸，我绝不能像阿姐那样，她烦闷地翻了个身。

就在这时，有个将信将疑的声音小声唤道："张娘子？"

张九微不情愿地睁开眼睛，只见一张瘦长精干的面孔歪在眼前，正是与自己比试过算筹的崔平。她忙从巨石上爬起，理了理身上的襕袍，向崔平拱手道："原来是崔郎君，恕九微失礼。"

崔平也见个礼，笑道："看来是魏王府的酒太烈，张娘子不胜酒力，倒寻了个好地方醒酒。"

张九微摸摸仍然灼热的双颊，心道自己现在一定是面色绯红，崔平才会如此说，不好意思地笑笑："我刚才的确多吃了几盏，让崔郎君见笑。"

"一年未见，张娘子还是一贯的真性情，"崔平说着指了指巨石，"可否借娘子这块宝地一坐？"

张九微旋即挪了挪，让出一块地方给崔平，然后道："今日魏王殿下请了诸多门客，崔郎君怎么不与他人一道吟诗作赋，倒有空独自闲逛？"

崔平轻叹一声，道："娘子是真人，崔某也不瞒你。纵然自幼在家中习得明经韬略，但诗文治学，并非吾愿。我并不想出仕为官，来京中四处交友，乃至出入魏王府，都是家中的安排罢了。"

"哦？"张九微奇道，"不想出仕，又不想治学，崔郎君倒是和寻常大唐士子的志向不同，那敢问你究竟想做什么？"

崔平眼角突然露出一抹狡黠，笑着问道："张娘子聪慧，不妨猜猜？"

张九微轻挑美目，狐疑地打量一番崔平，他腰间还挂着与自己交换的算筹袋，于是回道："你不喜诗文，却精研算筹，难不成你是想经商？"

崔平拍手道："张娘子果然机敏。"

"崔郎君，你观人于微，心思缜密，算筹的水平也十分了得，正是经商的好材料。"

"张娘子过誉，"崔平拱了拱手，"可惜我家中长辈并不这样认为。"

张九微想起郭海从前在扬州时，讲过唐人对经商的看法，问道："我听人说，博陵崔氏是大唐第一高门，你家中长辈莫不是瞧不起商人，也如那寻常凡夫俗子般认为经商乃是贱业？"

"凡夫俗子？"崔平惊诧地扬了扬眉，饶有兴致地问道，"难道娘子不认为经商是贱业？"

"当然不是贱业，"张九微回答得斩钉截铁，"世间之人，各有所长，本就该做自己最擅长的事。再说，若是没有商人辛苦逐利，长安、扬州这些地方，如何能够汇聚天下之物？而今，百济的工匠却能在长安买得到波斯的香料，这样神奇的事，难道不是商人的功劳？"

崔平眸中翻动着如遇知己的惊喜，叹道："没想到娘子竟有如此见地，同你相比，我家中的确都是凡夫俗子。世人皆羡慕我出自博陵崔氏，却不知生在高门大户亦有生在高门大户的无奈。我父亲和叔伯一定要我出仕为官，还特意安排我到长安成为魏王府的门客，却无人理会我心中所愿。"

无人理会我心中所愿……张九微默默重复着崔平的话。我不也正是如此？流波岛上，从无人问过我到底想不想嫁人，连最疼爱我的祖父，也要瞒着我将我送来大唐。

张九微被戳中伤心事，又憋闷不已，幽幽地道："人生在世，便是这么身不由己。即便你生于博陵崔氏，也难逃被人支配的命运，那你以后，打算怎么办？"

"当然还是要坚持己见，力图经商。"崔平淡然的语气中透着坚定。

"但家中长辈不是反对你经商吗？"

"家中是家中。若我因家中长辈的反对便放弃我心中所愿，那此种志向，只怕也经不起今后从商路上的种种考验。"

张九微不解地道："可你现在到底还是遂了家中的愿，来了长安呐。"

"来长安有什么不好吗？"崔平反问道，"陶朱公商则有云，礼文相待，交往者众。虽然我意不在为官，但出入魏王府，四处结交门客，同样是为日后经商铺路，还能向家中长辈交差，何乐而不为？我既生在博陵崔氏，便是不可更改之事实，于我经商之愿，有弊亦有利。张娘子不也说商贾善逐利，我既要为商，自然要善用其利，巧避其害，只要能把利用到最大，或许便有办法破除其弊，也未可知。"

张九微心中一震，善用其利，巧避其害，枉我自诩为商人，却连这点也看不透。她望着崔平坦然平和的笑貌，心头骤然一片清明。

崔平的话点醒了张九微，从洛阳回长安后，她一扫几个月来的颓唐，重又用心经营起懿烁庄。

这日午后，长安西市的开市鼓刚击毕，张九微就带着伽罗、郑安来到了懿烁庄。老掌柜张长盛在内堂为众人置好几案，端上果浆，也笑盈盈地坐了下来。

张九微单手握笔，在案上的白麻纸上边写边问道："伽罗，你向来主意最多，你来说说，眼下除了铺子里已有的这些货品，咱们还能把紫棠伽楠用在何处？"

"首饰、衣物、墨宝、算筹、杯盏……"伽罗掰着手指数过来，"九娘，但凡能用得上紫棠伽楠的地方，咱们都已试过。懿烁庄从前不经常售卖香料，可如今不用进门，就能闻到各种奇香，不知道的客人，还要当懿烁庄是香铺。伽罗江郎才尽，实在想不出什么新点子了。"

张九微心知伽罗所言不假,不甘心地扁了扁嘴,叹道:"罢了,反正紫棠伽楠每年的产量到底有限,就算我们想出再多的货品,我也不能指望仅靠紫棠伽楠就开出懿烁庄的分铺。"

内堂中余人听罢,同时放下手中的果浆,瞪大了眼睛问道:"九娘要开分铺?"

"嗯,"张九微忽闪着晶亮的眸子,认真地道,"所以你们要快些想想,还有什么东西能比紫棠伽楠更赚钱。"

伽罗和郑安偷偷交换了个眼色,最后还是伽罗小心翼翼地问道:"九娘自打从东都回来,好似变了一个人。之前……之前九娘连到懿烁庄同老掌柜看账都不肯,怎么今日竟想着要开分铺?"

"此一时,彼一时,"张九微放下纸笔,"而今我想明白了,商人就是要趋利避害。目前的局面,我的利都在懿烁庄上,只有把懿烁庄的生意做大,我才能为自己博得最大的赢面。"

伽罗不解:"赢面?九娘怎么说得像是在赌钱?"

"你先不要管那么多,"张九微不耐烦地冲伽罗摆摆手,"快点帮我想想卖什么最赚钱。"

伽罗一时想不出,抓耳挠腮之际,瞥见了一直默默听几人说话的张长盛,便道:"九娘,咱们常年海上走货,若说是商船和离岛的生意,那还说得上话,可这开分铺之事,在座的就只有老掌柜有经验,不如咱们听听老掌柜怎么说?"

"伽罗说得有理,"张九微连连点头,赞同地转向张长盛,"老掌柜,你经营懿烁庄多年,又一手开出了东都的分铺。依你看,除了如今铺子里有的货品,咱们还有什么别的商机?"

张长盛笑眯眯地道:"九娘莫急,可否容老奴先问几个问题?"

"老掌柜请讲。"

"九娘可有想过要将分铺开在哪里?"

"当然是长安。"

"长安乃是天子脚下,但凡大的商铺都需得开在东市或者西市,如今西市已有铺子,东市的租金又太高,还不一定能在东市市署寻到新的铺位。"

"那……东都呢?"

"东都的居民远不如长安多,且贵人们经常在长安与东都之间往来,在长安买到心仪的物件,就不会再去东都的铺子买。再说,咱们在东都也有分铺,若再开出一间,恐怕未必能如现在这样顾客盈门。"

张九微被问住了,她没想过长安与东都竟然都不适合再开分铺。

张长盛见张九微不答,捻起花白胡须,继续说道:"九娘,开商铺也讲究天时地利人和,售卖的东西一定要与当地客人的喜好与习惯相合宜,还需考虑本钱、货品的来源、运输的时间。除此之外,多开一间分铺,必然要占用懿烁庄两京商铺用于周转的本金,新铺子尚未盈利之前,本金要拿出多少、多久可以还本,都是需要提前斟酌妥当的关节。"

张九微语塞,她不得不承认张长盛说得很有道理,自己一时脑袋发热,连商铺开在哪里都未琢磨清楚,更不知新开一间铺子,背后还有这么多的计较。怪不得大伯父从前总反对我在泉州开设商铺……张九微脑中莫名冒出了这个念头。她立刻将自己敲醒——呸,大伯父才不是因为这些缘故而反对我开商铺,他就是不愿意看到我做成生意,不愿我长久地留在流波岛。

话虽如此,张长盛的几个问题还是给张九微兜头泼了一盆冷水,她悻悻地结束了要开分铺的讨论,继续乖乖看起了账簿。

一个时辰很快过去,张九微忽觉腹中饥饿,眼下离用夕食还有段时间,便决定先到西市外的玉津家买两块糕点。

玉津家是长安极有名气的糕点铺子,因张出尘最爱吃那里的七返膏,张九微便也常来。可惜今日玉津家的生意太好,门前排队等着买糕点的人足足延到了醴泉坊的南门。

张九微望着长长的队伍，正在犹豫要不要排队，忽听得身后有人道："张娘子安好。"

张九微识得这声音，转身回礼道："原来是崔郎君。"

自洛阳魏王府上一别，已一月有余。崔平今日穿了一袭松绿色的缺胯袍，衬得墨玉般的眸子又黑又亮。

他指了指玉津家门口的长队，问道："张娘子可是想买玉津家的糕点？"

"嗯，"张九微刚点点头，肚子便不争气地叫了两声，她难为情地捂着肚子，冲崔平道，"崔郎君见笑，我午食用得不多，眼下实在是有点饿。"

崔平爽朗地笑了两声，然后道："张娘子若信得过我，不如我带你去吃点好吃的？离这里很近，而且绝对不比玉津家的糕点差。"

"还有这样的好地方？"张九微将信将疑，西市附近她已非常熟悉，卖糕点的地方她都去过，哪里有比玉津家更好的糕点铺子？不过看崔平信誓旦旦，便也起了好奇，遂道："那就劳烦崔郎君带路。"

崔平带张九微往东穿过一条街，走进布政坊和醴泉坊之间的街巷，在一处胡人经营的食摊前停了下来，对着那胡人道："师傅，给我包两个羊肝饽饠。"

两人刚在食摊前坐下，热腾腾的羊肝饽饠就端了上来。张九微捧着咬了一口，滑软的羊肝馅料伴着满口香气在口中化开，浓鲜四溢，令她食指大动。又吃了几口，张九微忍不住赞道："这家的饽饠味道真好，尤其是这里面的香料，既解了羊肝的腥气，还有一种特殊的鲜甜。"

"张娘子果然懂行，"崔平得意地道，"这家的羊肝饽饠用了一种名为九练香的调料，乃是用多种西域香料调配而成，最能去腥增香。"

"原来如此。"张九微环顾起街巷四周,这里的食摊大多为胡人经营,每个摊位都不大,来来往往买吃食的,也都是些衣着朴素的普通百姓,不禁好奇地问道:"崔郎君,这样不起眼的食摊都能被你寻到。你一博陵崔氏的高门子弟,连算筹上都镶的是犀牛角,没想到却会到这种地方来买吃食?"

崔平不以为意地笑道:"人间烟火气,才最能抚人心,更何况日后经商,我需得与各色人等打交道,早一点熟识市井百态,理所应当。"

张九微听罢,突然心思一转,或许开商铺的问题,我该问问崔平,于是道:"崔郎君,如果现在给你本钱要你开一家商铺,但不能开在长安和洛阳,你会选在哪里?"

"扬州或者楚州也好。"崔平不假思索地答道。

不行,淮南道都是崔奉天的地盘,我不能跟他直接竞争,张九微心道。遂又问:"那要是也不能选在江淮呢?最好……最好还要离长安近一些。"

崔平抚腮思考片刻,答道:"那就去凉州吧。凉州富庶,不逊于扬州,西域远来大唐的商客,都会在那里驻留,距离长安也不算远。"

凉州?这倒是个从未想到过的地方。张九微道:"我听说,凉州治所下,胡人的数量远多于唐人。你说,那些胡人会喜欢什么样的货品呢?应该跟长安的唐人有不一样的喜好吧?"

崔平已经吃完了饆饠,一边擦嘴一边道:"张娘子怎么想起问这些?"

"喔……"张九微胡乱编起了借口,"就是在洛阳时听你说要经商,今日咱们又在胡人的摊位上,我一时突发奇想。我虽经常去西市,也很喜欢胡乐,却从不曾结识过胡人。我真的很好奇,他们的喜好与我们大唐之人究竟有何不同?"

"嗯……娘子若真想了解，我倒是可以带你去个地方，不过……"崔平欲言又止。

"不过什么？"

"张娘子可听说过木月楼？"

木月楼……不就是李道宗寿宴时，请来那几位胡姬的地方？可李恪好像说过，那里不适宜官眷出入，张九微已然明白崔平为什么会有些犹豫，于是道："当然听过，从前我还在宴会上欣赏过木月楼的胡姬跳胡旋舞。只是那里，好像是风月之所？"

崔平扬了扬眉，笑道："张娘子当真不似京城里的官眷，寻常闺秀可不会问得这么直白。"

张九微品不出崔平这话到底是欣赏自己的作为还是不屑，便不作答。

只听崔平续道："木月楼是胡人开的酒楼，以宴饮为主，虽有舞姬，却也不能完全与平康坊北里的妓馆相提并论。张娘子扮上男装，去是去得，就怕……就怕娘子会介意别人的眼光。"

从前在海上，领着船队出入各国港口，我又何时避讳过他人的眼光？张九微陡然间生出一股豪气，爽快地道："怕什么？他人怎么想与我何干？我就是要去木月楼看看。"

"好！"崔平眼中隐隐透出钦佩之色，"张娘子既如此说，我便带你走这一遭。"

两人说着就定下了几日后的木月楼之约。张九微还惦记着要把前阵生病时拖欠的账目都看完，吃过饽饦后，便辞了崔平，又回到懿烁庄。

张长盛正在外间招待上门的顾客，其中一位高鼻深目，留着浓厚的须髯，正是来自西域的胡人。张九微刚和崔平讨论过凉州之事，此刻看到铺子里刚好有位胡人，不免心中一动，佯装也要买东西，凑了上去。

那胡人看上了紫棠伽楠做的挂坠,让张长盛拿出嵌有红珊瑚珠和粉色珍珠的各一副,捧在掌中,闻了又闻。他操着一口流利的唐话,对张长盛道:"敢问老掌柜,这挂坠所用的是何种香木?两副挂坠看起来是同样的木种,却为何香味竟会不同?"

张长盛笑呵呵地答道:"客人莫怪,具体是什么香木我也不知。咱们懿烁庄只是看到有稀奇物什便运来长安,至于为何会如此神奇,倒不曾深究过。"

胡人转了转浅碧色的眸子,又问:"那掌柜是在哪里寻到如此稀奇的物件呢?"

"这……"老掌柜的眸中透出谨慎,客气地笑道,"如今太平盛世,大唐汇聚万邦之物,懿烁庄内的东西,自然是来自哪里的都有。"

那胡人对老掌柜的回答并不满意,继续把玩着挂坠,自言自语道:"粉色珍珠与红珊瑚珠皆产自东海,这挂坠要将珍珠和珊瑚珠嵌入其中,香木的取材定是要就近才好。"

一旁的张九微忍不住问道:"这位郎君,为何要就近取材才好?"

胡人睨了张九微一眼,煞有介事地道:"原材的产地相互之间距离近,本钱才会低,不然光是运送这些珍珠、珊瑚与香木的运脚,就已是笔不小的数目。"

张九微见他说得头头是道,遂问道:"你是波斯胡商吗?怎么这么懂行?"

胡人笑道:"在下来自康国,的确是在西域商团里做事。"

张九微刚想请教他名讳,懿烁庄门口走进一位身着黄色僧衣的年轻僧人,他对着胡人合十道:"阿弥陀佛,刚才贫僧听声音就觉得像是康施主。"

胡人也认出僧人,忙将挂坠放到一边,恭敬地见礼道:"玄智法师安好，没想到会在西市遇见法师。"

"长孙皇后病重，圣人下诏为皇后殿下祈福，敝寺也在其列。寺中的焚香一时有些不够用，贫僧得空，就来西市订些香丸。刚才路过懿烁庄门口，闻到铺中有奇香，便进来看看，不知是什么香丸这么香？"

张长盛指着红珊瑚珠挂坠，插口道："这位法师，此香味可不是来自香丸，而是这位西域郎君看上的首饰。"

僧人走上前，也拿起挂坠嗅了嗅，赞道："嗯，就是这个味道。此香木甚为奇特，康施主眼光果然不俗。"

不等胡人答话，张长盛忙道："这位西域郎君挑选了这么久，不知是想要红珊瑚珠的挂坠，还是珍珠的？"

老掌柜真是厉害，这样一来，这胡人不买都不行了，一旁的张九微在心中暗自赞叹。

胡人果然不再犹豫，从怀中取出一个小金饼递了过来，道："老掌柜，这两个挂坠我都要了。"

张九微眼见一笔生意已成，又见胡人与那僧人不停寒暄，心知是插不上话，便悄悄退进了内堂。

第三十章
康君邺：献媚

康君邺没想到会在西市的懿烁庄遇见玄智法师，更没想到他似乎也对懿烁庄的香木挂坠颇有兴趣。直到两人出了懿烁庄，他仍拿着康君邺刚用一两金买下的挂坠，嗅了又嗅。

懿烁庄内的挂坠有好几种，除了镂空香木内所嵌入的珠宝不同，各个挂坠的香气也不尽相同。珂雅的粉色珍珠挂坠花香怡人，而齐王李祐的那种红珊瑚挂坠则混着馥郁的木料香气。

也难怪玄智法师会上心，康君邺自己也对这挂坠的来历极为好奇。只可惜懿烁庄的老掌柜精明得很，无论康君邺如何探问，都被他乐呵呵地挡了回来。

康君邺见玄智法师不停把玩着挂坠，不禁笑道："那日在齐王殿下府中，法师只略略闻了殿下的挂坠，就说出挂坠上有白檀香和苏合香，想来法师定然深谙香料。"

玄智谦虚地道："深谙还谈不上。只是出家人每日诵经、静坐，都要焚香。我自幼出家，从小在寺中闻过不知多少种线香盘香，十几年耳濡目染下来，总能分辨一二。"

"原来如此，"康君邺指向玄智手中的挂坠，"那不知法师能否看出这挂坠所用的究竟是何种香木？我在西域走货多年，自问见过不少宝贝，可这挂坠所用的木材，却是说不上来。刚才我向那懿烁庄的掌柜打听，他多有推诿，想来是不愿让外人知道此种香木出自何处。"

说话间，两人已走出西市，玄智将红珊瑚珠的挂坠挑起，借着日光又端详半晌，然后道："这香木看纹理和触感，当是产自东海摩逸国的紫棠伽楠。"

"紫棠伽楠？恕康某孤陋寡闻，从未听过此种香木。"

玄智解释道："紫棠伽楠属沉香的一种，但木质偏软，不适宜用作建筑，香味也不及沉香、檀香浓郁，故而在大唐并不多见。"

康君邺奇道："可这挂坠的香气，分明远比普通的檀香、沉香要清雅多变，怎会不及？"

玄智又将挂坠凑近鼻尖，轻嗅两下，回道："这木质确是紫棠伽楠无疑，细心嗅的话，亦能闻到紫棠伽楠的香气。至于为何懿烁庄的挂坠能有奇香，我也不甚其解。"他说罢，继续摩挲着掌中的挂坠，迟迟没有还给康君邺。

看来他对这挂坠很是钟情，康君邺心道。罢了，难得有个机会能讨好这和尚，我就舍了这半两金。

他顺势恭敬地道："玄智法师如果不弃，还请收下这个挂坠。"

"这如何使得？"玄智急忙要将挂坠还给康君邺，"这香木挂坠价钱不菲，贫僧一出家人，哪里用得上此等贵重物件？"

"法师切莫推辞。康某这几个月，得蒙法师照看，方能在夜间入化度寺参拜，也给法师添了不少麻烦，"康君邺一边说一边将挂坠又塞回玄智手中，"我听人说，珊瑚乃是佛家七宝之一，送给法师这样的高僧再合适不过，还望玄智法师莫要驳了康某的一番心意。"

康君邺本以为玄智还会再推托一二，却不料他稍作犹豫，便合十道："阿弥陀佛，康施主有心。既如此，贫僧就却之不恭。"他接下红珊瑚珠挂坠后，又赏玩一阵，才收进僧衣宽大的袖笼。

眼看就要走到胡人聚居的居德坊，康君邺生怕被族人看到自己与僧人同行，向着玄智一拱手："法师，康某还与朋友有约，暂时不回义宁坊,这便先走一步。"

玄智合十还礼:"康施主请自便。对了,康施主本月可还是在初十夜间来寺中参拜?"

"正是。还劳烦法师为我安排。"

"康施主哪里话。佛门广大,普度众生,原就是贫僧分内之事。只是如今长孙皇后久病不愈,圣人刚下诏要修复长安城内的多座佛寺为皇后殿下祈福,寺中最近诸事繁忙,贫僧恐怕不能亲自相陪。到时,就让圆悟陪同康施主,如何?"

不知是不是错觉,康君邺觉得收下红珊瑚珠挂坠后的玄智,言语中多了些亲切,赶忙回道:"一切悉听法师安排。"

辞别玄智后,康君邺绕去了醴泉坊的斯鲁什质库。

见康君邺前来,石大童处理完手头的急事,就凑过来问道:"康兄,咱们的人都在寺院外蹲守了大半年,下一步你怎么打算?"

石大童的手下们的确很尽心,按照吩咐,在化度寺、光明寺和慈门寺外盯梢大半年,对于三阶宗在长安的信徒和常来的香客,都有了大致的印象。

康君邺安抚道:"石兄莫急,容我再想几日。"

石大童不满地蹙起眉头,"不是我急,是安萨宝又来信催促。康兄,你我都是给萨宝办事,萨宝若想尽早有个结果,咱们可不能怠惰。"

康君邺苦笑道:"石兄,安萨宝吩咐的事,我岂敢怠惰?只是萨宝并不相信我的推测。这大半年的发现你不是不知,三阶宗的香客之中,有那么多的长安权贵,这些人向佛门布施,出手一贯阔绰,三阶宗无尽藏院的香积钱,自然积蓄得容易。石兄经营质库多年,应当知道本钱越多,收来的利钱也就越多。依我看,三阶宗仅靠放贷所得利钱,就足以应付寺中用度与救济穷苦,并不像萨宝所认为的那样,需要仰仗所谓的佛家宝藏用于放贷。"

"康兄难道是认为萨宝的判断有误？"石大童的语气中，有一丝不易觉察的危险。

康君邺心知自己说错了话，石大童对安元寿忠心耿耿，在他面前，万不可忘形，于是可怜兮兮地回道："康某不敢。只是如今我如芒在背，实在不知该如何继续调查，又整日担心萨宝责怪。"

石大童捻着须髯想了一阵，又问道："康兄不是与那化度寺的玄智和尚混得很熟吗？他就是化度寺无尽藏院的典座，你与他交好，难道就没从他身上查出什么？"

"石兄，我与那玄智，真算不上交好，他无非看在我与齐王殿下的护卫相熟的分儿上，许我每月初十的夜晚入寺一次。这几番出入化度寺，我都尽力打探，可确如那玄智所言，化度寺上下，从无人听过什么六藏图。"

石大童不屑地道："这些中原的秃奴，十分狡猾，就算知道，也定然不会大大方方地告知于你。"

"那不尽然，"康君邺摇着头道，"我与玄智的小徒弟常打交道，那小沙弥甚至敢于在佛前立誓，说从未听过化度寺有任何圣物。我相信他在佛前，当不敢扯谎。石兄，实不相瞒，探查得越久我就越糊涂，你说这两京上下众说纷纭的六藏图，真的存在吗？"

"康兄别说笑，"石大童打断道，"六藏图如果不存在，那这多年的传言又是怎么传开的？萨宝说得对，传言就算不全真，也定然不会是空穴来风。康兄有琢磨这个的功夫，倒不如想想怎么能从玄智那里套出更多的消息。"

"冤枉啊石兄，就在来质库之前，我还送了玄智一件贵重之物，全是为了接近他。我有康国使臣的身份，实在不便常与他在明处来往，若是被苏尔万商团的人盯上，又会给萨宝惹来麻烦。所以，还请石兄代我向萨宝解释情由，再多容我些时日。"康君邺说罢，向石大童行了个大礼。

石大童受他一拜，不好再多说什么，只得道："你放心，我会再去同安萨宝解释解释。你是康国使臣，又识得那么多朝中的人，这件事，眼下除了你，也确实没人能做。"他随即眯起眼睛思考片刻，然后道："康兄，刚才你说与齐王的护卫相熟？我看，玄智那边如若没有进展，倒不如从别人身上找找门路？齐王殿下的舅父，乃是化度寺的常客，这盯梢的大半年里，他每月少说也要去寺中三四趟。"

也对，燕弘信是阴弘智的妻兄，他为人嚣浮，同他打探消息，倒是比找玄智容易得多。

康君邺得石大童提点，深觉可行，当日就下了请帖给燕弘信，邀他过几日去木月楼宴饮。他知道燕弘信自国丧期后，变本加厉地寻欢作乐，定不会放过此种机会。果不其然，燕弘信二话没说就答应了。

几日后的傍晚，两人刚在三楼的上席落座，燕弘信便开始四处寻觅貌美的舞姬。康君邺不由得在心中暗自庆幸，今日珂雅是在二楼当值。

他为燕弘信斟满葡萄佳酿，举杯贺道："今日燕兄肯赏脸前来，康某真是荣幸之至。五皇子如今封为齐王，燕兄日后的飞黄腾达指日可待，到时候，可千万不要忘了老朋友啊。"

"好说，好说，"燕弘信被这一席话捧得浑身舒畅，一气饮尽杯中酒，拍着康君邺的肩膀道，"君邺小我几岁，我就托大当回兄长。君邺在长安，有什么事只管跟为兄说，为兄断不会让你吃亏。"

康君邺佯装感动，又为燕弘信斟了一盏，叹道："康某从康国远来长安，做梦也没想到竟能遇上燕兄这样仗义的皇亲，他日回国，定要在呈献给国主的轶事集子里也记下燕兄的高义。"

燕弘信听罢，更加忘形，笑道："君邺的这本轶事集，待完稿之后，可一定得给为兄看看。"

"那是自然，"康君邺拍着胸脯保证道，"我这轶事集把东行朝贡路上的事，都记得差不多了，就差长安一册。可惜啊，本以为市井皆闻的六藏图能够入书，却不承想玄智法师说压根没有这回事，这才又耽搁下来。"

燕弘信道："那六藏图之事的确古怪，若不是玄智法师亲口所说，我也不信。"

"燕兄，实不瞒你说，我还是不死心。要把这件事从长安一册上拿掉，我委实找不到更好的异闻。燕兄在长安交友甚广，又日日陪着齐王殿下，依燕兄看，玄智法师会不会并不知道实情？从前在西域，我听人说起的高僧都上了年纪，玄智法师如此年轻……"康君邺刻意顿了顿，"不过，既然能与阴侍郎探讨佛理，想来玄智法师定然精研佛法。"

燕弘信脸上有点不自在，回道："他是不是精研佛法我不知，但我妹夫确实对他信任有加。每年，阴家连同齐王府，还有宫中的阴德妃，都会向化度寺布施许多财物，都是因着玄智法师的缘故。"

"能得阴侍郎信任之人，必然是得道高僧，"康君邺露出一副极其失望的神色，"那看来，这六藏图势必要从我的轶事集上删去了。"

燕弘信见状，也给康君邺斟了一盏酒，安慰道："君邺莫急，玄智法师年纪轻轻，不知过去之事也有可能。不如等有机会，我来问问我妹夫。阴家……阴家与化度寺颇有渊源，自前朝起就多有来往，或许我妹夫能知道得清楚些。"

康君邺大喜，连忙又拿起酒盏，敬道："果然还是燕兄最有办法！燕兄仗义相助，今日我要与燕兄不醉不归。"

燕弘信哈哈大笑几声，与康君邺一饮而尽，道："放心吧，都包在我身上。"

两人继续推杯换盏，康君邺总是能恰到好处地恭维燕弘信。燕弘信被哄得连吃数杯，一张方脸渐渐泛红。正说笑间，珂雅不知什么时候来到楼上，隔着上席附近的屏风，朝康君邺招手。

康君邺瞥了一眼身旁的燕弘信，见他正色眯眯地打量楼下的舞姬，忙借口要去如厕，从席上出来，拉起珂雅，将她推至屏风后。

"君邺……"珂雅不明就里，但还是退到了屏风后面。

康君邺见已挡住了燕弘信的视线，小声道："珂雅，今日你不要再到三楼来。和我坐在一起的那个，色迷心窍，虽说木月楼有头牌不陪夜的规矩，但最好还是不要让他看到你。"

珂雅飞快地瞟了一眼康君邺搭在她腕上的手，双颊很快漾起红晕，她垂下修长的眼睫，羞涩地道："我知道了。"

康君邺也低头瞧着珂雅，她面纱下的面孔在绯红中透着极致的美，蓝紫色的眸光飘忽，长长的睫毛每动一下，就撩拨起康君邺心头的躁动。他忍不住将手移到了珂雅绵软的手上，珂雅没有挣脱，只是任由他握着。

两人默默相对了半晌，康君邺轻声问道："你来找我是有什么事吗？"

珂雅忽地抬头："啊呀，差点忘了，我上来是想告诉你，送我挂坠的那个小娘子，也到木月楼来了，就在楼下。"

"哦？"

珂雅拉着康君邺走到三楼的围栏边，指着二楼也靠着围栏的一处上席道："喏，就在那里。"

康君邺还未来得及细看，燕弘信摇晃着从屏风内走出，见康君邺牵着珂雅，不由得笑道："君邺，我说你怎么出去这么久，原来……原来你是在此密会佳人。"

康君邺给珂雅使了个眼色，珂雅连忙低头退开。他转身迎上燕弘信，讪笑道："让燕兄见笑，刚才那个是我在木月楼的相好，见我来此也不去寻她，正跟我闹呢。"

燕弘信搂住康君邺，从围栏上打量着珂雅婀娜的背影，吐着满口酒气道："君邺真是艳福不浅，什么时候也给为兄找个这样的舞姬相陪？"

康君邺挥了挥手臂，笑道："这有何难？我与这木月楼的掌柜相熟，燕兄只管挑，看上哪个舞姬，咱们就叫来陪燕兄吃酒。"

燕弘信一听，立刻来了精神，倚着围栏扫视楼下穿梭往来的舞姬。谁知看看着着，燕弘信脸上突然变色，瞪着楼下小声叫道："张娘子！"

"燕兄，你说什么？你看上哪个娘子？"

燕弘信在围栏上重重拍了一下，不理会康君邺，转身冲下楼去。

第三十一章
张九微：怒吻

张九微初入木月楼时，免不了有些忐忑，不敢随意张望。待在二楼的席上赏过几曲歌舞，才逐渐在欢畅的乐音中放松下来。

木月楼跟想象中不大一样，上下三层的红廊红柱间，穿梭着身姿袅娜的胡姬。她们身上鲜亮耀眼的纱裙，在这座无虚席的喧闹鼎沸之中，摇曳出张九微从未体会过的奔放与热烈。

入席后不久，张九微就发现身着轻纱长裙的胡姬们似乎都避着她与崔平的席位，不禁奇道："崔郎君，为何我们的席位上没有胡姬？"

崔平解释道："是我提前跟木月楼的掌柜打过招呼，不要胡姬侍酒，我担心张娘子会不习惯。"

张九微恍然，随即笑道："多谢崔郎君思虑周全。不过，我既然来了这木月楼，便是真想体会西域风情，况且……"张九微灵动的双眸闪烁几下，"况且我也很想尝尝这里的葡萄酒。"

这回轮到崔平恍然，他见张九微直勾勾地盯着不远处胡姬手中的酒壶，莞尔笑道："张娘子率情率性，是崔某不该妄自揣测娘子的喜好。"于是抬手招呼起附近的胡姬。

胡姬看到崔平招手，迈着轻盈的步子，快步上前，姿势优美地为张九微和崔平各自斟满。她躬身瞬间，张九微瞥到胡姬腰间的锦带上挂着一个镂空的粉色珍珠挂坠。

"咦……这不是懿烁庄的挂坠吗?"张九微旋即认出了面纱下那双少见的蓝紫色眼睛,拉住胡姬问道:"珂雅……你是叫珂雅,对吧?"

胡姬放下酒壶,抬眼向张九微仔细端详片刻,回道:"客人是……客人是那位将军寿宴上的小娘子。"

"正是,"张九微站起身,"珂雅,我说过要来木月楼捧你的场的,你还记得吗?"

"奴记得,"珂雅眼角漾起笑意,"娘子送我的珍珠挂坠,我一直戴着。"

崔平望着二人你一言我一语,诧异地问道:"张娘子,你们认得?"

"认得。我在任城王的寿宴上看过珂雅跳胡旋舞,她跳得极好,我从未见过那般美妙的舞姿。"张九微露出向往的神色,转向珂雅道:"珂雅,待会儿你还会跳舞吗?"

"嗯,"珂雅轻点下颌,"再过一刻就该奴上场了。"

"太好了!没想到今日我又有幸欣赏你的舞姿,"张九微拍着手喜道,"珂雅,你是不是要去准备?把酒壶留在这里就好。"

珂雅略有些犹豫,崔平吩咐道:"既然张娘子如此说,你就先下去吧。"

珂雅应声退下后,张九微将与珂雅相识的经过大致讲予崔平。崔平听罢,不住点头:"连张娘子都盛赞她的舞艺,难怪这个珂雅会是木月楼的头牌舞姬。"

张九微开心地端起酒盏,对崔平道:"今日真要多谢崔郎君带我来木月楼,不只让我有机会了解胡人的风俗,还能再次一睹珂雅的舞姿。你不知道,我许久都没有像今天这样快活了。"

崔平开怀一笑,眉宇舒展间满是诚挚,他也端起酒盏,回道:"只要张娘子能尽兴,崔某便不枉了。实不相瞒,自来长安后,我也难得有今日的畅意，说起来，也要多谢张娘子。"

两人愉快地对饮一盏。张九微对木月楼中的一切都十分好奇，一边吃酒一边向崔平询问，很快就到了珂雅上场的时刻。她放下酒盏，趴在二楼的围栏上，专注地看珂雅在舞池中疾转如风。

一曲尚未舞毕，身后食案上忽然咣当一响。张九微被惊得回过身去，只见酒壶仰倒在食案上，溢出的葡萄佳酿溅洒了崔平一身。

踢倒酒壶的正是齐王李祐身边的护卫燕弘信，他拧着两条粗眉，指着崔平质问道："你是何人？竟敢带张娘子来此处？"

燕弘信身后追上来一个胡人，拉住燕弘信道："燕兄，莫要动气，有话慢慢说。"

崔平站起身，轻轻抖去袍衫下摆残留的酒液，蹙着眉道："在下崔平，不知阁下是哪位？为何要故意踢翻我的酒壶？"

"燕壮士，"张九微也站起身，不悦地道，"崔郎君是我的朋友，我们在此吃酒，你这是做什么？"

"吃酒？"燕弘信瞪大了眼睛，"张娘子，你可知这木月楼是什么地方？"

"自然是酒楼，"张九微闻到燕弘信一身酒气，嫌弃地向后挪了一步，"怎么？这酒楼燕壮士来得，我就来不得？"

燕弘信大声道："张娘子，请恕我多言。木月楼乃是男人们寻欢作乐的地方，若是让齐王殿下知道你来了此处，他定然要大发雷霆。"

自打从洛阳回来，张九微一直避见李祐，此刻听燕弘信毫不避讳地影射自己和李祐的关系，不禁急道："燕壮士莫不是吃醉了酒？我来木月楼，与齐王殿下何干？燕壮士还请慎言。"

燕弘信哪里理会得了张九微的意思，仍然执着地道："怎么不相干？光这个月，齐王殿下就向张娘子送了三封请帖，可张娘子都未曾赴宴。没想到张娘子竟会跟个不相干的男子到木月楼来，齐王殿下若是知道，岂肯罢休？"

"你——"张九微涨红了脸，她很想反驳，却又怕燕弘信当着众人的面，说出更多不该说的话。

"这位燕郎君，"崔平上前一步，"你无故踢翻了我的酒壶，我可以不与你计较，但张娘子是我请来的贵客，还请燕郎君莫要在众目睽睽之下，让张娘子难堪。"

崔平的话点到即止，意在提醒燕弘信不要多言，可燕弘信酒气上头，一听这话，反倒更加火大。他立刻反手揪住了崔平的衣襟，骂道："我看就是你这不识好歹的小子，竟来招惹张娘子。你当张娘子是什么人？就凭你，也敢请她赴宴？"

崔平未料到燕弘信会动手，他先是一愣，继而用手抵住燕弘信，沉着地道："燕郎君还请自重。天子脚下，莫要让胡人们看了我大唐的笑话。"

他直视着燕弘信眸中的怒火，锐利的目光中毫无半分胆怯。燕弘信紧紧攥着的拳头，一时间竟无法挥下。

张九微叫道："燕壮士，你快放手！"

一直站在燕弘信身后的胡人也抢上前来，抓住燕弘信的臂膀，小声道："燕兄，你可是皇亲，若是在木月楼动手打人，传出去只怕要对齐王殿下和阴侍郎不利。"

燕弘信听他这样一说，才稍作冷静，狠狠地瞪了一眼崔平，松开了抓着衣襟的手。他接着又对张九微躬了躬身，道："张娘子，木月楼不宜久留，不如燕某送你回去，免得齐王殿下担心。"

张九微一脸愠色，不客气地回道："我的事不劳燕壮士操心，我想回府的时候自会回去。"

燕弘信眼中不忿，却不能对张九微发作，重重地吐出一句"张娘子保重"，便拂袖而去。他身后的胡人也向张九微看了一眼，口中叫着"燕兄"，追着燕弘信跑开。

张九微蓦然间觉得这个胡人有点眼熟，可眼下没时间多想，她对着崔平歉然一揖道："崔郎君，适才真是抱歉，连累你被洒了一身酒。"

"张娘子不必为他人的鲁莽致歉，"崔平摆摆手道，"只是这样一闹，平白坏了兴致。"

张九微见崔平浅色袍衫上的酒渍很是显眼，世家子弟向来在乎衣着整洁，他想来是不愿穿着这身脏袍衫被木月楼里来来往往的宾客盯着看，于是道："崔郎君，今日酒也吃了，舞也赏了，既已被搅了兴致，现在离去也不可惜。"

"哎……"崔平轻叹一句，"本来我还想让张娘子尝尝木月楼的西域菜式。"

张九微听他语中颇为失望，便道："那不如崔郎君再带我去吃醴泉坊外的羊肝饽饹？刚才光顾着吃酒，我还饿着哩。"

崔平很赞成张九微的提议，回道："好，就依张娘子所说。"

两人结了酒钱，从木月楼一路走到醴泉坊与居德坊之间的街巷。闻到羊肝饽饹的鲜香，张九微不由得咽了下口水。崔平见状，忙将先包好的一个饽饹递到张九微手中。两人在胡人的食摊前，边吃边聊，转眼就过了大半个时辰。

填饱了肚子，二人正准备回到金光门大街，哪知这时街角突然蹿出几个人，不由分说地就将崔平缚住。街巷里摆摊的胡人们眼见不对，纷纷四散后撤。张九微以为是白日打劫，惊慌地要跑去武侯铺，没跑出几步，齐王李祐带着燕弘信出现在熙攘的街角。

张九微心头一沉，她避无可避，只得硬着头皮对上李祐的视线。

"九微——"李祐面露欣喜，一上来就搭手在张九微的肩头。

张九微急忙向后退出两步，对着李祐施礼道："九微见过齐王殿下。"

李祐脸上的笑意凝固了，他低头瞧着不敢看他的张九微，接着转向崔平,冷冷地道:"今日就是你带九微去木月楼的?"

"正是。"崔平面对李祐,语气仍然平静。

"木月楼是什么场合,你不是不知道。九微是大家闺秀,你怎么能带她去那种地方?"

张九微赶在崔平答话前,抢道:"是我让崔郎君带我去的,不干他的事。"

李祐脸上更加冷冽,对燕弘信道:"燕壮士,劳烦你代我教训这个不识礼数的登徒子。"

"喏。"燕弘信得令,大步上前,冲崔平胸腹就是几拳。崔平手脚皆被缚住,不能抵挡,闷哼之后,痛得躬下身子。

"殿下——"张九微着急叫道,"你快叫燕壮士住手!"

李祐俊美的容颜被阴沉笼罩,道:"九微,他带你去那种地方,你还护着他?"

"殿下,真的是我想去木月楼看胡旋舞。崔郎君禁不住我的央求,才带我去的。殿下应该知道,我一向喜欢胡乐,姑祖父致仕后,阖门自守,我能去的宴会极少……"张九微飞速地编着理由,"我早就听说木月楼的胡姬舞姿动人,可我一介女子,不便单独前往,所以才……才恳求崔郎君带我同去。"

李祐听罢,眉目稍稍舒展,却又问道:"九微,你想听胡乐,看歌舞,只管跟我说就是,无论是什么样的舞姬,我都可以请到王府。为何你三番四次回绝我的宴请,却愿意同他来木月楼?"

"殿下,你忘记从前在宫宴上,我说过西域的胡乐工要在西域的山川风月中,才有不一般的热烈?我……我想在木月楼的胡人们中间听胡乐,那和在王府,岂会一样?"

李祐眼底登时柔软许多,对张九微道:"九微,既然这样,以后你何时想去木月楼,我陪你去。"

张九微刚想回一句"你身为皇子,哪能随意出入木月楼",可看了看还在喘气的崔平，只得含混地道："殿下，崔郎君只是一番好意，求你看在我的分上，莫要再为难他。"

"罢了。"李祐扬了扬手，示意燕弘信放开崔平。

张九微走到崔平身前，躬身道："崔郎君，今日之事，都是我连累你。今日咱们暂且别过，改日我再向你当面致歉。"

"你还要见他？"李祐又急了。

崔平看着面色难堪的张九微，心下会意。他理了理歪在一边的幞头，也拱手道："张娘子不必多虑，朋友之间，何谈连累？崔某眼下仪容不修，请容崔某先行告辞。"随即又对李祐施了个礼，便转身离开了窄巷。

眼见崔平走远，张九微对着李祐一揖："齐王殿下，时候不早了，九微先行告退。"

"九微，"李祐上前拦住她，急切地质问道，"这一个多月你为何一直躲着我？我几次三番下请帖给你，你为何都要回绝？"

"我没有……"张九微嗫嚅道，她不得已搬出了李靖，"殿下，我姑祖父说，眼下长孙皇后病重，圣人忧心不已，实不宜在此时四处宴饮。今日，我也是瞒着姑祖父、姑祖母偷跑出来的。殿下还是快让我回去吧，耽搁久了，姑祖父定要数落我。"

李靖一贯谨慎，李祐对这个理由照单全收，但仍然不肯放张九微走，说道："不行，我好不容易才见到你，岂能轻易放你离去？你放心，待会儿我亲自送你回府，自会向药师公解释。"

"那怎么行？"张九微连忙推托。李靖本来就不喜张九微与皇子来往，不过是张出尘宠爱张九微，不愿多加管束，可要是李祐登门，谁知道会闹出些什么？

"怎么不行？莫不是怕我把你今日与崔平偷去木月楼的事告诉药师公？"

张九微听出李祐隐隐有威胁之意，去木月楼倒是无妨，只是姑

· 118 ·

祖父若知道崔平陪我同去……张九微不想再给崔平添麻烦,只好垂首道:"殿下,我不走就是了。"

李祐喜笑颜开,立刻叫手下牵了马来:"九微,跟我去王府吧,我在王府为你备了好多来自西域的稀奇玩意。"

"去王府?"张九微踟蹰不已,"殿下,这不好吧。"

李祐人已在马上,不客气地挑了挑眉,高声道:"怎么,你连木月楼都去得,还怕去我的王府?"

街巷里的胡人们从适才崔平被打,就一直躲在角落窃窃私语。张九微心知李祐不会轻易罢休,她不愿继续在大庭广众之下与李祐辩驳,只得依言上马,一行人离开窄巷,朝齐王府奔去。

这是第二次与李祐共乘一骑,他身上的味道没变,但张九微的心绪却已大改。

魏王池边,李祐直白地表露心意,让张九微更加看不清自己的心。来长安前,她从未想过要嫁人,如果给她选择,她定然要留在流波岛。魏王李泰也曾多次示好,可不管是李祐还是李泰,他们都是大唐的皇子,无论嫁给谁,都与阿姐张瑾辰殊途同归。

张九微沉浸在自己的思绪中,无暇理会拢着她的李祐。他的鼻息在耳边若有若无,夹杂在长安的暖风之中,尚未辨清,就已飘散。

刚到齐王府,李祐就毫不避讳地拉起张九微的手,径直跨进府门。他带着张九微一直走到内院的偏厅,指着偏厅几案旁散落着的物件,兴奋地道:"九微,我知道你一贯向往西域,这些都是我这几月从各处搜集来的,全是来自西域的宝贝,你瞧瞧。"

几案上有皮毛、妆盒、玛瑙杯、银酒壶、红宝石簪子,还有一只耀眼的鎏金工艺赤金碗。这赤金碗不只内沿外沿都压出水波纹,碗底中央还铸有一个凸起的海兽,有人的脸孔,却长着海鱼的身子,连身上的层层鱼鳞都精雕细琢,像极了东海传言中的神兽。

张九微被这只构思奇巧的金碗吸引,拿在手中,把玩着碗中雕铸的海兽。

李祐喜道:"我就知道你会喜欢。这些东西,回头我差人一并送去李府。"

"殿下,"张九微放下金碗,"这些东西太多也太贵重,我不能收。"

"这些算什么,"李祐不以为意,凑在张九微耳边道,"只要你喜欢的,我都会找来。日后,你随我去了齐州,虽必然比不上长安繁华,但我也绝不会委屈你。"

"齐王殿下,"张九微绞着衣角,不知如何开口,"我……我没想过要随你去齐州。"

李祐脸上顿时一滞,露出错愕的神情,问道:"九微,你说什么?"

"我说……我没想过要同殿下去齐州。"张九微在窘迫中红了脸,她低着头,飞快地朝李祐瞧了一眼又躲开,像一只受惊的鸟。

李祐本来在张九微身侧,一听这话,立刻将张九微拉向自己,大声急道:"九微,你为何不肯?在洛阳,你明明……明明是心悦我的。"

张九微也不知该如何解释那天的事,她紧收着下颌,一言不发。

李祐见状,更加大力地用双手攫住张九微,迫使她面向自己,又惊又怒地道:"九微,你回答我!你为何不愿同我去齐州?难道……难道你心里还有别人?"他顿了顿,语气立时变得怨忿,质问道:"是不是崔平?"

张九微无奈,终于抬头看向李祐:"殿下,崔郎君只是我的朋友,请殿下不要无端揣测。"

"朋友?"李祐眼底的怒气更盛,俊美如玉的面庞因为愤怒而微微扭曲,"只是朋友,为何你独独找他带你去木月楼?你们何时变得如此亲近了?"

张九微听李祐越说越离谱,反驳道:"殿下,我同谁来往是我的事,就算我偷去木月楼,也自有姑祖父管教,不劳殿下忧心。"

李祐怒不可遏:"不劳我忧心……好,明日我就要去找四哥,让他把崔平逐出长安,不许再回来!"

"你敢——"张九微想到李祐今日无缘无故打了崔平,也恼了。她毫不示弱地怒视李祐,修长的睫毛一根根颤动。

李祐突然整个人压了过来,片刻之后,张九微才感觉到他灼热的气息正顺着柔软的双唇传来,仿佛要吸走周围所有的空气。

张九微拼命推开李祐,眸中不自然地盈满水汽。李祐这才有些后悔,轻声叫了句"九微"。张九微心中混乱已极,片刻也不想再与李祐共处一室,遂转身逃命般奔出了王府。

这注定是个多事之夏,短短一月之后,长安城上空再度响起丧钟——夏六月己卯,久病不愈的长孙皇后崩于立政殿。

张九微没见过长孙皇后几回,但随张出尘进宫吊唁时,仍免不了感受到大兴宫上下的哀恸与痛惜。长孙皇后正当盛年,与圣人帝后情深,此番离世,比之高祖薨逝时,更牵动出许多哀思。

回李府的马车上,张九微靠在张出尘怀中,痴痴地问道:"姑祖母,你害怕离开人世吗?"

张出尘好似也被长孙皇后之死引动了内心的情愫,轻叹一声:"如何不怕?不过我更怕再也见不到李郎。上天待我不薄,此生能与李郎相知相守到如今的年岁,比起长孙皇后,我不能要求更多了。"

"姑祖母,我听祖父讲过你和姑祖父的事。当年你初遇姑祖父时,怎么就知道他是你要托付终身之人?"

张出尘淡淡一笑,拍着张九微道:"既见君子,云胡不喜。九微,情自本心,只要你守住本心,自然就会知道。"

守住本心……张九微似懂非懂地呢喃着,可我的本心,究竟是什么呢?

国丧期间，张九微除了偶尔去懿烁庄，难得出门。进宫吊唁之后，她本来约好要先去平康坊的宅院找流波岛诸人，谁知刚走出李府不远，燕弘信突然蹿出，拦在路中。因崔平挨打之事，张九微很不喜燕弘信，她只恨自己脚下不快，没能绕开他。

燕弘信草草地见了礼之后，道："张娘子，我日日在李府附近徘徊，就盼能碰上你，你快去看看齐王殿下吧。"

张九微睨着燕弘信："齐王殿下怎么了？"

"自那日你离开王府，齐王殿下就一直闷闷不乐。后来皇后崩逝，殿下接连入宫守丧，饮食不修，这就病了。殿下身体一贯单薄，卧床多日，竟不见好转。"

"齐王殿下身体有恙，该去找御医，恕九微不便前往。"张九微说完欲走。

燕弘信急道："张娘子，太医说殿下心志不畅，药石难发其力。殿下病中最想见的人就是张娘子，还恳请娘子随我一行。"

张九微不知道这是不是李祐为了见自己而编出的谎话，望着燕弘信，犹豫不决。

"张娘子，"燕弘信粗眉猛挑，显然十分焦急，"殿下真的病得很重，你若不允，燕某便只能往李府登门求助。"

张九微自然不愿此事被李靖、张出尘知晓，只得无奈应道："好，我去。"

待快要进入齐王府之时，张九微又有些踟蹰，上次发生在这里的事还历历在目，她实在不知该如何面对李祐，但耐不住燕弘信不停地催促，忐忑地踏入李祐的卧房。

李祐此刻还睡着，他光洁的脸颊微陷，的确是比从前又消瘦许多，因病而苍白的皮肤使他的五官更加鲜明。张九微扫到李祐眼角柔和的弧度，不自觉想起他过去对自己不讲理却又真挚的种种，轻叹一声。这声音弄醒了本就睡得不实的李祐，他睁开双眼，蓦然间对上张九微的视线，两人都是一怔。

张九微急忙垂下眸子，低声问道："齐王殿下可好些了？"

李祐认真地打量着张九微，仿佛在确认这是不是梦境，良久才道："九微，真的是你，你终于愿意见我了。"

他语气中似有无限酸楚，触动张九微心头跟着一紧："殿下身体本就不好，合该好生养病，不要无谓多添烦恼，九微改日再来看你。"她说着就要站起，李祐立刻握住她的手，急道："别走。"

张九微本想挣脱，但瞥见李祐毫无血色的面容和他眼中的恳求，终是不忍。

"九微，上次是我唐突，这些日子，我无时无刻不在后悔，你……你原谅我。"

张九微沉默半晌，缓缓地道："殿下还在病中，身体要紧，别的事，以后再说。"

"九微，其实我真希望能多病一阵，"李祐紧了紧握着张九微的手，他的手心温润，手指轻轻滑过张九微的手背，"本来皇后丧期过后，我就要赴任封地，可我不能现在就离开长安。这样病着也好，我可以以养病为由留下来等你。"

"等我？"

"等你愿意随我去齐州。"

"殿下，我不——"

"九微，"李祐急切地打断了张九微的话，"不要这么快回答我，"他顿了顿，握着张九微的手却更紧了，"九微，你知道吗？你是第一个在我面前说圣人偏心的人。圣人对太子、对四哥处处用心，长孙皇后薨逝后，他甚至把九弟带在身边亲自抚养。同是皇子，为何我就得不到半点关切？就因我外祖父曾是隋室的忠臣吗？"

激动让李祐苍白的脸上泛起不正常的潮红，张九微想说些话来劝慰他，可涉及天子家事，她只能保持沉默。

"就连母妃和舅父也时常训诫我不可与嫡子争宠。我并非想争宠，我只是……只是始终都心有不甘，我渴望圣人能像看四哥那般看我，哪怕只有一次。"李祐声线中透着一股倔强的委屈，让张九微想起了每每与张夔同坐一席却总被忽略的自己，她不自禁地在李祐掌中回握了一下。

李祐重又灼视着张九微，道："九微，你懂我，对不对？人人都只知劝我谨言慎行，可只有你，敢说那是圣人的不当。"

"殿下——"张九微有些慌了，如今听李祐重提旧事，她才知自己当年有多么鲁莽，竟对着皇子编派圣人的不是。想想李靖的身份和他被弹劾后深居简出，自己一时耍嘴，便可能为姑祖父、姑祖母招来祸端，她不禁有些后怕，"九微那时年幼无知，口不择言，还望殿下不要当真。"

"你不用怕，我府上都是舅父安排的自己人，"李祐轻轻摇了摇张九微的手，"不管你现在怎么说，在我心里，你就是和所有人都不同。九微，京城纵然繁华，我也有许多舍不得，但在这里，处处都要小心谨慎，这种日子，你定然也是不喜欢的。倒不如离开长安，想说什么便说什么，想做什么便做什么，岂不更自在？"

李祐的话莫名勾起张九微对流波岛的思念。短短两年多，自己便已不再是那个与李祐共乘一骑时的张九微了。如今对着李祐，自己脑中满是李靖的叮咛，半句话也不敢多说。从前在海上，她明明真的是行辞由己之人，那种自由自在，或许比祖父的怀抱都更让自己眷念。

第三十二章
康君邺：遗珠

未时不到,康君邺在长安西市内,远远地隔着几个铺位,盯着懿烁庄的门面。他一连数日在懿烁庄外盘桓,指望能再次碰见那个燕弘信口中的张娘子。

五月初来懿烁庄买挂坠时,曾无意中与她攀谈几句,只是那时,康君邺还不知道,她就是同时送了珂雅与齐王李祐香木挂坠的人。自从在燕弘信处得知了她的身份,商人的直觉告诉康君邺,这个张九微绝不只是懿烁庄的熟客那么简单,他的心中有个猜测,亟待证实。

只在西市内勾留了一刻不到,张九微还未见着,懿烁庄中却走出个似曾相识的小小身影。

咦……这不是玄智法师的弟子圆悟?他今日未穿僧衣,头上还缠着平头,一副俗家小男孩的打扮,他无缘无故怎会到懿烁庄来?

康君邺快走几步,想叫住圆悟,谁知刚呼出一句"圆悟小师父",那小小身影便头也不回地跑起来,钻入西市外熙攘的人群,没了踪迹。

圆悟是在化度寺出家的小沙弥,康君邺初次碰上他还是因为燕弘信砍断了化度寺古树的枝丫。后来与玄智法师结识,才知圆悟正是玄智座下的弟子。自此以后,每月初十,康君邺在夜间入化度寺参拜,圆悟都会陪同玄智法师一起接待。

是我看错了吗?康君邺不禁有点怀疑。他又朝着圆悟跑远的方向望了望，却见等待数日的张九微仍是绯色男装打扮，正朝着北门而来。他无暇再去理会圆悟，赶紧尾随着张九微以及她身后的魁梧男子一道进入西市。这男子应是张九微的贴身护卫，康君邺也见过他数次。

眼见张九微踏进懿烁庄的门面，康君邺追将上去，叫道："张娘子请留步。"

他这一叫，不只张九微回过身，懿烁庄外堂内所有的伙计都看过来，把正在整理商货的老掌柜也惊动了。

康君邺欲上前见礼，那护卫却拦在身前，他一脸警惕地瞧着康君邺，问道："阁下是何人？"

康君邺无奈，便隔着男子朝张九微施礼道："在下康君邺，见过张娘子。"

"你是——"张九微摆手示意护卫退下，仔细打量康君邺一番，似乎也认出他来，道，"你是木月楼的那个胡人，同燕郎君一起的。"

"不错，正是在下。其实之前在懿烁庄，康某也和张娘子有过一面之缘，那次，我还买了两个香木挂坠。"

张九微眯起眼睛，回忆道："是了，我就说在木月楼时，怎么觉得你有些面熟。"

康君邺见她想起自己，接着道："娘子好记性，不知张娘子可否借一步说话？"

护卫听罢，再次挺身上前，冷着脸道："放肆！我家主人岂能随意与不知底细的外男攀谈？"

张九微狐疑地道："我与康郎君素不相识，不知郎君找我所为何事？"

"张娘子，有些话在外堂说恐有不便，娘子既是懿烁庄的熟客，不如就借懿烁庄的内堂一用，"他说着看向一直关注着几人动静的懿

·126·

烁庄掌柜,"老掌柜,你说好不好?"

"你怎知我是懿烁庄的熟客?"

"我还知道更多,"康君邺故作神秘地笑道,"娘子若想得知原委,就请借懿烁庄的内堂一用。"

那边的老掌柜已经迎上来,客气地道:"张娘子,你是咱们懿烁庄的老主顾,若要入内详谈,我这就去备上好的茶。"

张九微仍在犹豫,半晌才道:"那好吧,就劳烦老掌柜。"

老掌柜引着几人步入内堂,待康君邺和张九微坐定后,就要离去。康君邺却拉住老掌柜,道:"老掌柜不妨也留下,某要说的话,或许你也感兴趣。"

"这位客人真会说笑,张娘子是京中贵人,我岂能随意探听贵人的事?"

康君邺眨了眨眼睛,笑道:"好吧,反正事后张娘子想必也会告知老掌柜,老掌柜现在听不听倒也无妨。"他说这番话的时候,视线一直牢牢锁在二人脸上。他们不动声色地交换眼色,都被康君邺看在眼中,让他心底又多了一分把握。

老掌柜退出内堂后,张九微的护卫催促道:"这位郎君,有什么话还请快讲,莫要平白耽搁我家主人。"

康君邺也不啰唆,直接道:"张娘子,某乃是康国前来长安朝贡的使臣,在凉州时与燕郎君结识,也去过齐王殿下府上做客。康某见齐王殿下经常戴着一枚红珊瑚珠的挂坠,一时好奇问起,才知那枚挂坠是张娘子所送,就是这懿烁庄独有的货品。"

听到齐王,张九微娇俏的脸孔微微涨红,回道:"那挂坠的确是我送给齐王殿下的年礼。不过,你莫要听信燕郎君在木月楼的胡言,齐王殿下同我,只是朋友。"

"娘子不必多虑,事关皇子与张娘子的清誉,某权当在木月楼什么都没听到,康某要说的,也不是此事,"他说着从怀中取出自己买的那枚粉色珍珠挂坠,放在案上,"张娘子也许不知,木月楼的舞姬珂雅与我相熟。珂雅告诉我,一年多前,张娘子曾送了一枚与这一模一样的挂坠给她。"

张九微脸上的红晕已褪,眉睫轻动,淡淡地道:"我深为珂雅的舞姿所折服,送她一件香木挂坠,有何不妥?"

"送挂坠并无不妥,"康君邺抚着须髯顿了顿,"不过,张娘子却让珂雅只要有人问起,就说挂坠是西市懿烁庄买的。张娘子送珂雅此物,只怕是另有深意。"

张九微端起茶盏,不以为意地笑道:"哦?我有何深意?"

"寻常贵人赏东西给舞姬,都是要舞姬记得自己出手阔绰,无人会刻意将东西从何处购得告知,张娘子却偏要珂雅将懿烁庄之名四处相告,此其一。其二,我向燕郎君打听过,张娘子于贞观八年初到长安,而懿烁庄也是从贞观八年,才开始售卖这种特殊香木做成的各色货品。西市里的铺子都说,在此之前,懿烁庄并不以售卖香料为主。还有,那日康某与张娘子在懿烁庄偶遇,娘子问我的问题,皆与经商有关。试问,一个京城中的大家闺秀,究竟出于什么缘故,会想要探知那些问题?"

张九微的双颊不自觉紧了一下,没有答话。

康君邺续道:"某不才,将这桩桩件件拼凑在一起,便有了一个大胆的推测。依某之见,张娘子以熟客之名常来懿烁庄不过是掩人耳目,而娘子的真实身份,只怕,就是这懿烁庄的主人。"

此话一出,内堂内骤然安静。张九微只略略惊异,可护卫脸上掠过难以掩饰的错愕。康君邺没有错过他们的表情变化,心中霍然已有了答案。

只短短一瞬,面前的张九微便恢复了从容,她定定地看着康君邺,笑道:"我听闻,西域的九姓胡人,生子必以石蜜内口中,是愿男子长大后可以口常甘言。康郎君能为康国使臣,必定是能说会道,你的这一番话，虽是耸人听闻，却也让我万分叹服康郎君的口才。"

"不敢，不敢，"康君邺颔首笑道，"某今日贸然来访，原没指望张娘子会向我亲口承认什么。"

那护卫忽然喝道："你这胡人，满口胡言，我看你是专来此处消遣我家主人！我奉劝郎君尽早离去，否则，别怪我不识礼数。"

"郑安，不得无礼！"张九微制止了护卫，又对康君邺道："康郎君今日特意来向我讲这样一个故事，究竟所为何意？"

康君邺笑道："还是张娘子反应机敏。娘子既然知道我们九姓胡人的习俗，那也当知我们善商贾，利之所在，无所不往。实不相瞒，某不只是康国使臣，同时也是西域斯鲁什商团的商人。某钦佩张娘子经商之能，亦觉得懿烁庄之物独此一家，甚为难得。某今日专程来拜访娘子，并非要挑起事端，而是想要与懿烁庄合作。"

"合作？"

"正是。斯鲁什乃是西域最大的商团，若能将懿烁庄之物卖去西域，或者将西域的商货在懿烁庄售卖，对于张娘子和我，都未尝不是一件乐事。"

张娘子对着茶盏轻轻吹气，笑道："听起来的确是件好事，不过康郎君寻错了人。我不过是懿烁庄的熟客，岂能随意置喙老掌柜的生意？这些事，康郎君还是应该找老掌柜详谈。"

康君邺见她仍然闪烁其词，便笑道："无妨。不管是张娘子，还是老掌柜，都请考虑一下某的提议，"他说着拿出一封名帖，"某就住在义宁坊，张娘子和老掌柜若是有意，可随时到义宁坊寻我。"

他将名帖置于案上，端起茶盏一饮而尽，然后躬身道："多谢老掌柜的好茶。某今日多有打扰，这便先行告辞。"说罢，起身潇洒地离开了懿烁庄。

康君邺自以为弄清了懿烁庄之事，一连几天，都很是自得。他笃定地相信，同为商人的张九微，定然不会放过此等良机。

眼看到长安已逾一年，自己在查证三阶宗无尽藏院的事上，进展缓慢。安元寿的回信，一封比一封透着更多的不耐烦，让康君邺心中的焦躁，就如同这长安炎夏里的暑气，也一日高过一日。

以安家在西域的势力，只要安元寿的一句话，康君邺从商之路，便从此断绝。他左思右想，为今之计，只能用笔大买卖来转移安元寿对自己办差不力的关注。毕竟，无论如何，安元寿都不会跟银钱过不去。只要自己还能为斯鲁什商团挣得可观的收入，安元寿便能再给自己多一点时间。

谁知直到七月过完，懿烁庄那边仍无半点动静。康君邺只能安慰自己，也许是长孙皇后崩逝，张娘子作为官眷，在国丧期间事多，又要谨慎些的缘故。

另一边，因长孙皇后丧期，化度寺要为皇后超度。一直到了八月初十，康君邺才得以再次入寺参拜。玄智法师仍要为长孙皇后诵经祈福，无暇相陪，便只有圆悟随行。

参拜过后，康君邺和圆悟途径化度寺西侧的古树林，圆悟突然停下脚步，指着古树林小声对康君邺道："康施主，贫僧有件事想向你请教，你可否随我进去一下？"

康君邺见圆悟一脸神秘，很好奇这小沙弥想做什么，便随他一道穿过枝叶繁茂的株株古槐，来到树林深处。只见月色下，一株瘦弱的小槐树正挺立在粗壮古槐的包围之中。

"这难道是……去年被燕郎君砍下的那株枝丫？"康君邺有点不敢相信，圆悟竟真的将那残枝种出了一株新树。

"正是，"圆悟一脸宠溺地瞧着小槐树，仿佛是在看一件宝贝，"康施主，当初是你告诉我枝丫也可以种出新树，你定然很懂种树吧？"

康君邺笑道："很懂不敢当，小师父亲自栽种此树，若论经验，你可远胜康某。"

小沙弥摸摸树干，扁着嘴道："可我不知道阿阇到底怎么了。"

"阿阇？"

"就是这株槐树呀。《长阿含经》中云，阎浮提，有大叔王，名曰阎浮。所以我给它起名叫做阿阇。"

一株树也有名字，康君邺不禁莞尔，问道："那阿阇是有什么不对？"

圆悟皱起眉头道："初始阿阇长势很好，但不知为何自六月以来，阿阇就很少再抽新枝，也许久不曾长高了。康施主，你见多识广，你能看出阿阇究竟是哪里出了毛病？"

原来他找我来古树林，是为了这株树。康君邺觉得好笑的同时，又莫名有些感动，如今这世上，还有几人能对一株树的死活如此在意？

他接过圆悟手中的灯笼，把小槐树仔细打量一番，又几次抬头环视四周，然后对小沙弥道："圆悟小师父，这里白日是不是树荫成片？"

"是。"圆悟点点头，一脸专注地望着康君邺。

"那应该就没错了，"康君邺习惯性地抚着腮下须髯，"槐树喜光，可阿阇所在的这个地方，日光都被古槐的树冠遮住。槐树长到这么大，正是需要阳光的时候，阿阇晒不到太阳，就像小孩子吃不饱饭，自然就很难再长高。"

圆悟恍然大悟，睁着圆圆的眼睛，喜道："原来如此！康施主果然很懂种树。"可紧接着又犯难道："但阿阇已经被我栽种于此，若为了让它得见日光，难道要我砍掉老槐树的树冠？若是那样，这些老槐树也会受伤。它们植根于这里并不是它们的过错，都是我不好……"

康君邺听着他的天真言语，不由得想起了远在康国飒秣建城的阿弟，喉头蓦然间酸涩。他清了清嗓子，对圆悟道："小师父不必担忧，我们可以把阿阇移栽到日光充裕的地方，只要锄土时不伤到阿阇的根须，栽种到新的土壤中，它也一样会发荣滋长。"

小沙弥扯住康君邺衣袖，一脸难以置信地问道："真的？"

"康某不敢欺瞒小师父。"

圆悟顿时雀跃不已，他万分疼惜地摸了摸小槐树的树干，轻声道："阿阇，你别怕，你很快就能吃饱饭了。"

康君邺心中已打定主意要帮圆悟，遂道："小师父，眼下还是长孙皇后的丧期，白日里化度寺人多眼杂，多有不便。我看，不如就趁现在，我帮你一起将阿阇移栽到别处，可好？"

"康施主，你可真是大善人，"圆悟对康君邺双手合十，然后拍着手道，"我这就去取锄头。"

小沙弥很快去寺内取来两柄锄头，与康君邺一人一柄，开始在阿阇脚下，小心翼翼地锄土。刚锄完浅表的一层泥土，黑色的土壤中突然现出几颗圆溜溜的东西，在灯笼的荧荧烛火下，闪烁着浅白色的微光。

康君邺顺势俯身捡起两颗，对着灯笼照了照——这不是产自东海的粉色珍珠？怎么会埋在泥土中？

他正要拿给圆悟看，却见小沙弥一脸做了坏事的心虚模样，他飞快地瞟了一眼康君邺掌中的珍珠，便躲躲闪闪地不敢再看。

康君邺立时明白这几颗珍珠定是同圆悟有关，他用从前对待阿弟的亲和语气问道："小师父，你看，咱们竟然在阿阇脚下挖到了珍珠，莫不是菩萨被你的一片善心打动，要将这几颗珍珠赐给你？"说着作势要将珍珠递给小沙弥。

圆悟一听到菩萨，慌不迭地跳开，摆着手道："不……不是的，不是菩萨的赏赐……"

"怎么不是？这珍珠可是上乘之物，若非菩萨显灵，怎会好端端地出现在阿阇脚下？你快拿着，莫要辜负了菩萨的好意。"

圆悟又退后两步，仿若那珍珠有毒一般，急道："康施主，真的不是菩萨显灵，是……是我……是我将珍珠埋于此处。"

康君邺万分不解，又细瞧了瞧掌中珍珠，这几颗珍珠色泽莹润，好像和懿烁庄香木挂坠中的珍珠颇为相像。

"小师父，你为何要把珍珠埋在阿阇脚下？还有，这东海珍珠可不是寻常之物，你是从哪里得来？"

康君邺的发问让圆悟窘迫万分，一张小脸瞬间涨得通红，他紧咬着嘴巴，不肯答话。

康君邺循循善诱道："小师父，这珍珠若是你从寺内贡品中捎带出来，只要说实话，诚心悔过，佛祖定不会怪罪于你。"

康君邺搬出佛祖，令圆悟更加惶恐，他急得快要哭出来，支支吾吾地道："没有，我没有偷东西……这珍珠是……是玄智法师给我的。"

"既是玄智法师给你的，你拿着就是，为何要将珍珠偷偷埋进土中？"

圆悟嘟囔道："法师让我……让我把珍珠扔掉，可我舍不得扔，就只好埋在这里，跟阿阇做个伴。"

"哦？"康君邺斜睨着紧张的圆悟，"小师父，佛祖座前不打诳语，玄智法师怎会要你把如此名贵的珍珠扔掉？"

"是真的！"圆悟见康君邺不信他，着急得一边抹眼泪，一边道，"法师让我去西市的懿烁庄买十二个红珊瑚珠的香木挂坠，可懿烁庄中没有那么多，我只好又买了几个珍珠的……法师……只留下了香木和红珊瑚珠，却要我把珍珠扔掉……"圆悟委屈地抽噎着，"我，我真的没有说谎。"

看来那天我在懿烁庄门口看到的人，果然是他。

康君邺从圆悟口中套出了原委，不忍看他再哭下去，柔声安慰道："小师父，我信你，你绝没有说谎。你看这样好不好，咱们把这些珍珠再埋去阿阇新栽种的地方，就像你说的，让这些珍珠跟阿阇做个伴。"

圆悟用僧衣的袖口擦了擦脸上泪痕,眨着清澈见底的双眸,问道:"那……那你说,佛祖会怪罪我没有按照法师的吩咐做事吗?"

康君邺温厚地笑道:"不会的。法师只说要你把珍珠扔掉,又没说不能扔进泥土里。咱们继续锄土,赶紧帮阿阇找个新家。"

一提起阿阇,圆悟立即收起眼泪,抡起锄头,专心致志地同康君邺一道锄土。当晚,两人将小槐树挪去了化度寺内的塔林。在将珍珠埋进树下之时,康君邺趁圆悟不注意,偷偷藏下一颗。

回到家中后,康君邺躺在床上,怎么都睡不着。

玄智法师为何要让圆悟去懿烁庄买挂坠?这挂坠半两金一个,十个就要五两金,玄智法师一介出家人,哪里来的这么多银钱?再说,他要这么多贵重的香木挂坠做什么?还有,他特意取出珍珠,只留下香木,又是为何?这种名为紫棠伽楠的香木,对玄智法师而言,难道有什么特殊的用处?

康君邺想起石大童曾打听过玄智法师的来历,他乃关中裴氏的贵族子弟,因幼年被看相的说命克六亲,要遁入空门方能为家族避祸,这才在化度寺出家为僧。他出身贵族,是以一入化度寺,就做了僧邕大师的关门弟子,年纪轻轻,在化度寺中辈分却很高。

玄智法师是在武德年间出家,那时,石大童还没有来长安,兴许是他有什么疏漏的地方?康君邺辗转一夜之后,决定去找何念山。

何叔叔从前朝起就一直生活在长安,从前又住在义宁坊旁边的居德坊,或许他能知道些石大童不知道的事。

翌日,西市的开市鼓刚刚敲响,康君邺已走进醴泉坊。何念山近年来为方便在夜间也能打理木月楼的生意,从居德坊搬到了木月楼所在的醴泉坊。如今正值长孙皇后的丧期,木月楼不能营业,何念山大部分时间都待在醴泉坊的家中。

何家宅院的仆从识得康君邺,开门一见是他,就去正堂通传,却没有请康君邺入内。康君邺不禁有些奇怪，从前来何念山家中，仆从都会直接把他引去正堂。他候在门口，隐约听到宅院中传来粟特语的笑闹声，不等仆从回来，便冲着宅院内高声叫道："何叔叔，是君邺前来拜访，请何叔叔一见。"

不一会儿，院中的笑闹声息止，何念山从正堂走出，身后还跟着石大童。他招呼康君邺道："君邺来得正好，一并进来吧。"

康君邺热络地向二人见礼，心中却犯起嘀咕，石大童怎么会在何念山家中？尚来不及询问，踏进正堂的康君邺立时愣在原地——正堂内的主位上，坐着一位着青金色暗纹胡袍的青年男子，他拿着酒盏，正用一双琥珀色的眸子睨着自己。

"见过安萨宝，"康君邺晃过神，立刻快走几步，迎上去见礼，"某不知是安萨宝在此，若有叨扰，望萨宝恕罪。"

安元寿轻轻抬了抬手，淡淡地道："不碍事。本来也打算过几日见你，既然今日碰上，那就既来之则安之吧。"

身后有人帮康君邺拿了一张坐床，康君邺回过头，发现珂雅竟也在正堂内。

康君邺恭敬地道："敢问安萨宝是何时抵达长安？"

"刚到几日，"安元寿示意珂雅也帮康君邺斟上酒，"长孙皇后丧期，我来长安吊唁，顺道也来看看长安的生意。"

国丧期间宴饮，可是大忌，康君邺盯着眼前杯盏中的葡萄酒，不禁迟疑。安元寿自顾自地捧起酒盏，轻啜一下，丝毫不以为意。看来他很放心在何叔叔家中吃酒。

康君邺见何念山与石大童都坐回位子，诧异地道："原来如此。我竟不知，原来安萨宝与何掌柜也认识。"

何念山笑了两声，回道："君邺，我九姓族人，但凡要在长安做生意，谁人会不识得安萨宝？"

也对，何念山立足长安多年，识得凉州安家，并不奇怪。只是，何念山与石大童，既然明知道安元寿来了长安，为何都不曾告知我？

这时，珂雅又走回主位，跽坐在安元寿身旁。她今日未戴面纱，一张摄人心魄的绝美容颜展露无遗，安元寿似乎闻到了珂雅身上的香气，动了动鼻尖，问道："何掌柜，这位就是木月楼的头牌舞姬？"

"正是！"何念山转向珂雅："珂雅，还不见过安萨宝？"

珂雅半倾着身子向安元寿躬身，始终不敢与他对视，小声道："奴见过安萨宝。"

康君邺心知珂雅是专门被何念山叫来为安元寿侍酒的，心中不大舒服。他安慰自己，眼下还是国丧，安元寿当不会在这个时候招舞姬陪夜。

安元寿微微侧过头，扫了珂雅几眼，脸上并无多余的情绪。石大童却故意道："安萨宝，你还不知，康君每次去木月楼，都指名要珂雅侍酒。"

"哦？"安元寿鼻中轻轻哼了一声，"康使者，长安纵有离不开的温柔乡，可你也莫要忘了自己的本分，沉迷于女色，终究难成大事。"

康君邺惶恐不已，忙道："安萨宝教诲得是。请萨宝放心，康某一定恪尽职守，绝不敢忘记萨宝的嘱托。"

安元寿轻轻颔首，又问："你今日来找何掌柜，所为何事？"

玄智留下紫棠伽楠纵然蹊跷，但我眼下尚未查出端倪，还是暂时不要告知安元寿。康君邺心下暗忖，笑着回道："没什么要紧事，路过醴泉坊，想着何掌柜应该在家，就顺路前来拜访。"

"你父亲从前就与何掌柜交好，"安元寿晃着手中酒盏，"何掌柜在长安城中素有人望，交代给你的差事，若有需何掌柜相助之处，相信他定不会推托。"

阿耶与何叔叔当年交好之事，安元寿竟也知道？

何念山忙躬身道："安萨宝说得是，但凡能用得上何某的地方，听凭驱遣。"

不知为何,何念山对安元寿谦恭的态度,让康君邺心中隐隐不安,他低头闷了一口酒,敷衍道:"有安萨宝如此说,康某日后便可放心求教何掌柜。"

安元寿没有继续盘问康君邺调查三阶宗之事。作为不速之客,康君邺知道自己不应多留,他简单地寒暄一阵,识趣地寻了个理由,起身离席。

临行前,安元寿请他再饮一杯,珂雅却在斟酒时差点碰翻了康君邺的酒盏,好在康君邺眼疾手快,才没让酒渍溅起一身。

石大童见状,又打趣道:"看来珂雅很舍不得康君离去哩。"

康君邺和珂雅二人,顿时耳根泛红,康君邺佯装镇定地道:"石君说笑,是康某酒吃得太急,一时失手。"

安元寿把康君邺的不自在都看在眼中,不咸不淡地道:"行了,既然珂雅与康使者相熟,那就请珂雅替安某送送康使者吧。"

"喏。"珂雅依言引康君邺出了正堂。两人因国丧,许久未见,但在何宅之中,也不敢多言。

快走到何宅门口时,珂雅忽地停下步子,转身对康君邺小声道:"君邺,明日午后,在居德坊祆祠等我。"她边说边郑重地冲康君邺眨了眨眼睛。

康君邺会意,犹豫片刻,也小声道:"珂雅,你今日侍酒,要小心些。若安萨宝逼你陪夜,你就拿国丧说事,记住了。"

珂雅挑起蓝紫色的明眸,感激地朝康君邺点点头,这才转身朝正堂走去。

翌日,康君邺如约来到居德坊的祆祠。这里仍如往常一样人头攒动。久居长安的九姓胡人,无人不知翟磐陀就是阿胡拉在人间的使者,他虽不常亲自主持圣火礼,但这并不妨碍长安的信众慕名而来。

自得翟磐陀解佛经之围,康君邺也不免生出对他的崇拜,可每每在袄祠中见到他,却总不敢上前问候。相比之下,珂雅倒是完全不怕翟磐陀,康君邺几次在圣火礼上,都瞧见珂雅与翟磐陀攀谈。

也不知珂雅特地叫我来袄祠所为何事?康君邺在袄祠一角望着麻葛将火棍探进圣火坛,心中仍记挂着珂雅昨夜的处境。

康君邺走货十年,在东行路上,见过不计其数的像珂雅这样的西域女奴。她们大多是穷人家中的女儿,因相貌姣好被卖入商团,自幼便要学习歌舞、乐器和劝酒的技巧。从昭武九国到龟兹、于阗,再到更远的大唐,商团利用女奴的艳帜招财,早就是一门极为赚钱的买卖。

康君邺也曾在商路上交易女奴,在珂雅之前,他很少关心这些女奴最终被卖去何处。奴隶身份终身都难以解脱,珂雅的美貌与舞技,更是她作为奴隶的价值,何念山买下她,又定下头牌不陪夜的规矩,是在做一笔一本万利的买卖。如果换做是他,他也会这么做。

"君邺——"珂雅的呼唤打断了康君邺的思绪,她明媚的笑靥被袄祠内缭绕的烟雾笼罩,显得极不真实。

康君邺迎了上去,一开口就问道:"珂雅,昨夜安萨宝没有为难你吧?"

珂雅羞涩地摇了摇头:"安萨宝好像不大喜欢我,昨日你走后不久,他就让主人放我回去了。"

安元寿倒是不好色……康君邺心下暗忖。也难怪,他出身凉州豪族,什么样的女人没见过。康君邺这样想着,不自觉地说了句"不喜欢最好"。

珂雅听到,情意脉脉地望着他,康君邺有点后悔自己话说得太快,清了清嗓子,问道:"珂雅,你今日找我来袄祠,所为何事?"

珂雅拉着康君邺又往角落里挪了几步,轻声道:"君邺,前几日我去木月楼练舞,经过主人的厢房,听到他和房中之人说起你。直到昨日为安萨宝侍酒,我才知道曾在主人厢房的正是安萨宝。"

"哦？安萨宝和何叔叔说我什么？"

"安萨宝说，你被他抓到把柄才为他办事，心里未必甘心，他要主人襄助你的时候把握好分寸，切莫坏了大事。"

安元寿把我在飒秣建城欺骗圣火的事也告诉何叔叔了？看来，他们之间的关系远比我所知的更为紧密……康君邺眯起眼睛，他们所说的大事，是指三阶宗的六藏图吗？

珂雅关切地道："君邺，你有什么把柄抓在安萨宝手中？我听从前的主人说，安家势力极大，安萨宝他……会不会对你不利？"

康君邺将珂雅的担忧看在眼中，动了动嘴角，问道："珂雅，你专程来告诉我这些，就不怕我告诉何叔叔？"

珂雅低下头："珂雅知道偷听不对，可我……我担心你。"

康君邺心中一动，伸手将她的碎发拢去耳后："珂雅，我和安萨宝之间的事，说来话长，不过你放心，我现在对他还有用，他暂时不会把我怎么样。"

珂雅神色略略安定："君邺，后来主人和安萨宝又说起一个叫康维的人。"

"康维？你确定是康维？"

珂雅困惑地点点头："主人问安萨宝派去突厥寻找康维踪迹的人有没有消息，还说应该再派人去找找什么和尚。"

"那安萨宝怎么说？康维有消息吗？"

"没有，安萨宝说线索到伊吾就断了。"

何叔叔不是一直认为阿耶已死，还劝我放手，他和安元寿为什么也在找我阿耶？

珂雅见康君邺半晌不答话，推了推他："君邺，康维是谁？"

"是我阿耶。"

珂雅吃惊地掩住嘴巴："可你从前不是说你阿耶已经不在了吗？"

康君邺咽了一下："他是不在了，十八年前他就从长安失踪了，我一直想知道他究竟去了哪里。"

珂雅反应过来，问道："所以，你来长安是为了寻你阿耶？"

康君邺不置可否。今日若非珂雅听到了安元寿与何念山的谈话，康君邺原没打算要跟她说起阿耶。

珂雅突然认真地问道："君邺，珂雅能帮你做什么？"

帮我？康君邺低头对上珂雅的视线。

"君邺，在高昌国，你救过我。苏尔万商团的人轻薄我的时候，又是你挺身而出。珂雅……珂雅很想为你做些事，无论什么事……"珂雅定定地望着康君邺，眸中的真挚带着坚决，"君邺，珂雅可以帮你探听主人的消息。珂雅很会劝酒，也可以向木月楼的客人们打听君邺想要知道的事，珂雅能做的还有很多……"

康君邺忍不住道："珂雅，你好不容易在长安遇到一个不会打骂你的主人，不必为了我的事去冒险。"

"但珂雅也遇到了你——"她白皙的脸庞又因为急切染上了红晕，"君邺是我遇到过的最好的人，无论为你做什么，珂雅都甘愿。"

康君邺怔住，一时难以将珂雅口中"最好的人"与自己联系起来。他帮助珂雅，初始只是凑巧以及不愿在米世芬面前服软。他同珂雅身边所有的男人一样，垂涎她的美貌，享受她的亲近，若不是何念山定下头牌不陪夜的规矩，他很早就想一亲芳泽。他没想到，珂雅竟如此看待他，甚至甘愿为他所用。

伴随着圣火坛中的劈啪作响，红衣红帔的麻葛们开始高声诵念。康君邺拉起珂雅加入到跪拜圣火的队伍中，那炽烈的火焰，从内至外，不断变换着色彩，越到边缘，就越像珂雅双眸中跃动的蓝紫色。

阿胡拉，珂雅在何念山身边，的确是探听何念山消息的最好人选，可我真的要利用她吗？康君邺望着圣火，迟迟没有答案。

第三十三章
慕容婕：忍冬

逝水东流，浮云朝露，轻寒中一场秋雨过后，慕容婕已随丁元在爔明谷住了数月。

平淡的山居生活，不经意间替代了从前的奉命唯谨，只有午夜梦回，慕容婕才会再次看到吐谷浑，想起大宁王。日日被丁元"木娘子""木娘子"地叫着，慕容婕有时甚至会忘记自己的真名，作为木嫆而活过的每一刻，似乎都比慕容婕本身的存在更为真实。

因是重阳，丁元提出要去登高。午后，两人沿着山间幽径，一路攀缘，绕过天姥山的主峰拔云尖，不知不觉又来到丁元抚琴的那方山崖。丁元从出谷时，就背着一只竹篓，待两人在崖上坐定，他才从竹篓里取出几只小酒坛，递了一只过来。

打开坛口，一丝馥郁中杂着微苦的酒香袅袅钻入鼻尖，慕容婕奇道："丁兄，这是什么酒？味道好似花香，可又夹着点苦气。"

"菊花酒，"丁元边说边拿起一坛，"这几坛是方管家去年重阳节用菊花和黍米封坛酿制的，到今日刚好一年。你快尝尝。"

慕容婕猜测这又是唐人重阳节的习俗，啜饮一口，酒液中暗藏的菊花香气在唇齿中弥漫，那甘凉的芬芳中，饱含秋日余韵，不禁赞道："好酒！咱们虽没有飞鸟状的酒器来盛酒，但在山林鸟鸣中饮此酒，也不枉此生了。"

丁元握住酒坛，与慕容婕轻碰一下，笑道："与木娘子同饮此酒,才是不枉。"

两人会心一笑,对坐在山崖上畅饮。

熠明谷的秋季,正是全年最舒朗怡人的时刻。林木顺着山势绵延变色,碧如翡翠的松柏,间错着黄叶未衰的杂木,又有红色枫叶盈盈熠动,交织出天光云蔚下的锦绣倒影。慕容婕感受着山风扑面,松涛阵阵,实不知手中的菊花酒和眼前的世外桃源,到底哪个才更醉人。

饮下半坛,人已微醺,慕容婕一时兴起,对丁元道:"丁兄,咱们相识这么久,还从未比试过。今日你也携了佩剑,不如咱们就在此处,比试一回,你看如何?"

丁元微微一怔,旋即笑道:"难得木娘子有此雅兴,我自当奉陪。"

二人说着就在山崖附近站定,各自抽剑出鞘。慕容婕趁丁元尚未扔开剑鞘,突然挺剑抢上。丁元侧身滑开,避过慕容婕的剑尖,同时翻转手腕,刷刷两剑,直取慕容婕下盘。慕容婕翻身跃开,轻巧地踏着丁元的剑刃,借力纵上山崖旁的竹林,丁元也飞身跟上,两人在竹林顶端,身随剑走,招式忽缓忽急,兵刃交接的清脆声响,不绝于耳。

慕容婕从未见过丁元使剑,没想到他的剑术很是不凡。二人只是比试,不出杀招,但丁元剑意中的凌厉,变化多端,几番劈、刺、横、挑,纵横剑气带动着竹叶随之摇曳,秋阳折射出如虹的剑光,一时间,竟分不出究竟谁守谁攻。

过了两百来招,二人仍是不分胜负。丁元又掠过一剑,从慕容婕耳边轻擦而过。慕容婕脚下急闪,跃下树梢。丁元见状,用剑画了个半圈,斜斜向已回到山崖上的慕容婕刺去。

慕容婕正斗到酣处,见胜不了丁元,便想捉弄他一下。于是就着丁元的攻势,在半空中故意转身,倒着向后纵出,正落在悬崖的边缘。

"小心——"丁元大呼一声。慕容婕见丁元上当,假装脚下不稳,从山崖边探出身体,其实早就拿捏分寸,随时可以点着崖壁,盘旋回来。

丁元见状,陡然间身形拔起,抛却手中长剑,直奔悬崖。他运功于足,也将身体送出悬崖数尺,用极大的力道揽住慕容婕,竟是以一种要舍身的架势欲将她甩回悬崖。

慕容婕觉出不对,立刻回身一点一矬,单手攀住悬崖的同时叫道:"丁兄,我跟你闹着玩的。"

丁元这才卸力,及时回撤,勾住慕容婕的手臂,与她一前一后回到崖上。

慕容婕刚想开口打趣他上当,身旁的丁元却猝然坐倒,再望时,细密的泪水顺着他清俊脸庞上柔和的弧线滑落,他陷在自己深锁的眉间,怔忡不已。

慕容婕全未料到眼前的一幕,赶忙蹲下,手搭上丁元肩头的那一刻,才发觉他正止不住地颤抖。她心下虽不解,却十分歉然,小声道:"丁兄,是我不对,我不该戏弄你……"

丁元没答话,只是抄起崖上的酒坛,闭起眼睛一口气喝干,然后扬起手,将酒坛重重地抛入山谷之中。

谷中很快传来一声极远的碎裂声,丁元拭了拭眼角,低声道:"不怪你,是我自己……"他又停顿片刻:"我阿耶就是从这失足跌入山谷而死的。"

慕容婕倒抽一口气,丁元的神色没有多大变化,但哀恸之情早已越过稳不住的声线倾泻而出。

"木娘子,你可知在楚州时,为何我阿弟明知我会去憺寿山庄,却特意要在前一日离开?"

慕容婕想起拜访憺寿山庄那日,丁元听说丁同去了扬州之后的失望表情,摇了摇头。

"阿弟他，至今也不肯原谅我，"丁元嘴角勾出一抹苦笑，"我和阿弟七岁时，萧世伯来爝明谷做客，带来一方上好的龙尾砚。那时，我和阿弟都醉心学习书画，为了谁该得龙尾砚争执不下。阿耶说，我是兄长，理应将龙尾砚让给阿弟。我虽照做了，却认为阿耶偏心，赌气躲在竹林中不肯回去。那日，阿耶冒雨来竹林寻我，一直追我到崖上……"

他说到此处，眸中隐隐泛红，像是要撕裂的伤口，有那么一刻，慕容婕很想阻止他继续说下去。

"我在崖边滑倒，命在顷刻，阿耶为了救我……就从这里跌下去了。从那以后，阿弟就再也不曾动笔作画，也不愿同我共处一室。后来，萧世伯带阿弟去了楚州，这么多年，他还是……还是处处都要避着我。"

"丁兄……"慕容婕不忍再听。

丁元自顾自地续道："我不怪阿弟，阿耶的死，都是我的错。我常来这里抚琴，我要记住阿耶为何而死……可每一次坐在这儿，我都希望当初跌下山崖的人，是我。"

无尽的懊悔与自责，仿若一张没有缝隙的网，密密麻麻地罩住丁元，剥离了他本该自由潇洒的身影。慕容婕不知该说些什么，只要一想到丁元每每来到崖上抚奏，都是刻意的自我折磨，她的心便紧紧揪住，不能自已。

慕容婕抱起酒坛，又痛饮一口，菊花酒中的淡淡辛苦之气涌在喉头，许久不见回甘。她将自己的酒坛递给丁元，也望向爝明谷的方向，道："丁兄，人生天地之间，若白驹之过隙，忽然而已。我什么都做不了，我……只想陪你大醉一场。"

丁元动容地接过酒坛，对着万丈幽谷长啸一声："好！木娘子，今日，我们不醉不归。"

两人就这样在山崖上默默对饮，菊花酒抚不平过往的忧悒，但这甘涩的酒液，至少能在需要时，麻木充斥在心间的无穷痛楚。

拨开最后一坛菊花酒时，黄昏的阴沉天空中吐出一道闷雷，秋雨应声而来，不一会儿工夫，便由淅淅沥沥的雨丝，转为打在树叶上噼啪作响的雨珠。

"来不及回去了，"慕容婕在昏沉中听到丁元这样说，"我们得找个地方避雨。"

她被丁元拉着站起，下意识地跟着他施展轻功，不辨方向地在山中奔了一阵，趁身上衣衫还未全湿，人已躲进一处岩洞。岩洞不大，角落里还有成堆的茅草，慕容婕实在不胜酒力，一见那茅草堆，就软绵绵地躺了上去。

迷迷糊糊的间隙，她依稀瞧见丁元在靠近茅草堆的地方点燃了火堆，他细心地烘干自己的外衫，然后轻披在自己身上。

荧荧火光之下，丁元眉宇间舒展不开的愁绪是那么地刺眼，慕容婕忍不住伸手拉住丁元，喃喃地道："丁兄，我没有家人，你的家人也不愿要你，从今以后，我就是你的家人，你也是我的家人，好不好？"

丁元是如何回答的，慕容婕没了印象，她只恍惚记得，丁元握住了自己的手，他手心的温热与他的眸光一样温暖，像洒落秋日山谷中的暖阳，浸染出天地间最缤纷的秋色。

再醒来时，余烟萦绕着刚刚熄灭的火堆，岩洞的几个洞口都透进穿越晨雾的清亮光线，飞鸟时不时掠过洞口，留下阵阵婉转啼鸣。

一直倚靠在草堆不远处岩壁上的丁元也醒了，他站起身，冲慕容婕笑道："昨日淋了雨就睡，可有着凉？"

慕容婕见他的青色外衫还盖在自己身上，忙爬起来还给丁元，然后揉着额角道："着凉倒是没有，就是酒吃得太多，头有些晕沉。"

丁元边理外衫边道："饿了吗？你在这里等我片刻，我去摘些野果回来。"

"我同你一起去，"慕容婕也从草堆上站起，面向光影熠熠的洞口，"如此惬意的晨光，浪费在洞中岂不可惜？"

两人从东面的洞口出了岩洞，洞外草木菁华，溪水沿着林木的根系潺潺流过，偶有几片焜黄的枝叶飘下，被溪水袅袅送向远方。

慕容婕在溪边洗过脸，又捧着溪水喝了几口，顿觉头中的昏沉褪去不少，清新的山中空气充塞于胸，一时神清气爽。

丁元站在溪边的果树下，正仰头寻觅成熟的野果。慕容婕见他认真的样子，心中一动，顺手拾起几枚还沾着溪水的石子，弹向枝头。数颗野果瞬间掉落，有两颗砸在丁元身上，慕容婕达成目的，笑道："丁兄，这下不用你爬树了，你不谢谢我吗？"说罢捂着嘴笑个不停。

丁元俯身拾起野果，朝慕容婕掷出："接好你的谢礼。"

慕容婕反应迅速地抬手接下，咬了一口，晃着手中野果笑道："嗯，好吃。"

丁元将其余的果子都揽过，也坐回溪边，咬着果子煞有介事地道："没想到木娘子酒量一般，挑果子的本事倒很了得。"说罢，二人相顾大笑。野果混着清冽的山间溪水，在唇齿间留下从未有过的甘甜。

填饱肚子，慕容婕在溪边托着脑袋，对丁元道："丁兄，我还不想回去山庄，你陪我在山中逛逛，可好？"

"好，"丁元笑着颔首，"不过天姥山大得很，你想去哪里？"

"唔……昨日饮了菊花酒，今日我很想赏花，天姥山中有菊花吗？"

"菊花倒是没有，山中此刻，有山茶花，不过……"

"不过什么？"

"没什么，"丁元咽下半句话，"你若想去，我带你去。"

山间的晨雾细如薄纱，在高大树木的顶端袅如炊烟。慕容婕和丁元顺着密林中的小径，从山腰一路向下。大约走了半个时辰，地势不再走低，慕容婕抬头仰望，昨日醉酒的山崖竟已远远地立于万仞之上。这幽冥的山谷内，仍是大片的竹林，竹林深处阳光倾泻而出的地方，赫然间缀满了红色的山茶。那朵朵娇艳，迎风轻舞，鲜红欲滴，煞是好看。

慕容婕小声轻呼，单足点地，轻跃至茶树近前。

这山茶花的花瓣重叠数层，由内而外舒展绽放，每一层错落着由浅及深的丹红，在蓝色的天光与翠色的竹林中，分外动人。她又将鼻尖凑近，山茶的香气中有股秋日山林的清韵，淡淡地裹在花蕊四周，氤氲着花瓣间的光影。

"丁兄，这么美的山茶可有名字？"

丁元也轻抚着手边的轻红："这些山茶每年深秋开花，花期一直持续到次年春季，它们性耐严寒，是以又叫做忍冬。"

"好名字！"她又退开几步，望着眼前的山花朵朵，然后深吸一口气，闭起眼睛。

"木娘子，你这是做什么？"

"丁兄，你难道不觉得，在冬日也敢盛放出如此夺目殷红的花，一定是对天地无极有着最深的眷恋？我要把此刻的繁花似锦都印在心里，日后不能赏花之时，也能记起今日的盛景。"

丁元瞳中映出山色忽远忽近，他低声道："木娘子，若你喜欢，我可以把此刻的山茶画下来，这样，你就能时时见得到它们盛开时的模样。"

"真的？"慕容婕惊喜万分，拱手道，"那再好不过，多谢丁兄！"

说起画，慕容婕看阳光在竹林环绕的茶花之上一点点打下斜影，这里怎么和萧元德书房中的那幅画如此相似？她最终还是没忍住，问道："丁兄，我在萧掌门的书房里看见过一幅山水图，图中的地方好像就是这里。"

"正是此处,"丁元似乎不介意慕容婕提起书房之事,"那幅山水图是我绘的。准确地说,是我临摹的。"

"临摹?萧掌门为何要你临摹一幅爝明谷的山水图?"

"我也不知,"丁元的眸光又黯淡下来,"萧世伯只说是我阿耶的心愿。"

好奇怪的心愿……只听丁元继续说道:"我阿耶就葬在这里,"他指了指茶树所在的地方,"我们在山崖下寻到阿耶尸身的时候,已经……已经残缺不全。萧世伯把阿耶的残尸带到这里,让鸟兽啖食……"

想着鸟兽围着尸身撕咬血肉的情形,慕容婕不由得打了个寒噤,小声道:"为何要让鸟兽啖食?"

"萧世伯说,阿耶以身供鸟兽食,便可往生极乐。"

提起阿耶,丁元的神色再度哀郁,慕容婕安慰道:"丁兄,你看这些山茶开得如此繁盛,连冬日的霜雪都奈何不了它们。我相信,你阿耶现在不管在哪里,都定然过得很好。"

丁元报以清浅一笑:"我知道。"

回到爝明谷内时,已是黄昏,晚霞追逐着落日余晖,在入谷的曲折甬路上,牵出两人的身影。方管家一早就等在谷口,见慕容婕与丁元回来,忙迎上去,禀报道:"谷主,有位扬州来的郎君说要找木娘子,已在庄内等候半日。"

"找我?"慕容婕以为自己听错了。我来爝明谷之事,只有丁元知道,怎么会有人到爝明谷来找我?她狐疑地随方管家来到庄内的正堂,但见一身棕色袍衫的梁掌柜正在堂内。她吃惊不已,脱口而出:"梁掌柜,怎么是你?"话刚说完,才想起丁元就在身后。

丁元上前对梁掌柜客气地拱拱手,问道:"木娘子,敢问这位是?"

· 148 ·

赶在慕容婕答话前,梁掌柜抢道:"在下姓梁,来自扬州,是木娘子的表舅。"

他怎会知道我在丁元面前自称木嫆?慕容婕迅速恢复镇定,接下梁掌柜的话头,问候道:"表舅安好,不知表舅特意前来,所为何事?"

梁掌柜直视慕容婕的眸光不经意地闪烁几下:"阿嫆,长安家中送来急信,我不知你何时才会回扬州,只好亲自跑一趟。"

慕容婕心下一沉,难道是师父有了消息?于是对丁元道:"丁兄,我与表舅许久未见,有很多话想说,我带他在谷中走走。"

丁元会意,回道:"木娘子请便。你表舅难得来此,就请在谷中住一晚,待会儿你想用夕食的时候,知会我一声就好。"

慕容婕与梁掌柜谢过丁元,径自来到谷外不远处的山林。确定四周无人之后,慕容婕才道:"梁掌柜,你怎么知道我在燸明谷?还知道我的化名?"

"慕容先生临去吐谷浑前,交代过我你可能会去的地方。我本打算,若在燸明谷寻不到你,就去楚州的憎寿山庄一趟。慕容先生也说过,你为了大宁王的差事,化名木嫆。"

慕容婕的嘴角不自在地动了动,师父即使许久未有音信,仍能掌控我的一举一动,随时都能找得到我。她努力掩住心头的失望,问道:"你说长安送来急信,可是有了我师父的消息?"

"正是。长安的环采阁来信,说吐谷浑如今正在全力追捕杀害大宁王的凶手。"

慕容婕心中黯然,自知到底逃不开吐谷浑死士的身份,低声道:"那可是师父要我回去帮他查找凶手的下落?"

梁掌柜为难地看了慕容婕一眼,顿了顿道:"慕容娘子,长安的来信中说,杀害大宁王的人,正是慕容先生。"

第三十四章
伽罗：遇刺

伽罗刚迈入懿烁庄的内堂，坐于几案边的张九微就头也不抬地嗔怪道："伽罗，你怎么才来？"

伽罗瞧了瞧她埋首于账簿的样子，心下无奈。九娘似乎是铁了心地要开出懿烁庄在凉州的分铺，这两月来分外勤勉，不只常到西市的其他商铺去寻货问价，还时不时就去胡人聚居的几个里坊里，找机会与胡人攀谈。

一月多前，郑齐已出海去摩逸国采买紫棠伽楠和交易海货，郑安又整日漫不经心，张九微突然间干劲十足，许多杂事就都落在了伽罗头上，忙得他挪不开脚。

"九娘莫怪。适才云门坞来长安办事的兄弟捎来了秦二爷和郑齐的书信，我在宅院中招待了他们一阵，这才来得晚了。"伽罗说着从怀中取出两封信笺。

张九微总算从账簿中抬起头，接过信笺，就地拆阅。

"伽罗，"张九微捏着手中的麻纸，"秦二爷说馒头在钱塘一切都好，他通晓数门番语，帮云门坞揽了几单海外商客的漕运生意，秦二爷信中还夸他呢。"说完将麻纸递了过来。

伽罗一边读信一边频频点头，馒头若能从此摆脱奴隶身份，那自己也算是做了善事一桩。

他仍在自得，几案旁的张九微却腾地跳起，叫道："大哥的船队又去摩逸国了!"

伽罗见张九微脸色大变,忙从她手中取过信,草草一读。郑齐的信中说,张夔的船队在他之后不久抵达摩逸国,也要采买紫棠伽楠。本来摩逸国的林木商人已与郑齐定了买卖契书,只等伐木之后就要银货两讫,谁知张夔突然插进一脚,竟要出双倍的价钱买下紫棠伽楠。那林木商人见二者都是流波岛的船队,又想从中牟利,就想反悔与郑齐立下的契约。

郑齐来信请张九微示下,眼下距紫棠伽楠全部伐完还有段时间,林木商人念在已与张九微的船队交易两年,若是郑齐能出到和张夔同样的价钱,还是会将紫棠伽楠卖给张九微。

"可恶!"张九微在内堂中来回踱步,俊俏的五官都拧在一起,"大伯父和大哥欺人太甚!不光要逼我离开流波岛,还要彻底断了我的财路!"

外堂的张长盛听到张九微的叫嚷,也跑进内堂,伽罗小声将经过略略说给老掌柜。

张长盛听罢,蹙起斑白的眉毛道:"照理说,懿烁庄的事除了岛主和大少主,流波岛上无人知晓。咱们铺子中售卖的紫棠伽楠都是经过日晒又被各式香料熏染过,很难再看出本源。况且紫棠伽楠本就不是寻常香木,并无大利可图,大郎就算也要涉足香料生意,为何就偏偏瞧上紫棠伽楠呢?"

经张长盛一说,堂内诸人也回过味来,张九微道:"难道大伯父将懿烁庄的事告知大哥了?"

张长盛摇着头道:"不会。大少主为人稳重,向来顾全大局,他应当知道岛主在长安留下产业之事,若是暴露出去,对流波岛并无益处。况且岛主既然明令禁止外传,大少主当不会忤逆岛主的命令。"

伽罗也觉得大少主虽然不喜欢九娘,但绝不会忤逆岛主。他又想起去年崔奉天在狮子国高价收购紫棠伽楠的事,心中隐约有种感觉,犹疑地道:"九娘,你说会不会是崔奉天崔掌柜?"

"干崔奉天何事?"

"崔掌柜之前就在狮子国高价收购紫棠伽楠,却被海盗打劫。去年在扬州,他也特意向我和郑安询问过流波岛舰船之事。我推测,崔掌柜定是耐不住海盗频频劫船,就将紫棠伽楠的生意托给了大郎。"

张九微侧头想了一阵,问向一直未说话的郑安:"郑安,你觉得呢?"

"唔……"郑安似乎未料到张九微会问他,"既然伽罗如此推断,那……那崔掌柜也有可能。"

张九微略微沉吟之后,努着嘴道:"大哥为何要采买紫棠伽楠,容后再说。当务之急,是我绝不能让大哥得逞。"她说着重重拍了一下几案。

伽罗太熟悉张九微的这种表情,上前一步道:"九娘,你不会真的要以两倍的价格买下紫棠伽楠吧?"

张九微抬起头:"紫棠伽楠是懿烁庄独一无二的货品,如今在长安和东都都拥趸甚众,若是采买不到原材料,未来一年,我们如何赚钱?我费尽心血在两京上下挣出的声名,岂能轻易舍弃?"

"可……"伽罗不禁提出质疑,"可那是多一倍的银钱,要上哪里去找?再说,若此番满足了那林木商人,日后我们再去摩逸国采买,只怕次次都要以高价收购。"

"管不了那么多了,"张九微在内堂中站定,"让郑齐先把泉州和离岛的余钱都拿去,刚从越州采买的丝绸也可以直接用于交易。"

张长盛见状,也劝阻道:"九娘还请三思。泉州与离岛的周转同样关系到懿烁庄,若是因采买紫棠伽楠导致不能采办其他的货品,终究不是良策。依我看,不如与那林木商人商量,我们以同样价格只收一半的量,这样既不会占用额外的银钱,也能够保证一时的货品供应。待解了燃眉之急,我们再想办法。"

"不妥，"张九微连连摇头，"我还指望用紫棠伽楠做的首饰、挂件让凉州的分铺一鸣惊人呢。虽然我不知崔奉天到底要紫棠伽楠何用，但若是让他在淮南道也卖起了同样的货品，我们抢得的先机难道要拱手让人？大哥和崔奉天既然要联手迫我，我就更不能认输，他们整日聒噪我身为女子，不宜经商，此时示弱，不正是应了他们的话？"

张九微越说越激动，恼恨的神情恨不能吃人，伽罗不敢再劝。

老掌柜却仍是一脸和善地道："九娘，经商要计之深远，切莫因为一时意气坏了长远的打算。九娘刚才说要让凉州的分铺一鸣惊人，那可有想过，若这次动用了余钱，我们如何还有能力开出凉州的分铺？"

伽罗感觉得到，听完老掌柜的话，有那么一瞬间，张九微似乎动摇了，可紧接着，她便斩钉截铁地道："老掌柜，我意已决，紫棠伽楠必须要郑齐全部采买。至于凉州的分铺……"张九微思忖片刻，"伽罗，明日你去驿站送信之后，就去义宁坊，找上次来过懿烁庄的那个康国人。"

她话刚说完，张长盛、伽罗和郑安都震惊得面面相觑。伽罗率先反应过来，急道："九娘，你找那个西域胡人做什么？"

"先去探探他的口风。老掌柜不是已经打听过，斯鲁什商团的确是西域最大的商团。那个康国人说想与懿烁庄合作，未尝不可，只是我们需弄清楚他在斯鲁什商团中，是何等地位？又想怎么合作？"

伽罗尚未及回答，张长盛抢上前道："九娘，此事更需三思。我看那胡人甚为精明，仅凭一串珍珠香木挂坠就推断出九娘的身份，不可不防。他如今只知九娘是李夫人的侄孙女，但日后真要有生意上的往来，保不准就要牵出流波岛。那岛主在长安留下产业之事，可就包不住了。再说，斯鲁什商团的势力遍布西域，这层关系一旦搭上，再想甩脱绝非易事。"

"是啊，九娘，"伽罗也劝道，"那胡人我虽没见过，但他是康国的使臣，定然认识不少朝中之人。他还与齐王殿下有牵扯，这重重关系搅在一起，对懿烁庄和流波岛，都不是好事。"

"老掌柜，伽罗，你们说的都有道理，我也知那胡人决不是易与之辈，所以我只让伽罗去与他联络，这样既不会坐实他对我身份的猜测，也不会让外人看到懿烁庄掌柜与他直接来往，引起不必要的注意。斯鲁什商团的确势大，但商人最在乎的永远是利益，只要有钱赚，他们不会和银钱过不去。况且，我姑祖父威名远播，多少都会让那康国人有所忌惮。"

伽罗同老掌柜复杂地交换了眼色，伽罗知道，以九娘的性子，她决定的事，极难改变。从前岛主的话她还听得进去，可自打得知岛主要她嫁来大唐，九娘再未回过岛主的任何书信，连回流波岛探望岛主的事都不再提起。为今之计，只能是由自己先去会会那个康国人了。

翌日，伽罗去驿站送过给郑齐的书信后，便带着名帖来到义宁坊。说明来意后，那名叫康君邺的康国人将伽罗引进小小的正堂，客气地问道："恕某眼拙，以前从未在懿烁庄见过张郎君，竟不知郎君也是懿烁庄的人。"

伽罗回道："某不是唐人，一直为懿烁庄办些在外采买的事，所以并不常去铺子里。"

"原来如此。那不知老掌柜今日遣张郎君前来，可是想同康某商谈合作之事？"

这胡人倒是直接，伽罗回说："正是。老掌柜久闻斯鲁什商团的大名，若能与斯鲁什商团合作，也能开拓一条新的生财之道。只是我等对西域商团的买卖不甚了解，还望康郎君就合作之事，指点一二。"

"指点可不敢当，"康君邺笑道，"懿烁庄的香木饰品，在长安城可谓是独此一家。以某行走商路十多年的经验，此香木饰品必能在西域诸国受到欢迎。老掌柜若是信得过我,我便可以从懿烁庄采买此香木货品,运往西域。只不过,商队西域一行,甚为耗时耗力,若要做此生意,需得是大宗买卖,老掌柜可要多卖我一些。另外,在西域,也有很多两京贵人会喜欢的东西,我也可以帮老掌柜精挑细选,运来长安,在懿烁庄售卖。"

伽罗听罢,在心中思量,紫棠伽楠每年的产量有限,做出的饰品在两京偶尔都会供不应求,岂会再有多余的饰品售往西域?至于售卖西域商货,倒是可行,但却解不了九娘的燃眉之急。

"康郎君的见识到底不一般,"伽罗奉承完又试探性地问道,"既然康郎君如此看好懿烁庄,那不知可有打算与懿烁庄共同经营?"

"共同经营?"

"正是。康郎君试想,若斯鲁什商团能与懿烁庄共同出资开一间新的商铺,合我们二者之力,既可保证货源,又可分享商机,岂非共赢?"

康君邺抚着栗色的虬髯,笑道:"实不相瞒,斯鲁什商团历来以走货、放贷为利,还从未有过开设商铺之举。开一间商铺所需的银钱之多,牵扯的经营事务之杂,亦不是我能够许诺的。望张郎君能转告老掌柜,还是再考虑一下某的建议。"

伽罗心中一沉,看来九娘想找这康国人合伙开凉州商铺的想法暂时是不成了。

"康郎君放心,伽罗定会如实转达给老掌柜,"伽罗顿了顿,"适才康郎君说斯鲁什商团还以放贷为利?"

"是,"康君邺颔首,"斯鲁什商团在醴泉坊就有一家质库。"

"敢问利钱如何收取?"

"依大唐律,只取本金为计,不以回利为本,利钱为四分,"康君邺眯起浅绿色的眸子,盯了伽罗半晌,"怎么,莫不是懿烁庄为开新商铺,想举贷一二?"

老掌柜说得对,这康国人果然精明。伽罗被康君邺戳中心事,干笑几声掩饰道:"康郎君说笑了。伽罗只是第一次听说斯鲁什商团在长安还有质库,一时好奇而已。"

康君邺也跟着笑笑,之后却似无意地道:"要我说,斯鲁什质库收的利钱当真不低。如今在长安城,若要行大金额的举贷,还是去大迦蓝中更为划算。我听说,化度寺的无尽藏院就只取三分为利。"

他这是何意?竟然会说斯鲁什质库的利钱高?他是在暗示我不要去斯鲁什质库举贷吗?伽罗从康君邺似笑非笑的脸上看不出端倪,愈加觉得面前的这位西域胡商的深浅难测。

将面谈之事禀告给张九微后,她大失所望。本以为能说动康国人一起经营商铺,不只为银钱周转,也因此人常年行走西域,对各国胡商甚为了解,原是个在凉州开铺的助益,岂料对方一口回绝。

郑齐采买全部的紫棠伽楠已成定局,张九微手头可供周转的银钱愈加有限,但她仍不肯放弃在凉州开商铺的念想,每日在懿烁庄中冥思苦想,脾气也越来越大。

十一月初十,伽罗陪张九微置办年末要送给京城中各府贵人的年礼。给东西两市相熟的商铺都签好货单后,张九微拉着伽罗到布政坊外的胡人食摊。九娘好像格外喜欢这里的羊肝饽饦,时不时就要买上一个。伽罗不喜羊肝,便只要了一张胡饼。

张九微咬开饽饦,边吹气边道:"伽罗,这几日你抽空去趟义宁坊的化度寺,问问无尽藏院香积钱举贷的规矩。"

伽罗停下咬饼的动作,问道:"九娘,你……你还在动举贷的心思?"

张九微的嘴角拧着无奈,道:"我仔细想过了,眼下要想开出凉州分铺,除了举贷,没有第二条路。斯鲁什质库的利钱太高,化度寺的无尽藏院若真像那康国人所言,也不是不可。"

"九娘，咱们流波岛何时竟到了要借钱的地步？再说，举贷需要质押，如今新收的货物都叫郑齐带去摩逸国交易了，便是想举贷，也不成吧？"

"我们还有洛阳的懿烁庄。"

伽罗听罢，手中的饼险些掉下来："九娘，你想质押洛阳的懿烁庄？"

"是。"

张九微的神色慎重，看来已经考虑多日，并不是突发奇想。伽罗急道："九娘，万万不可。懿烁庄是岛主留在大唐的唯一产业，稍有损失，岛主这么多年的心血就都白费了。"

"心血？祖父不就是要把我嫁来大唐吗？"张九微话中带刺，"这懿烁庄既然给了我，想怎么处置便是我的事，与祖父何干？"

伽罗心知再提张仲坚只会让张九微更加抵触，便缓和道："九娘当然可以做主，不过，咱们要不要先和老掌柜或者郭二公商量商量？老掌柜在长安几十年，对市面上举贷的规矩想必都有了解。还有郭二公，二公常去化度寺礼佛，他肯定也清楚向无尽藏院举贷香积钱应有哪些计较。"

张九微抬头看了一眼伽罗，眼神中带着失望："伽罗，现在连你也不愿和我站在一边了？"

"九娘。"伽罗想说些话劝慰张九微，却一时想不出合适的措辞。

"罢了，"张九微重又低下头，"你按我的吩咐去做就是。今日是初十，郭二公去化度寺诵经，之后几日必是不会再去寺中的，你也不用担心会撞上他。"

张九微考虑如此周全，伽罗只能应下。

"还有，"张九微叮嘱道，"举贷之事，暂时不能告知任何人。"

当晚和张九微回到平康坊的宅院，郭海在夕食时提出要再去南山的至相寺，请张九微安排马车。

张九微道："二公，眼下已是仲冬，南山必也萧瑟，为何一定要在冬日前往？"

"九娘，本月十六便是僧邕大师的忌日，我想在那之前，前去祭拜。"

伽罗本以为九娘还会再劝，却见张九微与郭海对视一眼，便即应允，不禁问道："二公，僧邕大师是何人？是二公从前在长安时的故人吗？"

郭海一愣："为何这么问？"

"若非是故人，二公何故要专程前往南山祭拜呢？"

郭海有些局促地笑道："僧邕大师乃是化度寺从前的住持，是位得道高僧，我也曾听其讲经，原该去祭拜一下。"

张九微打断道："二公，这次我向姑祖父多要些府兵，让郑安也陪你一道去。"

郭海摆摆手："九娘无须多虑，郑安还是应该跟在你身边。"

"不妥，"张九微似乎颇为担忧，"南山离长安到底有些路程，万一……"

郭海像是为了要阻住张九微说下去，道："九娘若是不放心，这次就让伽罗随我同去。当然，还有李府的府兵。"

伽罗有点搞不懂九娘和二公在担心什么，但转念一想，陪二公去南山倒是可以将去化度寺询问举贷之事往后推一推，指不定过几日，九娘认清了举贷的风险，不再想质押洛阳懿烁庄，也未可知。于是忙道："好，伽罗也想去南山转转，就由我陪同二公，九娘一切放心。"

张九微犹豫半晌，还是答应了。

僧邕大师忌日的前两日，伽罗和郭海一路往南山而行。李府派来的马车前后，安排了足有十五六个携着武器的卫兵，伽罗看这阵势，愈加好奇南山的至相寺到底是什么地方。等到了山门外，伽罗不禁有些扫兴。至相寺就是一处普通的佛家寺院，只不过因建在山上，加之现在又是冬日，香客甚少而已。

郭海本不愿那些带着刀剑的府兵一同入寺，奈何那些府兵受了张九微嘱托，怎样也不肯在寺外候着。郭海无奈，只得让他们在十步开外跟着。待一路从天王殿、迦蓝殿、大雄宝殿敬过香，郭海坚持祭拜僧邕大师舍利塔时，不应有刀剑相随。那些府兵拗不过郭海，在塔林里略略巡视一周，然后分头守住塔林的两个出入口。

伽罗陪着郭海一道进入塔林，学着二公的样子，在僧邕大师的舍利塔前叩首。二公的心情格外低沉，他叩首后，又径自拿出青绿色的佛珠，在舍利塔前闭起眼睛默默诵经。伽罗虽然有些无聊，但碍于郭二公，也不敢走动或者说话，只静静地站在郭海身侧。

郭海喉中吐出的经文还在继续，伽罗已经有些困了。他刚要打个哈欠，脖颈处骤然剧痛，他整个人不自禁地歪倒在地。紧接着，不二门处传来一句高声大吼："小心——"

伽罗昏昏倒地之余，瞥见郭二公身后，竟然不知何时出现了一个魁梧的黑影，他此刻正高举着手中匕首，眼看就要扎进二公的背心。然而那黑影和郭二公似乎都被吼声镇住，二人都看向不二门。

"贼人，你做什么！"那吼声又叫出一句。

伽罗看不到不二门，只觉得这声音有些熟悉。而那黑影已然反应过来，手中匕首再无停顿，直朝二公挥去。二公这才意识到身后有人，他在惊怖中向左退出一步，匕首的利刃立时从他右肩处一直划到手肘。他惨叫一声，惶惶倒地。

伽罗躺在地上急迫难耐，却丝毫动弹不得。危急时刻，不二门中蹭蹭地跃出多人，都是李府的卫兵。他们各个身形矫健，行动迅捷，持刀直逼黑影而去，同时口中嚷道："大胆狂徒，竟敢在此行凶！"

眼前的黑影仿若一道闪电，在塔林中上下腾挪，如履平地。他手中多出一柄长剑，剑光撩动之处，快得让人眼花。纵然被多人围攻，黑影也丝毫不落败势，塔林中刀剑相交的激烈声响，不绝于耳。

伽罗感到涌进塔林的人越来越多，那黑影手中突然甩出数枚小巧物什，接着便有人叫着仰倒。其中一枚掉在伽罗身前不远处，细看下去，竟然只是石子。再片刻之后，打斗声渐止，黑影似乎无声无息地消失了。伽罗被李府的卫兵扶起，脖颈处酸麻一点，终于也能活动了。

他来不及向卫兵道谢，扑向倒在地上的郭海，只见郭海右边的整只袖子已被鲜血浸透，手腕上一串青绿色的佛珠也染成殷红色。他一张脸煞白如霜，因失血过多，晕了过去。

"二公，二公！"伽罗企图将郭海唤醒。

"快——金疮药！"卫兵们手忙脚乱地将药粉洒在郭海骇人的伤口之上。

寺内也有僧人赶来，之前在大雄宝殿见过的老僧道："几位，快将郭公挪去云会堂吧，我这就去取些布帛还有草药。"

卫兵们依言将郭海抱起，伽罗跟着他们急匆匆地跑进云会堂，有人包扎，有人喂药。一片慌乱之中，郭海伤口上的血渐渐凝结，不再渗出包裹伤口的布帛。老僧拿出灸包，在郭海身上几处穴位施了数针，郭海这才悠悠醒转。

"二公，"伽罗眼见郭海有了反应，忙叫道，"二公，你感觉怎么样？"

郭海看清了伽罗，缓缓地道："我没事，放心。"

堂内诸人都松了一口气，郭海示意伽罗将自己扶起，他环顾四周，道："这位西域郎君，多谢你救命之恩。"

伽罗顺着郭海的视线，这才看到云会堂中，在卫兵和僧人之后，还有一张长着绿眼睛的西域面孔。这不是那个义宁坊的康国人吗？

"你？"伽罗认出了康君邺。

"张郎君……"康君邺也露出意外的表情，随即上前对着郭海施礼道:"在下康君邺,见过老丈。"

郭海回礼之后对伽罗道:"伽罗,你认得康郎君?"

伽罗不便在李府卫兵和僧人面前多言,忙道:"嗯……二公,这位康郎君常去西市,我们在懿烁庄买东西时碰到过。"

郭海一听懿烁庄,立刻理会,不再追问,只对康君邺躬身道:"若不是适才康郎君在塔林叫那一声,某只怕早已命丧黄泉,请康郎君受我一拜。"

康君邺扶起郭海:"老丈言重,我也只是凑巧。真没想到,青天白日,竟会有歹人在佛寺内行凶杀人。"

郭海挪动身体坐正:"都怪我愚钝,歹人就在我身后,我竟然毫无察觉。"

一旁的卫兵道:"郭公,怪不得你,刚才那人武功奇高,我等奉你之命在不二门外守卫,也全未听到内间有任何动静。害得郭公受此重伤,是我等失职。"

"李郎君快别这样说。此人既然武功高绝,定然防不胜防。"

康君邺道:"老丈,你可知此人身份?若是知道,还是尽早报官为上。"

郭海摇着头道:"我从未见过此人,实不知如何与他结下仇怨,竟要置我于死地。"

从他们你一言我一语中,伽罗大概拼凑出郭海遇袭前后。那黑衣蒙面人出现在塔林,先是让自己不能行动,再对郭二公出手。巧在康君邺刚好经过不二门,适时大叫,这才救了郭海一命。至于那黑衣人如何绕过守卫,悄无声息地进入塔林,就不得而知了。

又在云会堂待了半个时辰,郭海总算能起身。伽罗赶忙招呼李府卫兵备车,郭二公的伤口纵然已经止血,但伤势究竟如何,还需尽早回长安找个好郎中瞧瞧。

临行前,郭海提议康君邺一并坐马车回长安,还道:"之前那黑衣人见过你的容貌，南山又人迹罕至，我担心他趁你独自一人时，去而复返，岂不危险？"

伽罗虽然不喜康君邺，但郭二公如此说，也有道理，遂让李府卫兵牵了康君邺的马，三人一齐坐进宽敞的马车。

上车后不久，郭海便问道："康郎君，你可是康国人？"

"正是，"康君邺瞧了一眼伽罗，"某乃是斯鲁什商团的商人，也是康国来长安朝贡的使臣，怎么，这些张郎君没有跟老丈提过？"

郭海向来不大插手懿烁庄的生意，张九微想与康君邺合伙开商铺之事，上至老掌柜，下至伽罗，谁都没跟郭海讲。

伽罗心虚地冲郭海笑笑，郭海随即道："伽罗向来事多，自然不能事事提及。某只是好奇，据我所知，康国人皆为祆教信徒，不知康郎君怎会来到至相寺？还知道至相寺中有塔林？"

这下轮到康君邺不自在了，他尴尬笑道："某的确是祆教信徒，只是得知僧邕大师的忌日就在近前，某感佩僧邕大师终身护持佛法，又是曾被圣人称赞的高僧，是以也想来大师的舍利塔前聊表敬意。"

郭海狐疑地道："你也知道僧邕大师？"

"凡住在义宁坊之人，又有谁不知呢？化度寺山门处可是有一块率更令欧阳询手书的石碑，听说还是奉圣人之命而立。那石碑上记载了僧邕大师的生平，某也是看过的。"

伽罗从未注意过化度寺山门处有没有石碑，就算有，一个西域胡人会跑到南山来祭拜僧邕大师，也着实奇怪，但郭海似乎被说服了。

康君邺紧接着问道："老丈，我看你衣着朴素，可护卫的阵势却颇大。张郎君是懿烁庄之人，难道老丈也是？"

郭海敛了敛还沾着血迹的袖口，笑道："某不过一介布衣，来长安省亲，只因我年迈，才有护卫随行照顾。"

他的话轻轻将康君邺的疑问拨了回去，却没透露什么要紧的事。之后，郭海推说虚弱，让伽罗扶着靠在马车一角，闭目睡去，康君邺便也不好再交谈打扰。

　　直至马车一行人了长安城,郭海才缓缓睁开眼,仍是一副气若游丝的模样,但伽罗却察觉到郭二公总是有意无意地盯着康君邺。

　　康君邺自然也有感觉,他笑道:"郭公,可是我的西域容貌于你而言过于奇特?"

　　郭海道:"是某失态,康郎君勿怪。我只是觉得,康郎君同我从前的一位朋友有些相像,他和康郎君一样,也是康国人。"

　　康君邺奇道:"哦?那不知郭公的朋友现在何处?"

　　"现在?"郭海顿了顿,"我也不知。众人皆在混沌中求生,我那位朋友心地良善,不管他身在哪里,相信佛祖都会庇佑于他。"

　　郭海的话实在有些莫名,恰好马车行至义宁坊,康君邺只好收起还停留在脸上的疑虑,客气地行礼告辞。

　　康君邺下车后,马车继续行进在金光门大街上,伽罗拾起刚才的疑问,问道:"二公,你刚才说的朋友是何人?真的和康君邺长得像?"

　　郭海掀开布幔,轻叹道:"前尘往事,何须再提?"

第三十五章
慕容婕：入筵

长安隆冬时节的冷冽，却丝毫抵御不住平康坊北里的热情如火。长孙皇后的丧期才毕，北里的妓馆纷纷开门迎客。入夜后，并不宽敞的十字街巷里，处处流连着要结伴去吃花酒的文士与官宦。

慕容婕隐在环采阁门前红柱的层层阴影之中，硕大的灯笼闪烁着浅黄色的荧光，恰到好处的纷华靡丽，掩住了一袭全黑缺胯袍衫的她。

如果不是梁掌柜送来关于师父的消息，她没想过会再回长安，更没想过会再次住进幼时记忆中的平康坊。绮娘子的简信中，只说是师父杀害了大宁王，继位为吐谷浑可汗的慕容诺曷钵，正下令全力追捕已逃出伏俟城的慕容兖。

慕容婕无论如何也不会相信，跟随大宁王二十多年的师父，会是杀害大宁王的凶手。是师父，陪大宁王度过了在长安为质的漫长岁月；也是师父，在隋炀帝死后护送大宁王，从扬州一路逃回长安；还是师父，帮助大宁王暗中训练死士，保护他在回到吐谷浑后，与天柱王、尊王不断周旋。这世上谁都有可能对大宁王下手，唯独师父不可能，这其中必然有什么误会。

念及师父正在被整个吐谷浑通缉，慕容婕不得不离开燧明谷，匆匆赶往长安。只是没想到，当向丁元推说照料她从小长大的武师病重之后，丁元执意要陪慕容婕一道北上。

两人刚抵达长安,便听闻河源郡王慕容诺曷钵入京面圣,吐谷浑的朝贡队伍也才到长安。慕容婕本欲直接去见河源郡王,为师父正名,但旋即想到,自己当初以叛逃之名离开吐谷浑,之后就对伏俟城内的情况一无所知。她劝服自己,当务之急,还是应该先去绮娘子那里,问清事情原委,再作打算。

混在来吃花酒的大唐文人中间,慕容婕很快寻到了在正堂迎客的假母。她担心假母认不出自己,又对着假母说了一遍从前的切口:"胡马依北风——"

愈加浓厚的脂粉遮掩不住假母脸上的憔悴,她眼中的惊异稍纵即逝,没有回复切口,只是低声道:"绮娘子还在最里面一进院子的厢房,你自去吧。"

慕容婕穿堂而过,国丧之后的环采阁,恢复了往日的嬉笑喧闹,然而绮娘子所在的院落,仍是那般冷清,连窗棂中透出的烛火,都比其他院子里昏暗许多。慕容婕学着当年假母叩门的节律,刚敲了长声三下,一身淡黄色襦裙的绮娘子便拉开门。

"绮娘子,是我——"慕容婕拱了拱手。

绮娘子半张着嘴,半晌都未请慕容婕入内,只是立在厢房门口,错愕地看着她。

慕容婕又问了一句:"许久未见,绮娘子安好?"

"唔……"绮娘子缓过神,"进来吧。"

阖上房门后,绮娘子将屋内所有的灯烛都点燃。借着明晃晃的烛火,慕容婕发现绮娘子也同假母一样,面容憔悴,少有血色的脸颊上透着一股灰黄之气。但她此刻顾不上绮娘子,一坐下就问道:"绮娘子,你传去扬州的信中说,是我师父杀了大宁王,这究竟是怎么回事?"

绮娘子一边为慕容婕斟茶,一边道:"大宁王死后的头几个月,吐谷浑国中大乱,我一直没有慕容先生的消息。后来,是曲妍来了长安……"

"曲师姐也到长安了？"

"是，"绮娘子低头吃茶，声音更加低沉，"曲妍说大宁王遇害之前，只有慕容先生陪在王帐。当守卫王帐的卫兵发现大宁王毙命时，慕容先生早已不见踪影。"

"这么说，并没有人亲眼看见我师父杀害大宁王？"

"应该是吧……但吐谷浑的新可汗下令追查凶手，而今在伏俟城，所有人都认定慕容先生就是真凶。曲妍还说，受圣命前往吐谷浑声援新可汗的兵部尚书侯君集，也委派了多人正在追踪慕容先生。"

"他们怎可如此武断？"慕容婕仰脖将茶汤一饮而尽，把茶盏重重扣在几案上，"曲师姐呢？曲师姐和其他死士深知师父对大宁王的忠心，难道就不为师父辩解一二？"

"这……"绮娘子的嘴角动了动，似乎想说点什么。

话还未出口，门外响起三长两短的叩门声。慕容婕回过头，惊异地发现推门而入的不是别人，正是一袭黑衣的曲妍。

"曲师姐——"慕容婕不敢相信会在这里见到曲妍。

"师妹，别来无恙。"曲妍对于见到慕容婕，并不甚惊讶。

"师姐，你怎么也在长安？"

"我护送可汗来长安朝贡，今日好不容易得空，来绮娘子这里问问有没有师父的消息，没想到竟然遇见师妹你。"曲妍坐定后，随手揭开几案上茶壶的壶盖，闻了闻又盖上，对绮娘子道："这茶不错。"

绮娘子敷衍地笑笑，没有接话。

一听曲妍陪同着慕容诺曷钵，慕容婕忙道："师姐，师父对大宁王的忠心，你是最清楚的。他怎么可能会杀害大宁王？慕容诺曷钵年幼……"

曲妍放下茶壶，打断道："师妹，你久不在吐谷浑，许是忘了规矩，你我皆为吐谷浑的死士，岂可直呼可汗的名讳？"

慕容婕愣了一下，连忙改口道："师姐，可汗年幼，在吐谷浑时不常与师父见面，自然不了解师父的为人，但若是师姐同其他死士一起为师父作证，那或许可汗就不会再因子虚乌有的罪名，继续追捕师父。"

"师妹，"曲妍将慕容婕的空茶盏斟满，"大宁王遇刺那日，伏俟城混乱的情形你并未见到，大宁王和守卫王帐的卫兵全都死于剑伤，又有人看到师父满身血渍地离开。可汗年幼丧父，受到极大惊吓，而今是万万听不进我们这些人的规劝。为今之计，只有寻到师父，由他亲自向可汗说明原委。可师父自从大宁王死后，就消失得无影无踪，连绮娘子这里都不曾来过，是吧，绮娘子？"

"唔……"绮娘子饮尽茶汤，又自斟一盏，"慕容先生行事，向来出人意表。他若是不主动联络，我也无能为力。"

曲妍转向慕容婕，问道："师妹，你我已有近两年光景未见，这段时间，你去了哪里？"

慕容婕犹豫该不该把佛珠之事告诉曲妍，但一想到师父和大宁王对待佛珠的郑重，还是决定不说，回道："师姐，我奉大宁王之命假意叛逃。临行前，大宁王吩咐我，没有他的命令，不得再回吐谷浑。所以这两年，我一直辗转于大唐。"

曲妍微微一笑，打量着慕容婕，从她的眼神中，慕容婕知道曲妍并不相信自己所言。她师姐妹二人默默对视，厢房中骤然安静，只有绮娘子频频倒茶、吃茶的动静。

半晌，曲妍笑道："师妹，你在外这么久，师父难道就不曾与你联络过？"

"有是有，"慕容婕将茶盏托近鼻尖，"不过最近一次见到师父，是在去年。自大宁王继任可汗之位，我就再未有过师父的信息。"

曲妍的视线仍然在慕容婕身上打转。慕容婕有心避开，低头假意要抿一口茶汤，一旁的绮娘子却突然晃了晃茶壶，笑道："你看，这茶竟然这么快就吃完了。慧奴刚走开,我让慧奴再去添些水吧。"

低着头的慕容婕心中一个激灵——慧奴是我的小名,只有阿娘和绮娘子才知道。

她不动声色地瞟向绮娘子,只见她意味深长地望了慕容婕一眼,继而将目光移至慕容婕手中的茶盏。

不好,茶中有毒!慕容婕陡然间明白了一切——曲妍不是恰巧出现在环采阁,她刚才揭开茶壶壶盖的举动,也不是无意的。绮娘子说"慧奴刚走开",是在提醒我快走。

"是啊,茶都凉了。绮娘子,再让慧奴添些热茶来吧。"慕容婕附和着说道,手中放低的茶盏却陡然间向曲妍掷出,同时飞身而起,就要跃出身后的窗户。

曲妍反应也是极快,她伸出右手挡下茶盏,左手虚晃一下,从袖口送出一股白烟,直朝慕容婕而去。

慕容婕心知曲妍最擅用毒,这白色烟雾沾染不得,立时屏住呼吸,身体轻盈地从窗户翻过,落在院中。曲妍在身后一声唿哨,院子中的几间厢房内,刹那间蹿出三五个黑衣身影。慕容婕一面拔剑招架,一面以最快的速度朝院外奔去。

"抓活口——"曲妍的声音响在耳畔。

慕容婕脑中飞快地转着,环采阁的主院都是来买春的大唐文士,平康坊又是长安权贵聚集之地。曲妍此次是护送慕容诺曷钵而来,只要我能回到主院,她必然不敢再追。慕容婕抱定要脱身的心思,不与曲妍的人缠斗,眼看就要奔入主院,脚下却猝然虚浮,再看眼前,环采阁的砖墙灯影仿佛都着了魔似的,忽远忽近。

不妙,难道适才我闭气不够及时,还是吸进了白烟?慕容婕强迫自己清醒,在晕眩中努力辨着方向,不顾身后频频欺来的剑气,踉跄着脚步继续前行。摸到与主院相连的拱门时,剑刃的冰冷顺着左肩涌向全身。慕容婕拼力甩开剑刃,疼痛驱使她发力点地跃起,然而力道在半空中突就泄去,她控制不住地径直撞向正走在主院中的一个壮汉。

"你没长眼睛吗?"被撞的人破口骂道,两道粗眉随着脸颊横肉上下晃动。

慕容婕强撑着站直,只听那壮汉旁的人道:"燕兄,你莫动气。"她眼前晃过一双似曾相识的浅绿色眸子,那眸子惊异地闪了两下,叫道:"阿婕?怎么是你?"

透过他的瞳仁,慕容婕瞥到身后刺出的长剑,她勉力侧身避过,也回劈一剑。紧接着,突然出现的持剑身影惹得环采阁主院内登时嘈杂,尖叫声、脚步声、呼喝声混在一起。慕容婕只觉天旋地转,处处都是奔逃的身影。

适才被撞的壮汉大吼一声:"大胆贼人,竟敢偷袭皇亲。"随即持刀朝曲妍几人扑去。慕容婕脚步混乱地躲避着争相从正堂跑出的人们,每撞到一人,身上的气力就少一分。熟悉的绿眼睛跑来身侧,揽起慕容婕道:"阿婕,有贼人,快走。"

慕容婕被他拖拽着,依稀瞧见环采阁门扉处的硕大灯笼从头顶掠过。刚出了环采阁的门,曲妍的人就又追了上来,慕容婕急忙推开绿眼睛,凭着仅剩的意识与两个黑衣身影走了十几招,脚下越来越沉。

黑影反身横挑,慕容婕在晕眩中看不清来势,被对方击中上臂,长剑脱手而出。她接连后退几步,黑影趁势跃起,重重一脚踹在她背心。当跌落在叫声四起的街巷时,慕容婕浑身绵软,余光中,黑影执剑欺近,她明知徒劳,却仍拼命地挪动不听话的身体。

远一点,再远一点……

就在此时,一个青衣身影持剑跃入重围,逼退了就要擒住慕容婕的黑影。

是丁元……慕容婕挣扎着爬起,想捡回自己的佩剑,可眼前的一切都在旋转,兵刃交接的尖利声响刺痛耳鼓,无力的手臂被架起,绿眼睛托着她道:"阿婕,我去街角的武侯铺报了信,武侯……"

他尚未说完,丁元的长剑已至,只听丁元喝道:"放开木娘子!"

慕容婕用尽全力叫道:"丁兄,他是自己人。"

丁元闻言,立刻回身收了攻势,绿眼睛指着街角道:"阿婕,是武侯,你们快走,莫要被当成贼人。"

慕容婕来不及道谢,丁元揽过她,朝着相反的方向急纵。只听嗖的一声,环采阁的房檐上突然飞来一支利箭,丁元单手挥剑斩去,慕容婕随着丁元的环抱急转两圈,被斩断箭柄的箭头从她腰间迅疾擦过,力道未减,径直扎进丁元的右手手背。

慕容婕特别想看看丁元的伤势,可她连撑开眼皮的力气都没有了。"木娘子,再坚持一会儿。"丁元的声音散在街巷里武侯们的呼喝声中,渐渐没了踪迹。

我这是在哪儿?慕容婕撑开沉重的眼皮,发现自己又回到了吐谷浑的王帐。不远处,师父正将一颗还在跳动的心挑在剑尖。那颗心不停地收缩,挤出滴滴答答的血水,汇进一只茶盏。大宁王一刻不停地笑着,直到那只茶盏中的殷红血液不断溢出,他才转过身,胸前成片的血渍中,空空如也。

曲妍捧起盛满血水的茶盏走到慕容婕面前。"师妹,吃茶吧。"她说。血液的浓烈腥气,令慕容婕几欲作呕,曲妍狰狞地捏住她的下颌,硬是要将那浓稠的血水灌进慕容婕的喉咙。

"师姐,我不要!"慕容婕猛力甩开曲妍,她手中的茶盏发出一声巨响,轰然坠地。

……

茶盏的碎裂声,将慕容婕从噩梦中惊醒,脑中依然昏沉,但好在眼前的一切已不再旋转,她认出这是逆旅中自己的厢房。

"木娘子,你终于醒了。"丁元坐在床前,难掩神色中的焦灼。

慕容婕瞥到地上的茶盏碎片，昨夜的惊险，终于一点点回到脑海。

丁元关切地道："你感觉怎么样？你从昨夜一直昏睡到现在。"

昏睡……慕容婕旋即想起曲妍袖中放出的白烟，她立刻尝试运起内息流转周身经脉，还好，除了身上的几处剑伤隐隐作痛，并未发觉其他不妥。看来曲师姐只是要用迷药迷晕我，并没有下杀手，慕容婕心下略微安定。

"我没事。应该只是中了迷药，休息一下就无碍。"她挣扎着坐起。

"那就好。"丁元长舒一口气，他疲惫的双眼下透着青黑之色，显然一夜未眠。

慕容婕歉然地道："丁兄，让你受累。昨夜多亏有你。"刚说到这，她突然意识到昨夜被曲妍追击之事，难以解释，忙站起身，佯装活动筋骨以掩饰脸上的慌乱。

片刻之后，丁元果然问道："木娘子，昨夜那些黑衣人……"

重重的叩门声打断了丁元的问话，慕容婕如遇救兵，抢上去开门。拉开门扉的瞬间，慕容婕不由得呆住，门外之人一身褐色紧身胡袍，眨着浅绿色的双眸，惊喜地道："阿婕，你醒啦。"

"康君邺……"慕容婕记起了这个曾被囚在伏俟城的粟特通译的名字，"你怎么知道我住在这儿？"

"昨夜你昏迷之后，是我和丁郎君一起送你回来，"康君邺径自从门外跨进厢房，"阿婕，你的伤不要紧吧？"

慕容婕心中顿时一僵，糟糕，康君邺告诉丁元我的身份和真名了吗？我该如何同他解释这么长时间的隐瞒？慕容婕不敢回头看向丁元。

"木娘子，"丁元低声唤道，"请康郎君进来坐吧。"

话音刚落，只听床边咚的一声，丁元整个人栽倒在四散的茶盏碎片当中，额角被再次溅起的碎片划出两道血痕。

"丁兄——"慕容婕大惊，立刻奔至丁元身侧。他紧闭双眼，已然不省人事。

康君邺也慌不迭地跑上前来，摇着丁元问道："阿婕，丁郎君他这是怎么了？"

慕容婕焦急地探了探丁元的鼻息，又去摸丁元的脉搏。康君邺却指着丁元的右手，叫道："阿婕，你快看他的手。"

慕容婕这才注意到丁元的右手背上缠着布帛，露在布帛之外的手指皆已呈青黑色，是中毒之兆。慕容婕立即抽出匕首，将丁元右边的衣袖连同布帛一道划开，只见那青黑色顺着丁元的右手臂盘旋而上，直达肩部，而手背上的伤口则向两边裂开，腐肉之中，正渗出黑色的脓血。

寒佛鼎！慕容婕只觉耳边轰鸣作响，这是曲妍对付不肯招供的囚犯时才会使用的剧毒，怎么会？

康君邺瞪大了眼睛，失声道："阿婕，丁郎君他……他是中毒了吗？"

"这是寒佛鼎，"慕容婕颓然地收回匕首，"中此毒者，七日之内若无解药，全身血液便会逐渐凝固成黑色的脓血，直至血竭而亡。"

"啊——"康君邺小声惊呼，"那……那你可有解药？"

慕容婕摇了摇头，继续盯着丁元手臂上触目惊心的青黑色发怔。

是昨夜最后射来的那支箭……她脑中的记忆逐渐清晰。曲师姐没能用迷药困住我，竟然在箭头煨了寒佛鼎，她是想用毒逼我说出师父的下落，那支毒箭是冲我来的。若不是为了救我，你就不会……慕容婕望着丁元毫无生气的脸孔，自责与愧疚毫不留情地从心头鞭笞而下。

丁元，你不能死。慕容婕猛地站起，在厢房中寻找自己的佩剑，康君邺也跟着起身，问道："阿婕，你要做什么？"

慕容婕从檩架上取下佩剑："康郎君，劳烦你帮我照顾丁兄一日。"

"阿婕，你是要去找昨夜的那些黑衣人吗？"

慕容婕不答，只顾拎起佩剑朝房门走去。康君邺一个箭步拦下她，急道："阿婕，你千万不要冲动。你可知那些黑衣人现在身在何处？又有多少人？昨夜你就险些遭了毒手，此刻你一人前往，能有多少胜算？"

"你让开——"慕容婕不客气地道，"曲师姐要的人是我，只要能救丁兄，我就跟她回吐谷浑，随便可汗怎么处置。"

"他们是吐谷浑的人？"康君邺面露惊讶，却仍然挡在门口，"阿婕，你冷静一点。若是吐谷浑，你更要小心行事。你当初叛逃出伏俟城，他们只需以捉拿叛徒之名，就可以名正言顺地将你拿下；而你一旦落在他们手中，自身难保，又如何能保证他们会救丁郎君？"

慕容婕不得不承认康君邺说得有理，曲妍利用绮娘子，费尽心思捉拿我，必是以为我知道师父的下落。无论我再怎么证明与师父并无联络，他们都不会信我的。

她紧握着佩剑，犹豫道："可丁兄身上的毒，只有七日时间，我每浪费一刻，他的危险便多一分。"

"眼下还有比丁兄中毒更紧要的事，"康君邺放下平举着的双手，"我今日来逆旅找你们，就是为了告知你，昨夜武侯们没有逮到贼人，正在平康坊排查。你和丁郎君身上都有剑伤，若是被武侯发现，只怕会有麻烦。你们还是尽快离开平康坊才妥当。"

慕容婕愁眉深锁："但丁兄如今这般情形，纵然我们换去别的里坊中住逆旅，一样会引人怀疑。"

"这倒是，"康君邺抚着须髯想了想，"不如这样，你们何不暂时住到我家？昨夜随我一起去环采阁的那位燕郎君，乃是齐王殿下的护卫，他与吐谷浑的刺客交了手，同武侯确认过贼人不是西域人。

我的宅院在义宁坊,周围都是西域人士,武侯一时半刻,应该不会想到要去义宁坊查案。"

慕容婕戒备地打量着康君邺:"你……为何要帮我?"

康君邺挠了挠头:"阿婕,虽然当初你放我和赵丞归唐,是奉命行事,但你为了救我和赵兄,背了叛逃的罪名,再也不能回去吐谷浑。这次,就当是我报答你的救命之恩吧。"

慕容婕没有被说服,只是情势刻不容缓,丁元的性命才是最要紧的。她顾不得那许多,去东市借了一辆牛车,带同丁元,一起来到了康君邺位于义宁坊的宅院。

短短半日工夫,丁元身上的青黑色便已漫过肩膀。慕容婕守着昏迷不醒的丁元,心中愈加焦躁难安。

入夜,康君邺送来夕食,慕容婕全无胃口,康君邺劝道:"阿婕,你不吃饭,哪里有力气去为丁郎君找解药?"

慕容婕愤懑地回道:"若不是你拦着,我上午便去寻曲师姐了。"她已经开始后悔听从了康君邺的话,又平白耽误半日工夫。

康君邺对她的责怪毫不在意:"你可知你师姐现在何处?吐谷浑可汗此次来长安朝贡,按例会住在鸿胪寺的鸿胪客馆。那里我初来长安时也住过,乃是由长安的金吾卫负责守卫。凭你一人之力,仅是对付吐谷浑的死士都无望取胜,如何能同时应付金吾卫?"

慕容婕语塞,气道:"那也总比在这里坐以待毙的好!"

"阿婕,你莫要心急。正所谓知己知彼,你就算要面见吐谷浑可汗,也总要知道他此行的行程,何时会回去鸿胪客馆吧?你放心,这些事我都可以帮你打听。"

"你?你怎么打听?"慕容婕怀疑地扬了扬眉毛。

"阿婕,事到如今我也不瞒你。当初在伏俟城,我为了活命才佯装是鸿胪寺典客署的通译,我其实并不是大唐官员,而是赴长安朝贡的康国使臣。"

康国使臣？慕容婕愣住了，他原来一直都在隐瞒，慕容婕愈加不确定到底该不该信任康君邺。

只听康君邺继续说道："自从在吐谷浑被囚禁，我就与鸿胪寺丞赵德楷相交甚厚。鸿胪寺丞专司番客朝觐与接待，他一定知道吐谷浑可汗此次进京朝贡的所有安排。"

慕容婕几乎快要忘记两年前被囚在伏俟城的那个大唐鸿胪寺丞，康君邺说的没错，赵德楷的确是长安城中最可能清楚慕容诺曷钵此行全部安排的人。

"阿婕，我都替你想过了。以目前的形势，你单枪匹马地闯入鸿胪客馆去求解药，断然行不通。既不能强攻，就需智取，咱们就把为丁郎君求药视作一场生意。你若想从吐谷浑处为他换得解药，那就必须先握有足够的筹码。我不了解吐谷浑可汗和你口中的曲师姐，但你且多想想，你的手中是否有他们想要的，或是可以要挟他们的东西？如果有，那一切就还有希望。"

慕容诺曷钵和曲妍最想要的，无非就是捉拿师父为大宁王报仇，可我并不知晓师父的下落，就算知道，我也不会说。慕容婕又望了一眼躺在床上的丁元，可如果是为了救他性命呢？我真的不会说吗？慕容婕不敢再想下去，她有点庆幸自己不必在师父和丁元之间做出选择，但除了师父的踪迹，我还有什么筹码能拿来同曲妍作交换？除非……这一刻，慕容婕突然被自己脑中大胆的念头吓到了。

第三十六章
康君邺：设局

康君邺起了个大早，一路沿着金光门大街前往长安东城区的靖安坊。今日是朝廷官员旬休的日子，辰时二刻赶到赵德楷住处时，他正在用朝食。

赵德楷一见来人是康君邺，忙招呼仆从在食案上添置碗箸，同时拉着康君邺坐下，亲切地道："君邺要来怎么也不差人送张帖子，我好提前多备些你爱吃的羊肉。"

康君邺笑道："劳赵兄记挂，我知近来赵兄为吐谷浑可汗进京朝贡之事，忙得头脚倒悬，好容易赶上旬休，定然会在家，所以才没提前知会。"

一提起吐谷浑可汗朝贡，赵德楷果然无奈地直摇头，叹道："本来岁末就要为冬至和元旦的大朝会做准备，诸事繁杂，却没想到又赶上河源郡王来朝，为兄我岂止是头脚倒悬，简直是夙兴夜寐，片刻不得休息。"

"赵兄当真辛苦。"

赵德楷吐完苦水，问道："君邺今日专程前来，可是有事要找为兄？"

"正是，赵兄一向待我至诚，我就不跟赵兄客套。我此番前来也是因为河源郡王来朝之事，依照惯例，河源郡王已到长安，宫中不日势必会有宴会，不知赵兄可否安排我以康国使臣的身份进宫赴宴？"

"这有何难?"赵德楷挥挥手,"只是不知君邺怎会突然动了要入宫赴宴的念头?我本以为,自被吐谷浑骑兵掳劫囚禁,你当不会想再见到吐谷浑之人。"

康君邺笑道:"赵兄也知我乃商人出身,此次迎接河源郡王来朝的宫中宴会势必有各方使节,我是想趁此机会,多加结交,也可为日后拓宽商路之用。"

"原来如此。"赵德楷颔首,"君邺半点不曾隐瞒,为兄岂能不相助于你?三日后太子就要在东宫设宴,款待河源郡王一行,你本就有康国使臣的名分,鸿胪寺邀你赴宴,理所应当,明日我就命典客署的主簿下请帖与你。"

三日后……那还来得及,康君邺心道。他眼见事成,连连对赵德楷道谢。

辞别赵德楷后,康君邺匆忙赶回义宁坊家中,急于告知慕容婕宫宴的消息。待踏进西侧厢房,慕容婕还是如康君邺早上出门前一样,痴痴地守在丁元身畔,仿佛几个时辰都不曾挪动过。

从前在吐谷浑时,她的眸中只有淡漠,即便是从天柱王帐中出逃的惊险,也没能激起半分波澜。可如今……康君邺不禁又瞧了瞧躺在床上的丁元,这个丁郎君究竟是何许人,竟能让阿婕如此在意?

"阿婕。"康君邺将慕容婕从怔忡中唤醒。

慕容婕揉了揉红肿的眼睛,站起身道:"怎么样?鸿胪寺丞怎么说?"

"一切妥当。三日后太子会在东宫宴请河源郡王,赵丞已经答应邀请我赴宴,接下来,只要我们按计划行事,丁郎君就还有一线生机。"

慕容婕听罢,只微微颔首,沉郁的嘴角涌起一丝欲言又止。

康君邺敏锐地道:"阿婕,你是不是又想问我为何要帮你?"

"康君邺,"慕容婕上前一步,逼视着他,"这个计划太过仓促,有太多地方可能出错,若非为了丁兄,我断不会贸然行事。虽然眼下在长安的确只有你能帮我，但我还是要再问一次。"

"阿婕，其实我也说不清。我从商十余年，东行路上见过许多生死，有商队的同伴、有奴隶、有沿途各国的居民，但不管是谁，临死之际都只有一个愿望，那就是回家。可只有你，对于再也回不去吐谷浑毫不在意。或许……"康君邺轻叹一声，"或许我帮你是因为我想知道，在这世上到底有没有东西可以绊住你。"

慕容婕表情错愕地愣在原地，良久之后，她才道："康君邺，三日后的计划若是落败，我会去河源郡王那里自首，决不会牵连到你。"

康君邺还想逞强说一句"我不怕牵连"，但慕容婕已经又坐回丁元身边，她默默地望着丁元，即使明知躺在床上的人根本看不到她。

三日后，康君邺随赵德楷又一次入东宫赴宴。酒过三巡，宴会中的各国使节都逐渐熟络。一曲胡腾舞毕，太子李承乾走下主位，频频与席上的使节邀歌请舞。康君邺见状，也擎着手中的鎏金银酒杯，拉着赵德楷一起踱去河源郡王慕容诺曷钵的食案。

慕容诺曷钵看着比一般十一二岁的少年要老成些，不甚结实的身板裹在貂裘之中，之前李承乾数次赐饮于他，年少的吐谷浑可汗脸上已泛着微醺的红晕。

康君邺躬身见礼道："可汗安好。"

慕容诺曷钵忙起身回礼，问道："敢问这位郎君是？"

"吾乃康国使臣康君邺，可汗不识得我也不奇怪。想当初在伏俟城，某整日被关在囚帐，莫说可汗，就连西平郡王，某也不曾当面见过。"

康君邺的一番话令慕容诺曷钵有些莫名，一旁的赵德楷忙道："可汗有所不知，贞观八年，康使臣曾与某一起被掳劫至伏俟城。"

慕容诺曷钵顿时尴尬，他执起酒杯，对康君邺道："康使臣想必在伏俟城受了不少苦，然当年的始作俑者皆已逝去，某对赵丞和康使臣心有愧疚,还请康使臣与赵寺丞能不计前嫌,满饮此杯。"

康君邺笑了两声,与赵德楷一起饮下,然后道:"可汗说得对,当年对某用刑的天柱王早已被西平郡王诛杀,旧事不必重提。"

"天柱王还对使臣用过刑?"慕容诺曷钵稚气未脱的脸上惊疑不定。

康君邺轻叹一声,示意食案边侍奉的宫人斟酒,"都是些不堪回首的往事,某能侥幸逃脱,实属万幸。"

他话中虽无问罪之意,但足以令慕容诺曷钵不安,赶忙也斟满酒,敬向康君邺:"我实不知天柱王当年竟如此妄为,这杯酒,就当我代已被诛杀的叛臣向康使臣赔罪。"

"岂敢,岂敢,可汗乃郡王之尊,某愧不敢当。"康君邺嘴上虽这样说着,还是与慕容诺曷钵对饮一盏。

"可汗,"康君邺趁着宫人斟酒,继续说道,"某特来向可汗敬酒,并不是要旧事重提。如今西域诸国皆与大唐修好,泱泱盛世,康国与吐谷浑的友好岂能为一两件不愉快的旧事所阻?今日当着赵丞的面,某就以杯中之酒,与吐谷浑冰释前嫌。"

"好!"赵德楷也执起酒杯,"可汗与康使臣都是远来贵客,诸位与我大唐交好,西域之路才能繁盛太平,某乐于做这个见证。"

慕容诺曷钵听罢,连连点头,激动地饮下。赵德楷还要照顾席上其他的使节,饮毕便暂退去其他的席位。康君邺却大喇喇地坐在慕容诺曷钵身畔,继续与这位少年可汗推杯换盏。慕容诺曷钵到底年幼,不用康君邺使出浑身劝酒的本事,几句玩笑话就引逗得他频频举杯。

欢宴结束时,长安的夜已黑透。康君邺搂着蹒跚欲倒的慕容诺曷钵,摇摇晃晃地从崇教殿走向东宫宫门。送他们出宫的路上,赵德楷几次想将康君邺搀下,康君邺都借着醉态挥手挡开。眼看出得东宫宫门,河源郡王的车驾与护卫纷纷上前,康君邺却仍然抓着只有少年个头的慕容诺曷钵不撒手。

"可汗，"康君邺打着酒嗝嘟囔着，"某今日与可汗共醉，早就误了关坊门的时辰，适才你可是说了要送某回家的。赵丞，你作证，可汗是不是这样说过？"

慕容诺曷钵已然醉得连话都快说不清楚，他啄米似的点着头，吐着满口酒气吩咐驾车的随从："听着，先……先送康使臣去……去义宁坊，然后再回……回鸿胪客馆。"

赵德楷阻拦不住，无奈地也向河源郡王的随从们道："几位受累，劳烦先送这位康国使臣回去，他吃醉了酒，骑不得马，鸿胪寺丞在此谢过。"

"赵兄，你放心，"康君邺回身重重地拍着赵德楷的肩膀，"可汗口中，岂有戏言。"他说罢，便毫不客气地爬进了慕容诺曷钵的车驾。

河源郡王一行，手持特殊腰牌，在夜里的金光门大街上畅行无阻。马车中只有康君邺和醉倒在旁的慕容诺曷钵，康君邺上车后，先在自己脖颈间狠狠掐了几下，晕沉的脑袋总算略略清醒。他掀起马车的布幔，在夜色中勉力辨识着经过的里坊。

眼看行到金城坊，康君邺解下腰间装有使节鱼符的锦袋，从中取出一粒慕容婕给的丹药，送进慕容诺曷钵口中。半刻工夫不到，当护送车驾刚进义宁坊，躺在马车中的慕容诺曷钵突然耐不住腹中翻腾，急要出恭。

康君邺忙指挥车驾停在了自己的宅院前，叩开门扉后招呼道："阿木，快，快带贵客去厕室。"

假扮成康君邺家中仆从的慕容婕低头迎上，她脸上涂了不少铅粉，又贴有浓厚的须髯，在院内昏暗的灯烛中，康君邺也险些认不出。就在慕容婕经过身侧之时，康君邺用劲在她臂上压了压。慕容婕微微颔首，便引着慕容诺曷钵和他的两位随从往厕室而去。

眼见他们入内，康君邺拉住为首的侍卫道："这位郎君，刚才在马车之中，河源郡王说要见一位名叫曲妍的卫兵，不知是哪一位？"

"使臣可听得确实?"侍卫面露惊讶,"曲妍今日并不当值,还在鸿胪客馆。"

康君邺抚着须髯道:"在下哪里识得吐谷浑之人,不过是转达河源郡王之言,郡王适才一直嘟囔着曲妍有药,我也不知是何意。"

正说着,慕容诺曷钵被随从搀扶着回到院中,可没走出几步,就再度呕吐不止。

慕容婕远远地给康君邺使了个眼色,康君邺会意,继续对侍卫说道:"这位郎君,我看郡王酒吃得实在太多,怕是耐不住车驾颠簸。为保无虞,不如等郡王酒醒之后,再行回鸿胪客馆?至于那位叫曲妍的卫兵,召她前来乃是郡王的吩咐,我话已带到,要不要召来此处,还由郎君定夺。"

侍卫目睹慕容诺曷钵的醉态,犹豫半晌,道:"也罢,那就暂借康使臣卧房一用。"他随即招呼另一位侍卫拿了腰牌,吩咐道:"你速去鸿胪客馆,召曲妍前来,就说是可汗醉酒,难受得紧。她常有各种丹药在身,让她这就取来。"

第三十七章
慕容婕：求药

等待康君邺入宫赴宴的这几个时辰，对慕容婕来说，犹如无尽长夜。纵然箭已在弦上，她依旧不敢相信，在这偌大的长安城中，自己唯一能依靠的，竟然是那个差点被自己一箭射死的康国人。今夜最大的不确定就系在康君邺身上，这个当初假冒典客署通译的康国使臣，真的值得信任吗？更为重要的是，他能完成任务吗？慕容婕心中半点把握也没有。

她强迫自己不要再想，在西侧的小厢房里，敷上铅粉，贴好浓密的须髯，又换上康君邺的一套紧身胡服。奄奄一息的丁元就躺在厢房内临时铺就的棉被上，曾经温和的笑靥深锁在青黑的面容下，危在旦夕。

昏暗的烛火中，慕容婕抱定信念——为了丁元，就算再不可行的办法，我也要拼力一搏。这股执念，支撑着她一直等到深夜，等来了宅院外传来的马蹄声。康君邺身后还站着吐谷浑装束的数人，这些人中没有大宁王从前的近身侍从，无人注意到伪装成家仆的慕容婕。

他居然真的做到了……慕容婕压下心头的难以置信，引着慕容诺曷钵和他的随从去往厕室。醉酒的慕容诺曷钵被康君邺喂了催吐丹药，从厕室出来后，呕吐不止。他的侍卫听从了康君邺的建议，让河源郡王暂时留在义宁坊休息。

眼见那名去鸿胪客馆召曲妍的侍卫策马出得宅院，康君邺继续在正堂缠住三名侍卫，慕容婕则悄然挪去了卧房。

吐谷浑的随从正忙着照顾醉酒的慕容诺曷钵，慕容婕脚下毫无声息，骤然出手，瞬间从身后击昏了四名随从。再回到正堂时，康君邺也依照计划，劝说侍卫们饮下了掺有迷药的茶汤，片刻工夫，三名侍卫皆齐齐仰倒在正堂。

康君邺一边拿出麻绳一边道："阿婕，河源郡王怎么样？他若是在昏迷中呕吐，可是要伤性命的。"

"无碍，催吐药药力很浅，我又封了他的穴道，不会再吐了。"

两人一道将侍卫和随从们捆在一处，紧接着，慕容婕从卧房抬出业已昏迷的慕容诺曷钵，在他手臂上划出一条细小的伤口，又将丁元手背上渗出的黑色脓血，抹了上去。

康君邺半捂着鼻子，不解地问道："阿婕，你这是做什么？"

"我师姐心思缜密，极擅用毒，如果不让可汗也染上寒佛鼎的毒，我不敢保证她给我的会是解药。"

康君邺心惊，指着慕容诺曷钵的伤口语无伦次："阿婕，你……河源郡王他……"

"你放心，"慕容婕收回匕首，拉下慕容诺曷钵的衣袖，"我师姐不会坐视吐谷浑可汗中毒身亡的。"

"可……"康君邺话未说完，门外已传来勒马之声。他立刻佯装昏迷，躺倒在地上。

曲妍与前去传话的侍卫相继奔进康君邺的宅院，正堂内此刻烛火通明，慕容婕手中长剑直抵慕容诺曷钵咽喉，冷冷地道："曲师姐，没想到这么快又见面了。"

"你——"曲妍满脸错愕，她环顾着正堂里歪歪斜斜被捆得动弹不得的随从与侍卫，又望着慕容婕难辨真容的面孔，震惊得无以复加，"师妹——"

她刚要上前一步，慕容婕立刻转动长剑，锋利的剑尖随时都可能刺入慕容诺曷钵的喉咙:"曲师姐,我劝你不要轻举妄动,你的毒我也许防不住,但我的剑,可汗也休想躲开。"

"慕容婕,"曲妍惊怒交加,"这里不是伏俟城,可以任由你逃逸荒原。你若对可汗不利,莫要说我们,大唐的金吾卫也不会放过你!就算你有师父那样的身手,也别想能活着离开长安!"

慕容婕冷哼一声,语气中带着决绝:"师姐,我既然出手,就已将生死置之度外。大宁王已死,师父也不知所踪,我在这世上无牵无挂,一朝毙命,就当是解脱,但你和你的手下,能否担得起可汗身死长安的罪责呢?"

慕容婕的话在曲妍眸中激起了异常强烈的情绪,她两颊肌肉紧绷,瞪着慕容婕道:"你想要怎样?"

"我要寒佛鼎的解药。"慕容婕一字一句地道。

曲妍嘴角勾起一抹冷笑:"师妹,那晚救你的青衣人是谁?这寒佛鼎的解药,你是为他求的吧?"

"师姐,"慕容婕眸中寒锋轻闪,"我为谁求药与你无关,你也不用在这里拖延时间。我明白你指望长安巡夜的金吾卫能有所觉察,那我也告诉你,若是金吾卫前来,我便会立时束手就擒。我会向金吾卫招供,是吐谷浑可汗派我劫持康国使臣,意图报复。"

"报复康国使臣?你胡说些什么?"

"师姐,你不记得这个康国人了吗?"慕容婕指了指躺在地上的康君郔,"他就是与大唐鸿胪寺丞一同被囚在伏俟城的那个典客署通译。"

曲妍仔细打量了一番康君郔的容貌,回道:"是又如何?"

"此人并非什么通译,他乃是康国往长安朝贡的使臣,在凉州被掳劫后,为了活命,谎称自己是大唐的官员。"慕容婕刻意顿了顿,"我会对金吾卫说,是可汗发现他在伏俟城时蒙骗了吐谷浑,可汗年轻气盛,自觉此事有伤吐谷浑颜面,所以遣我假扮他的随从,伺机报复。"

"笑话，"曲妍的声线终于开始有些不稳，"就凭你一人之言，如何能诬陷可汗？我们只需说你是吐谷浑叛逃之人，又有谁会相信你说的话？"

"师姐，"慕容婕挑了挑眉，"你大概还不知道，今夜就是鸿胪寺丞赵德楷亲自送此人坐上可汗的车驾。赵德楷当初在伏俟城幽囚三月，吃了不少苦头，且他与此人情同兄弟，定然不会坐视不理。更何况，有关我叛逃的内情，别人不知，赵德楷和这个康国使臣是最清楚不过的。大宁王不可能让一个对他不忠心的人去私放大唐官员，你若是随便扣一个叛徒之名给我，反倒会引来大唐对可汗不必要的猜忌。"

曲妍的眉头紧拧在一起，还在做最后的挣扎："我若给了你解药，怎知你一定会放过可汗？"

"师姐，我意在救人，拿到解药后再杀可汗，对我有什么好处？"

从曲妍怨愤的眼神中，慕容婕知道她已经屈服了。曲妍不敢招来金吾卫，也不敢拿慕容诺曷钵的性命做赌注。末了，她从袖中取出一个青色瓷瓶，抛给慕容婕。然而慕容婕手中的长剑却丝毫未动，她踢了一脚躺在地上的康君邺："喂，起来。"

康君邺立刻爬起，站到慕容婕身侧。曲妍惊异地指着二人："你，你们——"

慕容婕没有理会曲妍，只是将青色瓷瓶递给康君邺，示意他拉开慕容诺曷钵的衣袖，露出染上丁元毒血的伤口。寒佛鼎的毒性十分剧烈，短短一刻，慕容诺曷钵的伤口周围已经青黑一片。

"师姐，"慕容婕紧紧盯着曲妍，"我深知你用毒的本事，逼不得已，只能拿可汗试药。"

康君邺从青色瓷瓶中取出一粒丹药，喂进了慕容诺曷钵口中。曲妍愤怒的眼底并无惧意，慕容婕心知解药当是不假，但为保万一，还是要再等个一时半刻。

她继续对曲妍说道:"师姐,你此刻定然恨不能将我生吞活剥,可如你所见,我和这位康国使臣也算得上是生死之交。今日之后,若我在长安出了什么事,康使臣便会向鸿胪寺丞禀明吐谷浑可汗派遣我接近他,而若是康使臣出事,我也会去雍州府投案自首。不过,吐谷浑的内乱尚未平息,我相信可汗不会在长安杀他国使臣灭口,你说是不是?"

曲妍的嘴唇抿紧如铁一般:"慕容婕,你不愧是师父的好徒弟。"

"说起师父,"慕容婕的语声中也不带任何温度,"师姐,不管你信不信,我并不知道师父的下落。"

"阿婕,你看。"康君邺指着慕容诺曷钵的手臂,那伤口四周的青黑色已淡去许多,曲妍给的解药的确是真的。

"你还不放了可汗?"曲妍紧攥着佩剑质问道。

慕容婕仍没有松动,问道:"师姐,绮娘子也中了你的毒吧?解药呢?"

曲妍眯起眼睛,冷笑道:"师妹,看来我真是小瞧你了。"

"师姐过誉。若非中毒,绮娘子岂会受你指使,送信引我来长安,又在我抵达环采阁之后立刻用烛火报信给你?"

曲妍轻哼一声:"罢了。"抬手又抛出一个黄色的纸包。

慕容婕伸手接过,这才抽回长剑,抓起慕容诺曷钵的背心,掷向曲妍。她和康君邺警惕地目睹曲妍和身后的侍卫将慕容诺曷钵抬进车驾,又将捆在地上的人一一松绑唤醒。

眼看一行人即将离开,慕容婕从院内追出,对曲妍道:"师姐,从今以后,我不会再回吐谷浑,咱们师姐妹一场,就此别过。"

曲妍神色复杂地望了慕容婕一眼,什么都没说,径自带着河源郡王的车驾驶离义宁坊。

他们走后,慕容婕来不及长舒一口气,飞奔至西侧的小厢房。

她扶起毫无知觉的丁元，给他灌下两颗解药，运气助他咽下后，一动不动地跪在丁元身畔。

"阿婕，"康君邺为慕容婕送来一张坐床，"丁郎君服了解药，定然能够痊愈。你这些天衣不解带地照顾他，也该歇息一下，我帮你看着。"

"不，"慕容婕的视线一刻也不愿离开丁元，"我就在这守着，等他醒来。"

康君邺轻叹一口气，也不再劝。

慕容婕独自在烛光中望着丁元线条柔和的清俊脸庞，与他相识以来的点点滴滴在脑海中汇聚交叠。想到差一点就要失去丁元，慕容婕连日来的压抑、恐惧、担忧惊卷而来，她再也支持不住，趴在丁元身旁，任由泪水耗尽了身上最后一丝气力。

不知过了多久，慕容婕迷迷糊糊地从梦中醒来，感到有双手正在自己的发间轻抚。手心的温度刚好，就似爓明谷的秋日暖阳，一点点地弥漫浸润，让心底的冷冽都变了颜色。

慕容婕不舍地抬起头，丁元的视线柔和地落在她身上。

"木娘子。"丁元虚弱地道。他双颊凹陷，异常憔悴，但脸上的青黑色已尽数褪去。

"丁兄——"慕容婕干涩的眼角又再度涌出泪水，"你终于醒了……我还以为……"喉头哽噎着酸楚，她说不下去。

丁元伸手拂去她脸上的泪水，柔声道："木娘子，我都知道。"

慕容婕这才胡乱擦擦眼角，着急地问道："你感觉怎么样？可有哪里不适？"

丁元略微动了动身子，回道："我都好，就是右手还有些麻木。"

慕容婕急忙掀起被子，视线扫到丁元右手的刹那，惊惧再次袭来——丁元右手背上的伤口虽已愈合，可自伤口以下的五根手指皆呈紫黑色，其中两根指头明显已溃烂。

恰好握着水壶走入厢房的康君邺，见到丁元骇人的手指，失手将水壶摔在地上。他也跑上前来，问道："阿婕，怎么会这样？难道我们拿到的解药是假的？"

慕容婕噌地站起，吐出一句"我去找曲师姐"，便拎起佩剑，向门外奔去。

"木娘子，"丁元虚弱地叫道，"你明知这不是解药的事。"

"不是解药的事？"康君邺一脸不解，"那丁郎君，你的手为何会这样？"

"木娘子。"丁元又叫了一遍。

慕容婕缓缓转过身，紧咬着下唇，喃喃地道："都怪我，是我解药找到得太晚。"

丁元硬撑着想坐起，却是不能。康君邺忙走过去，扶起他，丁元道："木熔，听我说，这不是你的错。"

丁元的淡然，让慕容婕的心揪痛不已，她固执地站在原处，眼底噙满泪水。

康君邺问道："丁郎君，太晚了是什么意思？不是说七日之内，拿到寒佛鼎的解药就会没事？你身上的毒，难道……难道还没有解？"

"康郎君放心，毒确实已解，我性命无碍，只是这右手，怕是保不住了。"

"什么？"康君邺难以置信地半张着嘴，又望向慕容婕，"阿婕，果真如此？丁郎君的右手，真的没有别的办法了？"

慕容婕不敢回答，她没有勇气面对接下来的事。

"木娘子，"丁元晃了晃右手，"本来不该由你做这件事，但如今我无力挥剑，只好拜托你。"

泪水再也控制不住地扑簌而下，慕容婕跪倒在丁元身畔，呜咽地道："丁兄，一定还有别的办法。你忘了？你答应要为我画一幅山茶，若失去右手，你……你打算要食言吗？"

·188·

丁元温柔地注视着她:"我还有左手。你放心,君子一诺,我绝不食言。"

"可……"慕容婕心如刀绞,"可若是没了右手,你就再也不能抚琴了。"

"木嫆,"丁元微微一笑,抬起左手托起慕容婕沾满泪水的脸颊,用手指一下下拭去她的泪痕,"空山之音只为知己而奏,如今我已觅得知己,就算不能再抚琴,又有何遗憾?"

"可是……"慕容婕凝望着丁元的笑容,再也找不出别的理由来拖延。

丁元挪动右手至身前,眸光异常坚定:"木娘子,来吧。"

慕容婕定定地看了丁元良久,终于强忍住周身的战栗,深吸一口气之后,突然抽剑出鞘,直朝丁元右手手掌劈去。

贞观十一年的正月刚过,河源郡王慕容诺曷钵朝贡事毕,率领随行亲卫,浩浩荡荡地启程返回吐谷浑。

环采阁内,绮娘子斜倚在床上,见慕容婕前来,笑着招呼假母为慕容婕挪出一方坐床。

慕容婕观绮娘子面色中的灰黄之气隐隐未褪,不禁担心道:"绮娘子,我托康国朋友带给你的解药,你可有服用?为何你看着仍有中毒之相?"

"小慧奴,"绮娘子的唇边浮起一丝苦笑,"我和假母身上的毒,来自一种西域神草,一旦染上,难以彻底去除。曲妍给你的解药,只能控制毒性暂不发作而已。"

曲师姐竟会为了师父的下落,对绮娘子下如此重手……慕容婕心下惊愕。自被师父从长安带回吐谷浑,慕容婕便与曲妍一起习武,曲妍生性争强好胜,但直到此次在长安相见,慕容婕才第一次觉得,从前日日生活在身边的曲师姐,竟是如此心狠手辣的人物。

慕容婕低声道:"绮娘子,你为何不早点告知于我?河源郡王一行离开长安之前,我或许还有办法帮你寻得解药。"

绮娘子轻轻摇了摇头,叹道:"小慧奴,你还是太不了解曲妍的为人,她是断不会轻易罢手的。就算这次你寻得解药,以曲妍用毒的手段,她仍有办法让我们再次中毒,既然防不胜防,又何苦连累你犯险?再说……"绮娘子歉疚地低下头,"再说若不是我写信引你来长安,又报信给曲妍,你根本不必面对这一切。我已害得你险些被吐谷浑擒住,我对不起你和故去的夫人。"

"绮娘子,你别这么说。曲师姐以性命相挟,换做是谁,都没有选择。我只是担心你中毒未解,日后的处境会更加艰难。"

绮娘子拍了拍慕容婕的手背,安慰道:"放心吧,虽说大宁王已死,但吐谷浑依旧离不开长安的消息,我对曲妍还有利用价值,她不舍得我那么快死的。况且,他们还指望从我这里获知慕容先生的下落。"

一听到师父,慕容婕立刻直起身子,问道:"绮娘子,我师父他,真的如曲师姐所言,杀了大宁王吗?"

"伏俟城人人都这样说,"绮娘子蹙起眉头,"慕容先生逃来长安之时,对此事闭口不谈,我便也没有多问。"

"师父来过长安?"

"是。去年大宁王的死讯传来长安后不久,慕容先生突然登门,他嘱咐我不要再向吐谷浑传递信息,不要再试图联络他,同时也要小心曲妍。"绮娘子自嘲地笑笑,"可惜,我还是着了曲妍的道。"

师父要绮娘子切断与吐谷浑的一切联络,难道他真是杀害大宁王的凶手?不!不可能!慕容婕在心中连连否定这样的念头。

"对了,慕容先生还留下一样东西,"绮娘子指着窗边的妆奁,"就在铜镜旁,有个团花纹银盒。"

慕容婕依言走到窗边的几案前,铜镜右侧,的确有一个尚不及半个手掌大的鎏金团花纹银盒。她拿起银盒,转身问道:"这里面是何物?"

"我也不知。"绮娘子示意慕容婕将银盒拿过来,"慕容先生托我暂时保管此物,银盒上有蜡封,我没有打开过。我本来担心这个银盒会被曲妍搜去,但她大概见我整日将银盒丢在铜镜旁,竟未留意。"

慕容婕摸了摸银盒扣阖的缝隙,果然是有一层结实的蜡封,只是那蜡封做得很是精细,颜色与银盒又没有差别,若不仔细看,还真看不出。

绮娘子又道:"小慧奴,这个银盒还是交给你吧。我受曲妍的挟制,不能离开长安,曲妍保不齐何时又会再来环采阁,此物既然是慕容先生的,还是由你保管更为妥当。"

慕容婕本想拒绝,她不想与吐谷浑再有任何的瓜葛,但绮娘子说得对,曲师姐必定会去而复返,若她发现绮娘子瞒着她藏匿了师父的东西,只怕会为绮娘子招来更大的危险。

她踟蹰片刻,接过银盒,应道:"好吧,此物我暂且先收着。"说罢将银盒揣入怀中。

绮娘子握住慕容婕的手,不无担忧地道:"小慧奴,如今大宁王已死,慕容先生又被河源郡王通缉,你是断不能再回吐谷浑。日后,你打算去哪里?"她刚说罢又连忙摆手,"不,你还是不要告诉我。只有我什么都不知道,你才最安全。夫人去得早,你自幼就颠沛流离,大宁王纵然寡情,可只要他在一日,你就还算有家。而今……而今不管是我,还是慕容先生,我们都自顾不暇。夫人若是在天有灵,也定不忍你一个人独自飘零。"

听着绮娘子的诚挚关切,慕容婕心下感动,她不习惯地反握住绮娘子的手,道:"绮娘子,你不必为我忧心。我不是独自一人,再也不是了。"

绮娘子开始还有些困惑,但随即露出释然的笑容,轻抚着慕容婕鬓边的碎发,缓缓地道:"小慧奴,或许对你来说,离开吐谷浑终究不是件坏事。"

辞别绮娘子后，慕容婕赶在宵禁前回到了义宁坊。丁元身上的寒佛鼎之毒虽解，但他中毒多日，伤及本元，暂时还不能离开长安。为照顾丁元养伤，慕容婕为二人在义宁坊临时找了一处住所，离康君邺的宅院不远。

康君邺时不时会来看望丁元，慕容婕也渐渐放下了对这个康国使臣的戒心。这次能救丁元脱险，全靠康君邺从旁协助。他虽然有些聒噪，但为人还算正直，丁元似乎也与他投契。

慕容婕今日专程在醴泉坊的玉津家买了长安人都爱吃的七返膏，要送给康君邺聊表谢意。刚走到康君邺的宅院门口，就见他穿戴整齐，正要出门。

康君邺招呼道："阿婕，你怎么来了？可是丁郎君有何不妥？"

"不是的，丁兄一切安好，"慕容婕说着僵硬地晃了晃手中的糕点，"唔……我在玉津家买了两包七返膏，也不知合不合你的胃口。"

康君邺扬了扬浓眉，接下慕容婕手中的糕点，笑道："阿婕，我还记得那时在草原，你一颗石子就打下了山鹑，你送的糕点我不敢不要。不过，你介意我把糕点分给另外的朋友吗？"

"七返膏是送你的，你想如何处置都随你。"

康君邺朝慕容婕拱拱手："那我就替圆悟向阿婕道一声谢了。"

"圆悟？"

"喔……圆悟是义宁坊化度寺内的一个小沙弥，素来与我交好。今日是初十，我说好要去化度寺，眼下已经过了时辰，玄智法师和圆悟还在寺中等我，这两包七返膏，正好可以拿来赔罪。"

"且慢！"慕容婕拦住康君邺，"你说你要去见化度寺的玄智法师？你一个康国人，怎么会和他有来往？"

"这……说来话长。我也是通过在长安的朋友识得玄智法师，他许我每月初十去寺中拜佛，至于我为什么要去拜佛，"康君邺眨了眨眼，"阿婕，这是我的私事。"

"康君邺，我不是要打听你的私事，只不过……"慕容婕犹豫地盯着眼前的西域人，"只不过这个叫玄智的和尚，你要当心。"

康君邺有些惊讶，问道："阿婕，你认得玄智法师？"

"算不上认得，"慕容婕的语气变得严肃，"这个和尚蹊跷得很，他会配制返魂香。"

"返魂香？"康君邺一脸迷茫。

"返魂香是一种源自西域的毒香，少量的返魂香能够舒缓心神，但若是长期使用，闻香者便会出现瘾症，甚至发狂。贞观八年，我奉师父之命偷偷潜入化度寺，正巧撞上这个叫玄智的和尚，在同一个长安官员密谈时，焚过返魂香。康君邺，返魂香的配制方法，乃是西域秘术，连我师姐都说不清。玄智身在大唐，却懂得配制返魂香，此人绝不简单，你同他打交道，千万要谨慎。"

康君邺先是惊异，紧接着绿色的眸子仿佛明白了什么似的，慢慢地眯成一条缝。须臾之后，他转身又朝慕容婕拱了拱手，笑道："阿婕，多谢你告知我返魂香之事，你放心，我同玄智法师不过点头之交，日后我自会小心行事。"

两人拱手告别后，康君邺仍然揣着七返膏，朝化度寺而去。

慕容婕回到宅院时，暮色已沉，推开门扉，丁元在院中点起灯烛，仍在练剑。他多年惯用右手，而今右手五指已断，要训练左手使剑，虽说不上是从头开始，但个中艰辛，可想而知。

见慕容婕回来，丁元立刻收了剑势："木娘子，你回来了，可曾用过夕食？"

"还不曾，丁兄，我买了糕点，一起吃吧。"

"好！"丁元收剑入鞘，与慕容婕一道进入正堂。

两人在食案边坐定，慕容婕抢在丁元动手前，将糕点的纸包细心打开。丁元用左手捏起糕点，自顾自地吃着，始终将裹着皮质手套的右手搭在食案下。慕容婕心知丁元不愿让自己每次看到那皮质手套都触景伤情，也故意挪开视线，只是不动声色地将糕点纸包又朝丁元的方向推了推。

"木娘子，"丁元边吃边道，"我的身体就快康复，等冬日过去，我想回燔明谷。"

"长安嘈杂，的确不适合丁兄将养。"

"不过，也不急在一时。待木娘子家中的事了结，我们再出发不迟。"

家中的事……慕容婕不免心虚。所谓家中武师病重，根本是个经不起推敲的借口，与丁元在长安的这两月，慕容婕何时回过家中？

自丁元解毒醒转，慕容婕和丁元似有默契般，谁也没有再提过环采阁遇袭的事。即便康君邺一直在丁元面前称呼慕容婕为阿婕，丁元也从未问起过缘由。每次康君邺无意中提起吐谷浑，丁元都权当没有听到。时日渐长，慕容婕更不知该如何开口解释，横亘在丁元与自己之间的这段秘密，慕容婕明知终有一日无法回避，却还是想将那一刻拖得越久越好。

见慕容婕不答，丁元又道："木娘子，你是不是并不想回燔明谷？"

"我想，"慕容婕脱口而出，"丁兄，长安诸事已毕。只要丁兄的伤势痊愈，我随时可以离开。"

丁元眸中一亮，笑道："好，那便就此说定，待天气转暖，咱们一道回燔明谷。"

第三十八章
张九微：危讯

仲春时节，绵绵春雨浸润长安，如烟如雾地笼罩着繁华的街巷。

午后的雨中微风，送来一丝难以抵挡的慵懒，张九微却在平康坊的小宅院里，望着正襟危坐于身前的张长盛和郭海，心烦地扶着额头。伽罗还在房内踱来踱去，张九微眼下吃了伽罗的心都有，派他去打听举贷的事，没想到他竟然把张九微的打算告知了郭海。

"伽罗，"张九微恼火地道，"你莫要在堂内走来走去，扰了大家的清净。"

伽罗赶忙拉出一方坐床，乖乖跽坐在郭海身旁，不敢抬头看张九微。

"九娘大可不必责怪伽罗，"郭海神色如常地道，"举贷之事，就算伽罗不告知于我，老掌柜也不会同意。懿烁庄虽是流波岛的铺面，但却是老掌柜几十年的心血。九娘想质押洛阳的分铺去举贷，无论如何也要先问过老掌柜的意见。"

"郭公言重，"张长盛不改往日谦恭，"九娘，老奴替岛主看护留在大唐的这份基业，从不敢居功，这懿烁庄当然是九娘做主。老奴知道，九娘一心想将懿烁庄的生意做大，想尽快在凉州再开一间分铺，只是质押洛阳分铺去举贷，兹事体大，不可不谨慎。"

张九微无奈地道："郭二公，老掌柜，你们说的道理我都懂。不到万不得已，我也不会想到去质押举贷。郑齐在摩逸国，为了收购紫棠伽楠,将离岛和泉州船队账上的余钱都拿去了,虽说这次我们侥幸抢下了全部的香木,可明年呢?如果我不另开商路,早做打算,我如何能与大哥……"张九微瞟了瞟郭海,咽下了要与张夔一争高下的后半句话。

张长盛接过话头:"九娘,话虽如此,但举贷就要偿利。伽罗和我都去过那斯鲁什的质库,本金以计,要收四分利钱,若凉州商铺一时难以盈利,这四分利钱我们只怕是难以偿还。"

想到利钱,张九微也不免心虚,回道:"伽罗不是也去问过化度寺吗?化度寺的无尽藏院,只收三分利钱,出家人到底慈悲为怀,郭二公,你说是不是?"

除了张九微和张长盛,流波岛余人并不知道郭海曾在化度寺出家。张九微刻意提起化度寺,想让郭海在举贷的事上少说几句。

然而郭海不理会地正色道:"纵然化度寺只收三分利,九娘也不能动质押洛阳商铺的心思。且不说那康国人主动告知斯鲁什质库的利钱更高甚为蹊跷,洛阳懿烁庄是岛主给九娘的嫁妆,怎好还未出嫁,就拿去质押举贷?"

听到刺耳的嫁妆二字,张九微登时沉下嘴角,想说些话反驳,又怕惹恼郭海。

一直低头不语的伽罗忙打圆场道:"郭二公,九娘心急情有可原,再说,凉州的确是个适合开分铺的好地方。"

还不都是因你把举贷之事说给郭二公,害我要在这里受责难……张九微瞪了伽罗一眼,不愿领情。

几人正僵持间,郑安从宅院外迈着大步跑进正堂,捏着手中的信笺对张九微道:"九娘,流波岛上来信了。"

张九微佯装淡漠地挥挥手:"你们收着就好。"自去年大病之后,她已经整整一年没有拆阅过祖父写来的书信,无论伽罗、郭海如何劝解,她都不肯再给祖父回复只言片语。

郑安坚持将信笺递过来："九娘，这不是岛主的信，是……是大少主写来的。"

大伯父？大伯父怎么会写信给我？张九微蹙起眉头，狐疑地接下郑安手中的信笺，信封上的确是大伯父的印鉴。

伽罗赶紧凑上来："真稀奇，大少主可从来没给九娘写过书信。"

莫不是大伯父不满我一年没有音信，专门写信来教训我？张九微眼前出现张承谟不苟言笑的面孔，心思一转，将信笺递给伽罗："你那么有兴趣，你来拆吧。"

伽罗想也不想地接过，迅速揭开蜡封读起来。张九微捧起几案上的茶盏，浅浅地啜了一下，问道："大伯父信中说什么？"

"九娘……是岛主他……"只见伽罗脸色大变，惊惧地半张着嘴，拿着那张薄薄的麻纸，欲言又止。

张九微心头蓦然间不安，不等伽罗说完，一把抢过麻纸。当张承谟的字迹一行行映入眼帘，张九微只觉脑中嗡的一声，颓然欲倒——信中说，祖父病重，大伯父要自己接到书信后即刻返回流波岛。

张承谟的信笺在流波岛诸人手中传阅，宅院内霎时间愁云笼罩。

伽罗扶住张九微，结巴地小声道："九娘，你莫急，岛主他……他吉人天相，说不定现在已经……已经病愈了。"

张九微望着坐在对面的郭海与张长盛，他二人神色复杂，眉宇之间的担忧让张九微心底生出的恐惧愈加真实。祖父年逾古稀，纵然身体再好，也终有天命。大伯父的信从流波岛送来长安的这段时间，祖父会不会已经……张九微不敢再想下去。

"九娘，"郭海先开了口，"事不宜迟，你这就回李府向药师公和李夫人禀明情况，与白芷一道收拾行李。雇车马的事交给郑安，明日我们就启程，先去东都，然后经运河去扬州。我会安排流波岛的商船在扬州接应。"他说着又转向张长盛，拱手一揖："老掌柜，我们此去只怕要好几月，懿烁庄诸事，都要拜托你了。郑齐眼下还在来长安的路上，等他押运香料海货抵达长安，你就让他直接返回流波岛。"

"郭公放心，"张长盛也对着郭海一揖，"懿烁庄我自会打点，我只盼岛主……"向来和颜的张长盛突然哽噎，说不下去。

张九微木然地点了点头，她庆幸此刻能有郭二公的指示可以遵循。她不想思考，不想慌张，只想用周身麻木困住心底不断滋生的忧惧。

翌日，当马车行进于长安通往洛阳的驿道，张九微捧着一根姑祖母给的百年老参，默默发怔。马车上满是李靖夫妇让张九微带往流波岛的珍稀药材和药方，闻着老参散发出的浓郁药香，张九微既恨不能现在就踏上流波岛，又希冀眼前的漫漫归途永远都不要结束。

我离开流波岛已经三年多了，祖父，这三年多的时间，没有九微陪着你，你还会时常去崖上看日落吗？你还会去码头和老船工打赌下一艘商船来自哪里吗？你还会攒下海岸边最好看的海螺，送给九微吗？

第一次跟随祖父出海，用墨给祖父画花脸，和伽罗吵架要祖父出面评判，在胡商那里亏了买卖跑到祖父面前大哭……从前在祖父身边的一幕幕，就如同张九微此刻的泪水，抑制不住地涌出。她不停地质问自己，为何要赌气不回流波岛过年？如果我回了流波岛，悉心照顾祖父，是不是祖父就会康健如常？

马车的颠簸中，张九微泪眼迷蒙，只觉得眼前的一切都没了方向。祖父，你一定要等九微回来。正想着，头上突然一阵钝痛，白芷惊呼一声，张九微和白芷随之歪倒在倾斜的车厢。伽罗掀开布幔，喊道："九娘，你没事吧？是马车坏了。"

张九微揉着昏沉的脑袋，被白芷搀起，爬出马车。只见马车一侧的车毂从车轴中脱出，陷于泥泞之中，辐条也从中断开数根。

眼下已近酉时，不知距离下一处驿站还有多远，马车坏在这个当口，诸人脸上都不好看。

还是郭海沉着,他迅速查看了车毂,吩咐道:"这车毂需得到驿站方能修理。伽罗,你速去前面最近的驿站,拿药师公给的传符,先问驿长讨几匹马来,把马车拖去驿站再说。"

郑安也急出一脑门子汗:"二公,我比伽罗骑术好,还是我去吧。"

"不妥,"郭海摇头,"虽说如今天下太平,可万一遇上歹人,有你在,方能保得九娘安全。"

伽罗听罢,立刻上马,朝东面疾行而去。张九微站在马车旁,本就忐忑的心中更加焦躁难耐。想到耽搁了回流波岛的行程,她心中憋闷,捡起一块石头,朝驿道对面的树上砸去。

这时,从西面奔来数匹快马,张九微对着驿道扔石头的动静引起了他们的注意。为首之人长吁一声,停缰勒马在张九微不远处。

一袭靛青色团花暗纹缺胯袍的吴王李恪在马上睨着张九微,问道:"张娘子,你怎么在此处?朝着驿道扔石头,若是不小心砸到路过的疾行驿使,可不是小事。"

张九微也认出李恪,草草拱手见礼:"见过吴王殿下!"然后指着马车道:"奴急于赶去洛阳,可马车却坏在中途,一时气愤,望殿下恕罪。"

李恪瞧了瞧斜歪在驿道旁的马车,问道:"张娘子可是有急事要赶去东都?"

一想起祖父,张九微立时又红了眼眶:"我祖父病重,我想快点回去看他。"张九微侧过头,拭去眼角就要滑出的泪。

"此处距离东都不足百里,我今日本也是要赶到东都的。张娘子若是心急,我可送你先去东都,只是这马车……"李恪又瞥了一眼马车和站在马车旁的三人,面露难色。

郭海抢到张九微身边,低声道:"九娘,驿站的条件简陋,你住在那儿多有不便,不如让郑安护送你先随吴王殿下去东都,马车的事就交给我和伽罗，白芷也可以留下来帮忙。"

张九微反驳道："二公，那怎么行？"

"九娘，"郭海把声音放得更低，"你且先去洛阳码头问问行船，咱们分头行动，才可以更快抵达扬州。你放心，有药师公的传符，驿站必会郑重对待，我们不会迟到多久。咱们说好，就在东都的懿烁庄会合。"

张九微想想郭海说的有理，洛阳往扬州去的客船一向繁忙，先去洛水码头订下行船，方能不耽误路上的时间。于是对一直未下马的李恪道："那就劳烦殿下。"

李恪吩咐身后一随从将马让给张九微，郑安也跳上自己的马，两人告别郭海，随李恪一行，直奔洛阳而去。

一个多时辰后，洛阳的城门远远地时隐时现，众人逐渐放慢速度，由疾驰改为小跑。

张九微这时才想起圣驾好像也是几天前出发去了洛阳，不禁问道："殿下去东都，可是因为圣人在洛阳宫？"

"是！"李恪侧头应了一声，"圣人要在广成泽行大蒐礼，太子和我都要随行。"

大蒐礼要围猎献禽，而李恪在诸皇子中尤善骑射，张九微想到此处，便道："殿下最擅骑射，难怪圣人专要殿下随行大蒐礼。"

李恪面无表情地看了张九微一眼，道："张娘子莫要无端揣测圣意，我随行大蒐礼，无非是因我刚被授了安州都督，不日就要去安州赴任，顺路而已。"

张九微随口说出的话被李恪不软不硬地挡回，她心中惦记祖父病情，也懒得再与李恪争辩。

一行人默默奔进洛阳城门，张九微不便继续与李恪同行，跳下马对李恪施礼谢道："今日多谢吴王殿下护送，既已到了洛阳，九微先行告辞。"

李恪微微颔首:"张娘子保重,望你的祖父能够逢凶化吉。"他正欲离开,但好似突然想到了什么,又回身对张九微道:"张娘子,五弟最近又抱恙在身,我临行前去齐王府看过他,他还不知你离开长安的事。你若有空,就写信跟他说一声吧。"

张九微想起在魏王池边,被李恪撞见自己扑在李祐怀中,他定是误会自己与李祐有情,一时间,双颊发烫,尴尬得无所适从。好在李恪也没指望张九微回答,他催马扬鞭,径自率众人朝洛阳宫奔去。

翌日一大早,张九微就和郑安前往洛水码头,询问南下扬州的客船。谁知被都水监的津役告知,因圣人要往广成泽行大蒐礼,近期洛水码头不许行船进出,需得等到大蒐礼之后,方能通行。

张九微急得跳脚,回去洛阳懿烁庄后,想到祖父如今不知生死,又是一番垂泪。

过了两日,郭海便带同伽罗、白芷,赶着马车也抵达洛阳,听到这个消息,众人皆烦闷不已。从洛阳到扬州,通济渠是最快的路线,眼下除了等待大蒐礼结束,似乎没有旁的办法。

在东都急不可耐地又待了一日,张九微正在懿烁庄内神色郁郁,伽罗突然冲进内堂,叫道:"九娘,你看我在洛水码头碰见了谁?"

伽罗身后,一袭月白色袍衫的秦威长身而立,扬起舒展的眉目,朝张九微拱手道:"许久未见,张娘子安好?"

张九微赶忙起身回礼,郭海、郑安也都迎上来,尤其郭海自贞观八年东都一别,再未见过秦威,连连感叹道:"没想到又在东都见到秦二爷,不知秦二爷此来东都,可是为了云门坞的生意?"

秦威笑道:"此番只是来东都见见朋友,真没想到会在洛水码头碰上伽罗兄弟。"

"九娘,"伽罗一副欣喜的神色,"秦二爷说可以送我们沿长江去钱塘。"

秦威上前一步,对张九微道:"张娘子,你祖父的事伽罗兄弟都和我说了，眼下洛阳不能行船，再等下去只怕会耽搁你回东海，不如就随我去商州，从那里乘云门坞的船南下钱塘。"

张九微还未答话，郑安却抢道："秦二爷，我知你一番好意，可我们一行人回岛，还是走洛阳到扬州的路线最近。即便需要等到大蒐礼结束，可细算下来，也还是要比经由汉水、长江南下要快。"

"郑安兄弟，此言差矣。"秦威笑道，"且不说大蒐礼之后，洛阳定有诸多旅人要南下，你们未必能赶上最早的客船；就算赶得上，客船行经运河，势必要在沿途多处停泊，同样要耽搁许多时间。我正好要去越州办事，你们随我乘云门坞的漕船，可从商州直抵钱塘。若有需要带给海上船队接应的消息，我吩咐各处飞鸽传书就是。"

张九微只想早日回到流波岛，不禁心动，问道："秦二爷，走长江真能比运河更快？"

秦威笃定地道："张娘子，这个时节，长江东行皆为顺风，我保你们能够更早到达。"

张九微下意识地看向郭海："二公，你说呢？"

郭海略一沉思，便应道："既然秦二爷如此说，那定然无虞。九娘，咱们就随秦二爷一道出发去商州吧。"

"二公，"郑安再次阻住话头，"大蒐礼不日就要结束，咱们现在更换路线去商州，岂不是浪费时间往回走？"

秦威拍着郑安的肩膀："郑安兄弟，你放心，我秦某人在大唐行船也不是一两日了，运河与长江的水路如何，我心里有数。张娘子探望祖父心切，我若没有十二分的把握，决不会随伽罗兄弟前来，扰乱你们的行程。"

张九微知秦威素来稳重，听他这样说，心下再无犹疑，立刻回道："秦二爷，一切听你安排。"

"可……九娘……"郑安的嘴巴张了又合，似乎还想再劝。

"郑安，"伽罗从背后推了郑安一下，"你今日是怎么了？秦二爷的话你还不信?你就别再啰唆了。"

　　张九微无暇理会他二人,与秦威约定明日就一齐前往商州。想到终能踏上归途,心下总算稍稍安慰。

第三十九章
慕容婕：抉择

经过险些丧命的惊心动魄，丁元提出想早日离开长安，返回爝明谷。恰逢圣人要去往东都附近的广成泽，行大蒐礼。二人紧跟在圣驾之后前往洛阳，这样就算在途中遇到吐谷浑留在大唐的暗哨，他们也不敢动手。

抵达洛阳后的翌日傍晚，慕容婕去逆旅对面的水果摊买嘉庆子，刚付过钱，身边便凑上一个六七岁的小女孩，她眼巴巴地望着慕容婕手中的嘉庆子，央求道："姐姐，我一整天都没吃饭了，你可不可以给我一颗嘉庆子？"

慕容婕见她瘦小的身躯上衣衫不整，心中不忍，将一整包嘉庆子都塞给她："喏……这些都给你。"

谁知小女孩只挑出其中最大的一颗，便又把余下的嘉庆子都推了回来："姐姐，一颗就够了，谢谢你。"她说着朝慕容婕挥了挥手中的嘉庆子，转身跑远。

慕容婕望着小女孩的背影，轻叹一声，低头重新包裹嘉庆子，却见纸包里已然多出一截小小的白色纸卷。她警觉地环伺四周，走到水果摊后拨开纸卷，麻纸上只有四个字"洛水浮桥"，下面赫然画着熟悉的山形印记。

是师父！他也在洛阳，慕容婕心中蓦地一沉，她从未像此刻这样害怕见到慕容奓。可麻纸上没有写时辰，慕容婕明白师父这是要她立刻前往洛水浮桥。

慕容婕没有选择,她怀揣着那包嘉庆子,沿着洛水一路飞奔。

落霞在水面上泅出层层叠叠的绯黄,水波一来一去的浅潮,无法穿透浮桥石拱下的晦暗阴影。慕容婕才纵上浮桥,就听得桥下传来一声窸窣的鸟鸣。她立刻翻身跃下,石拱的阴影恰到好处地掩住了桥下半蹲着的人。

"师父!"慕容婕认出了一身农人打扮的慕容充。

慕容充抬手在嘴边,示意慕容婕放低声音,然后跨步走至她身前,轻拍着她的脸颊道:"婕儿,这一年多,让你受苦了。"

隔着夕阳微弱的光线,慕容充刀锋般的鼻梁因为消瘦而更加锐利,满身的风霜之色,却依旧没能动摇眼底的沉静与淡漠。慕容婕不由得心中一酸,抬起头问道:"师父,这些日子你去了哪里?大宁王……大宁王真是你杀的吗?"

慕容充的手突然一僵,从慕容婕的脸颊边滑落,他对上慕容婕的视线,答道:"是,是我杀的。"

慕容婕惊诧得说不出话,半晌,才抓住师父的衣袖,问道:"为什么?你为什么要杀大宁王?"

"为了保住他最后的尊严……"慕容充深邃的瞳仁里痛苦地收缩了一下,低沉地道,"曲妍给他下了颠蛊,稍有酒气引动,便会不分场合地笑怒发狂。大宁王举国降唐,本就难以服众,曲妍几番设计使他当众失态,就是为了在吐谷浑及驻守的唐军面前削弱他的威信。我与大宁王相伴多年,深知他心中所愿,他二十余年卧薪尝胆,乃是要成就中兴吐谷浑的霸业。我不能让他在最后,沦为部族和大唐的笑柄。"

慕容婕沉默了,她承认自己从来都不了解大宁王。中兴吐谷浑也好,卧薪尝胆也罢,他的志向与他本人一样,如水中月镜中花,近在咫尺,却永远都触碰不到。

慕容充似乎也陷进了自己的思绪,他沉默地盯着缓缓东流的洛水，像一只独立于霜天草海的雄鹰，在漠漠寒风之中，忘记了如何一飞冲天。

过了许久，慕容婕才问道："师父，曲师姐到底为何要害大宁王？"

"是尊王串通她意图控制大宁王，继而改立尊王为汗位的继承者。他们没想让大宁王这么快死，更没想到天可汗会册立诺曷钵为新任可汗。侯君集率军进驻吐谷浑之前，尊王率领部下连夜出逃，如今也不知逃到何处。"

"可在长安，曲师姐还是诺曷钵的随行亲卫，慕容诺曷钵难道不知是曲师姐害了大宁王？"

慕容兖终是难掩愧疚，嘶哑着声音道："是我不察，枉为人师这么多年，竟没看出曲妍有如此手段。我发现大宁王中颠蛊之时已然太迟，除了让他少些痛苦，别无他法。曲妍定是拿我杀害大宁王做文章，骗取了诺曷钵和他母亲的信任。而今尊王远遁，我又被通缉，自然无人能拆穿她。"

"所以……曲师姐控制绮娘子，又骗我去长安，是想利用我，引师父现身，以绝后患。"此刻想到义宁坊内曲妍怨恨的眼神，慕容婕脊背上寒意陡生。

"婕儿，"慕容兖伸手抚在慕容婕肩头，"环采阁那日，我不能出手。我必须要让曲妍知道，利用你诱我是徒劳的，你明白吗？"

环采阁那日，师父也在？如果丁元不出现，师父会任由我被曲师姐劫走吗？如果师父出手，丁元是不是就不会中寒佛鼎之毒？他的右手是不是就还在？慕容婕不愿再想。她垂下眼睫，岔开话头道："师父，离开吐谷浑之后，你去了何处？"

"我一直藏在南山，吐谷浑的暗哨没找到那里，且南山离长安不远，也方便我查探消息。"

"那师父现在现身洛阳，安全吗？"

"顾不得那么多了，"慕容兖手上突然一紧，"婕儿，你回去打点一下，随时准备出发。"

"出发？"慕容婕猛地抬头，"师父，你要我去哪里？"

"随我一道去杀个人。"慕容兖顿了顿，"我躲在南山期间，在僧邕归葬的至相寺，撞上了化度寺当年的和尚僧海。我已确认，另一串佛珠就在他手上。本来在至相寺时我就有机会抢到佛珠，结果却被搅了局。我万没想到，此人还俗之后，会和李药师扯上了关系，陪他出入至相寺的竟都是李药师府上的卫兵。长安乃是天子脚下，又有李药师护佑，我不敢贸然出手。所幸，此人现在离开了长安，我一路跟踪他到洛阳。看情形，他们一行是要南下。婕儿，我要你助我一臂之力，力求一击即中，抢到僧海手上的佛珠。"

又是为了佛珠……慕容婕再也忍不住长久以来的疑问，道："师父，我不知道这佛珠到底有何机密，但大宁王已死，无论他曾经的计划是什么，如今都只剩徒劳。师父好不容易才逃出吐谷浑，为何一定要为了佛珠犯险？这佛珠，真的比师父的命还重要？"

"慕容婕！"慕容兖的眼底瞬间笼了寒气，威严地逼视着慕容婕，然而有生以来第一次，慕容婕没有避开师父责难的视线，她扬着头，毫不退却地直视慕容兖。

师徒二人在行将消失的余晖中对峙着。须臾之后，慕容兖轻叹一声，放开了抓着慕容婕肩头的手，转身面向洛水，沉沉地道："婕儿，我自幼年就陪在大宁王身边，他的愿望就是我的愿望。无论慕容顺是生是死，只要我慕容兖还有一息尚存，我就不会辜负于他。"

从浮桥回到逆旅时，刚刚入夜，慕容婕才踏入逆旅正门，就撞上拎着佩剑的丁元。

见到慕容婕，丁元立刻纵至身前，连带着左手中的佩剑，一道压在慕容婕的腕上："木娘子，你去了哪里？我找遍了逆旅和附近所有的街巷。"

焦急与担忧毫不掩饰地写在他的眼角眉梢，慕容婕抱歉地笑了笑，回道："丁兄，我出去买水果，顺道又去了一趟码头，想问问何时能有船南下。"

丁元轻吁道："那就好，我还以为你又遇上了歹人。码头那边怎么说？"

"我去得太晚，没碰上都水监的津役。"慕容婕心虚地拿出一颗嘉庆子递给丁元。

丁元习惯性地伸手去接，裹着皮质手套的右手抬起到中途，两人同时僵住。慕容婕想抽回嘉庆子已来不及，丁元却迅速将佩剑一挑，反手夹在右臂之下，然后腾出左手接过嘉庆子，咬了一口，笑道："真甜。"

丁元卖力吃嘉庆子的模样，令慕容婕心头揪紧——我斩断了他的半个手掌，现在却要他反过来抚慰我的歉疚。

"船的事你不必担心，"丁元边吃边道，"待大蒐礼一过，定会有中州派的商船抵达洛阳。我有萧世伯的信物，到时只需随意找一艘中州派的船，就可以离开洛阳，南下江淮。"

慕容婕垂下眸子，犹豫半晌，还是问道："丁兄，我知道在长安时，我们说好要一起回燔明谷。可如果我不跟你回去，你……你会怪我吗？"

丁元微微一怔，随即淡淡笑道："木娘子，你可知我为何提出要回燔明谷？"

慕容婕茫然，她以为丁元受伤后思乡情切，回去燔明谷多少能让他少一些痛失右手的惋惜。

丁元认真地道："自与你相识以来，只有在燔明谷的时候，你才会无所顾忌地笑。木娘子，我只想你能一直如此，至于去哪里，只要随心所至，何处不是桃源？"

随心所至……丁元的话仿若云海里的一道光，那炽烈的金色，一层层穿透翻腾不已的晦暗。当心底最深处的幽冥也被照亮,慕容婕再也无法不直视自己的真心。

三月癸丑,圣人在广成泽行大蒐礼之后,还驾洛阳宫。封闭了数日的洛水码头,重又恢复行船往来,尤其从东都去往板城渚口的船只,络绎不绝。

慕容兖前日又打发小女孩传来消息,盼咐慕容婕今日卯时在东都的永通门外与他会合。然而慕容婕与丁元一早便抵达了板城渚口,准备换乘中州派的商船,经由运河返回江淮。

水波起伏不停的江面上,紫帆大船徐徐靠岸,慕容婕紧攥着那截小小的纸卷,把指甲深深抠进手心,却丝毫也感觉不到疼。

紫帆大船在码头上抛下船锚,丁元指着船工在岸边架起的舟板,对慕容婕道:"木娘子,上船吧。"

慕容婕应了一声,平康坊的宅院、伏俟城的王帐、草原上的追风、大宁王、师父、曲妍……十二年的死士生涯在眼前忽闪而过。师父,原谅徒儿不能随你去抢夺佛珠,那是大宁王与你的执念,不是我的。从今往后,徒儿要随心所至,你的养育之恩,我只有来生再报了。她回身朝着洛阳的方向最后望了一眼,揉碎手中的纸卷,散入江中。

商船船长将慕容婕与丁元的舱房安排在视野最好的最高层。快走到舱房时,丁元突然指着慕容婕的手道:"木娘子,你的手怎么了?"

慕容婕这才发现手心已被指甲生生划破,渗出一道细密的血渍,她不以为意地道:"刚才上船时不小心碰到,没事的。"

丁元拉着她进入舱房,仔细查看了伤口后,关切地道:"还是上些药吧,接下来数日都在船上,万一伤口有变,可不好办。"

慕容婕见他坚持,便依言打开随身包袱,翻找出金疮药。这时,商船猛然间起锚,船身随之震荡,半摊开在几案上的包袱中滑出一只小巧的圆形银盒,顺着几案一路滚下,坠落在地,青绿色的佛珠应声从摔开的银盒中弹出。

绮娘子托付给我的银盒中竟是佛珠？慕容婕蓦地反应过来。银盒是师父交给绮娘子保管的，他特意封了蜡，慕容婕便从未想过要打开它。自收下银盒，慕容婕一直将它塞在包袱内，在洛阳时也忘记要带给慕容兖。

丁元俯身，顺手拾起佛珠，递还给慕容婕，问道："木娘子，你也礼佛吗？"

慕容婕一边胡乱将佛珠缠在手腕上，推进紧身的袖口，一边回道："无非是带在身边求个心安。"

丁元没有再问，继续帮慕容婕涂好金疮药，才放心地背起包袱与佩剑，回去自己的舱房。

入夜，两人一道用过夕食，紫帆大船已沿着通济渠行出数十里。

丁元斜靠在舷窗边轻摇着酒壶，眉睫轻扬，笑着问道："木娘子，你猜我现在想做什么？"

慕容婕望向舷窗外暮春时节的月夜，即刻会意，笑道："丁兄，月皎疑非夜，你是想……"她翻起食指，指了指夜空，"赏月。"

丁元开怀得笑出声来，随即单足轻点，青衣身影从窗口飘然而出。慕容婕也回身抄起食案上的酒壶，踏着舷窗窗棂，飞身旋转，盈盈飘落在紫帆大船的顶篷。

无垠的夜空中，一抹清润的弦月笼着夜色，在水波荡漾的深深浅浅之间，映下柔和闪烁的光影。

慕容婕挨坐在丁元身畔，不知是酒意催人，还是月色清华给了她勇气，她执着酒壶，低声问道："丁兄，你难道一点都不好奇在长安时为何会有人袭击我？康君邺又为何叫我阿婕？"

丁元从江面上抽回视线，侧头定定地看着慕容婕，一字一顿地道："木娘子，我不问，是因为不管你过去是谁，在我眼里，你就是能与我共这一轮江月的木熔。"

·210·

慕容婕听罢，只觉得眼眶一阵阵地发烫，赶在落泪前，昂首饮下满满的一口，然而眼泪还是顺着眼角，不听话地滚落。丁元抬起笨拙的右手替她拭泪，当皮质手套空荡荡地划过脸颊，慕容婕垂下眼睫，哽咽道："丁兄，我真的不值得你如此待我。"

"木娘子，"丁元伸手将慕容婕揽在怀里，"你忘了在爝明谷的岩洞中，你说从此以后，你就是我的家人，我也是你的家人？为了家人，做什么都值得。"

家人……慕容婕埋首于丁元胸前，闭起眼睛。这就是家的感觉吗？丁元的心跳温和又有力，在这飘如陌上尘的苍茫人世间，给了她生根的勇气。

丁元静静地拥着慕容婕，轻柔地抚着她耳边的碎发，良久，他指着江上道："木熔，你记住，即使你看不到江风，可无论这世间的朔望晦弦如何变化，只要皓月当空，江风就永远与月为伴。"

春夜的江风微暖，从指间习习拂过，丁元的话久久回荡在江上，打散了那晶亮如水的月影。

第四十章
张九微：惊涛

渺渺向南的汉水之上，云门坞的漕船张着硕大白帆，驭风疾行。这艘漕船押运的货物极少，又遇上顺风，短短数日，就已穿过襄州峡谷，进入汉水。

张九微趁众人用午食的间隙，又一次来到甲板上。她不知道云门坞的漕船如何改造，竟能有如此之快的船速。从商州一路行来，大部分船只都被远远抛在身后，只有几艘吃水浅的泷船才勉强能与这艘漕船一争高下。

汉水过襄州后，汇入了三条支流，河道骤然变宽。广阔的江面，浩浩汤汤地与天地交接，让张九微有了重回大海之上的错觉。

自贞观八年随李靖来到长安，三年多来，张九微从未踏上过甲板，翻涌在记忆深处的海浪，在这一刻，终又唤起了那悠游海上的恣意岁月。她还在江风中恍惚，秦威已走到身畔，关切地问道："张娘子，我听伽罗兄弟说，你又没有用午食，可是船上的饮食不合胃口？"

张九微有些歉然，回道："秦二爷莫怪，不是船上的饮食不好，是我……实在吃不下。"

秦威对着江面轻叹一声："张娘子，我知你为祖父的病情忧心，但世间之事，大多如浪里行舟，颠簸忐忑总是避不过的。眼下离回到流波岛，还有许多时日，若你一直如此，身体如何吃得消？我相信你的祖父定然也希望你能保重身体，康健地回家。"

秦威的一番话说动了张九微，她压下哽咽，低声道："秦二爷说的是，祖父已身染重病，我不能再让他为我担心，我这就回去用午食。"

两人一道回去船舱，白芷早就为张九微备下饭食。张九微瞥见伽罗趁自己不注意，冲秦威挤了挤眼睛，又见郭海离开舱房前也对秦威感激颔首，心知自己一路使性子不愿用饭，定是给流波岛诸人添了许多麻烦。

她勉力扒着饭菜，伽罗捧着一只茶盏凑过来："九娘，这是我特意向秦二爷讨的酸枣茶，能开胃安神，你快尝尝。"

张九微接过茶盏，抿了一口，茶汤微酸中夹着花蜜的香甜："甜的？你加了蜜？"

伽罗用力点点头，得意地道："九娘从小就不喜食酸，离开长安前，李夫人给了一盒梨花蜜，配酸枣茶正好。"

伽罗巴巴地等着张九微的品评，张九微望着他晶亮的眸子，想起伽罗比自己还小两岁，幽幽地问道："伽罗，商船失事这么多年，你还想你阿耶阿娘吗？"

伽罗愣了一下，认真地回道："如何不想？不过阿娘被海浪卷走前，嘱咐我要好生活下去。我想阿耶阿娘如果知道我获救，又在流波岛安家，定然也会欣慰。"

"在流波岛安家……"张九微呢喃着伽罗的话，很快又红了眼眶，"伽罗，我也好想流波岛，好想回家，可我好怕……"

"九娘别怕，不管怎么样，郑齐、郑安、白芷还有我，都会一直陪在九娘身边。"

张九微喉头蓦然间暖流涌动，再也止不住眼中的盈盈水汽。伽罗刚接下她手中的茶盏，张九微便扑在伽罗身上放声大哭："伽罗，你说，我……我会不会再也见不到祖父了？"

伽罗的声音在耳边起伏："不会的！岛主那么疼爱九娘，一定会等着九娘回岛。咱们已在回去的路上，九娘莫要再胡思乱想。"

这是张九微收到张承谟来信后，第一次将心中的忧惧大声说出来，她虽哭得声嘶力竭，但心中的沉重倒是轻了几分。背上有伽罗轻轻拍着，张九微只觉得泪眼迷蒙，午后的船舱也好似蒙上一层浓雾，渐渐阴暗。

这时，伽罗突然望向半开着的舷窗，对始终站在窗边的郑安道："郑安，怎么回事？"

郑安将舷窗彻底打开，有些不确定地道："伽罗，好像是……日蚀。"

日蚀？张九微听到，松开了伽罗，抹干眼泪也跑到窗边。只见半个时辰前还明晃晃的日头，一小半已陷进虚虚实实的阴影，将漕船四周的江面笼出一层诡异的昏黄色。

张九微率先跑出船舱，秦威和郭海都在甲板上，船帆早已降下，漕船的速度明显慢了不少。江心之中，几艘舲船也都收帆停桨，只顺着江水前行。秦威有条不紊地向云门坞弟子吩咐道："传令下去，提前备好灯烛。待会江上只怕目不视物，大家都要警醒些。"

张九微心头没来由地有些不安，对秦威道："秦二爷，日蚀行船，看不清江面，要不要先行找个地方靠岸？"

秦威又瞥了瞥空中半日，答道："张娘子放心，今日并无风雨，纵然一时难以视物，也不碍事。漕船在江心，并无搁浅风险，只需顺流而下，离鄂州也就是半日的光景。若此刻贸然驶往浅滩，日蚀之中看不清水下礁石，反倒危险。"

张九微承认秦威说得有理，但她不愿回船舱，流波岛余人也就都随她一并站在甲板上，郑安更是跑到船头瞭望。

又过了须臾，秦威的弟子齐明突然指着漕船外的江面，道："二爷，你看那艘船，莫不是疯了。"

众人顺着齐明的指引向江上望去,确实有艘比云门坞的漕船略小一些的双层客船鼓起三张满帆,正急速驶来。秦威蹙眉观察片刻,对齐明道:"这艘船行得太快,日蚀之中有可能偏离航道,你速去跟舵手说,我们让开些,以免出事。"

齐明得令走开,众人的视线都齐齐锁在那艘不减速的客船上,张九微感到云门坞漕船的船头缓缓移位,可那艘疾行客船似乎也在调整方向,离漕船越来越近。就在这时,船舷边忽然传来一声惨叫,紧接着是落水声。张九微还未反应过来,就见秦威从腰间挥出一道金光,卷下了直朝她面门飞来的一双箭矢。

惊变就在刹那,郭海大叫着跑向船头:"郑安,快,快回来保护九娘——"

伽罗推着木然站立的张九微,也叫道:"九娘,是洆船,洆船上有贼人!"

洆船?张九微被伽罗拽着朝船舱跑去。余光中,一艘收帆漂泊在漕船附近的轻型洆船上,数名蒙面人手执十字弩,正朝船上发射弩箭。短短几瞬,云门坞的漕船上已有数人被这突如其来的飞箭所伤。在秦威的大吼声中,船舱中奔出更多的云门坞弟子,纷纷亮出兵刃,抵挡飞箭。

裹挟着初夏暑意的江风中,箭矢一刻不停地从张九微身侧掠过,几乎把耳边的空气都擦出火光。张九微慌乱中感到左手上一紧,一支箭矢从还拉着她左手的白芷胸前穿出。白芷只来得及惊恐地望了她一眼,便砰然倒地。

"白芷——"张九微惊叫一声,脚下踉跄,摔倒在白芷身旁。白芷胸前的衣襟上,殷红成片涌出,她半张着嘴咳嗽了两声,可怖的红色顺着她嘴角流出,再没了动静。

"九娘,快进船舱!"郭海在两步开外大声叫道,郑安也提刀奔至身侧。

空中的浓日隐去了大半，张九微在压抑的昏暗甲板上，辨不清方向。猝然间，一道冷冽的剑光当空划破晦暗，径直朝郭海袭来。郑安挥刀抢上，硬生生接下刺向郭海的一剑，那剑尖在郑安的刀刃上滋出异常刺耳的声响，让张九微的心都跟着颤抖起来。

只见一个高壮的黑衣身影从天而降，好似夜空中的蝙蝠，在船舷两端倏来倏往。时而当头直劈，时而拦腰横削。郑安虽勉力将郭海推出剑光之外，但很快便招架不住，边退边叫："二公、九娘，你们快走！"

张九微还愣愣地望着白芷的尸身，任凭郭海和伽罗将她架起，才没走出几步，那黑衣身影一脚踹在郑安背心，将他踢向船头，再度挺剑直刺郭海。眼看郭海就要被长剑刺穿，张九微脚下发软，尖叫声堵在喉头，几要窒息。

夺命一刻，空中响起尖锐的呼哨，洸船上射来的弩箭陡然间改变方向，朝着黑衣身影而去。那黑衣人攻势被阻，手上迅速变招，砰砰砰几下，箭矢应声当空断为两截，其中半支飞出的断箭扎进郭海的小腿。郭海一个趔趄，扑倒在甲板上，带倒了本就站不稳的张九微。

紧接着，秦威挥舞着手中金绳，也抽身向黑衣人攻来。他和郑安合力夹击黑衣人，将他从郭海身畔暂时逼退。

郭海伸手拔出自己腿上的断箭。张九微眼见鲜血顺着二公的小腿涌出，人终于清醒了些，和伽罗一左一右，要将郭海搀扶起身。

越来越暗的江面上，骤然间灯火引动，随着齐明在船舷边高呼一声"二爷，不好"，一股更加灼烈的杀意笼罩了漕船。

就在众人与洸船上的弩箭及当空黑影缠斗之际，适才满帆疾行的那艘客船已然泊在云门坞漕船的另一侧。那船上飞出数条拴着铁爪的粗大绳索，一根根牢牢扣住漕船的船舷，另一拨身穿紧身胡袍的蒙面人踩着绳索直奔漕船，转瞬工夫，已有六七人踏上了甲板。

张九微见状，脑中只有一个念头，就是要回去船舱。她拼命地搀住郭海,与伽罗一道向着舱门小步挪去。然而那些刚上到漕船上的蒙面人,丝毫不理会云门坞的船员,抽出腰间弯刀,也向张九微三人杀来。

为首之人尚未杀到,正与秦威、郑安缠斗的黑衣人手中,突然散出数枚石子,直击在蒙面人后脑。那蒙面人全无提防,圆睁着一双蓝色的眸子,身体抽搐了两下,向后仰倒。其余的蒙面人见状,高声呼喝出张九微听不懂的胡话,然后迅速分成两拨,一拨奔向张九微三人,另一拨竟也朝黑衣人攻去。

是胡人?张九微心头彻底纷乱。

"九娘,你快扶二公进去!"伽罗说着松开了郭海,从地上捡起倒地蒙面人的弯刀,胡乱挥舞着企图抵御近在咫尺的三个蒙面人。

弯刀相交,伽罗艰难地撑住已迫至面门的利刃,其中一位蒙面人趁机挥刀绕向张九微和郭海。危急关头,张九微扶着郭海的手被粗暴地扭开,她不及出声,整个人被郭海重重推出。

再看时,一柄弯刀已划开郭海背心,鲜血登时飞溅,那蒙面人不知为何也惨叫一声,倒在甲板上。

"二公——"张九微厉声尖叫,无暇再去理会遍布漕船的惨烈搏斗,她空白的脑中只剩倒在地上的郭海,什么也不顾地跪倒在郭海身边。

郭海从血泊中抬起头,拼力拽住张九微的袖口,断断续续地道:"九娘,老奴怕是不……不能再……再回流波岛了,"他挣扎着褪下左手腕上的青色佛珠,狠狠塞进张九微手中:"把……这佛珠,带给岛……岛主,跟他说……南山至相……至相寺。"

张九微抓着满是鲜血的佛珠,泪如泉涌,哭号道:"二公,你不能死,不能死……"

"二公——"伽罗也跑上前,手里仍然紧攥着弯刀。

郭海又对伽罗呢喃道:"伽罗,进船舱,记住,保护……保护九娘。"

伽罗哭着重重点头，嘶声道："九娘，快，跟我进船舱。"

张九微跪着不动，空中散出的一道刺眼日光打在郭海虚弱的脸上。张九微呆滞地抬起头，日蚀渐渐移位，漕船上的混乱却远没有结束。

"泷船上的贼人也登船了！"伽罗的声音忽远忽近。

漕船的甲板上，刀如林，剑如雨，流矢四散，张九微耳边充斥着各种叫声，"九娘""张娘子""先抢佛珠""快上"。她跪在郭海身侧的瘦弱身形，仿佛成了甲板的中心，兵刃频频欺近，又都在千钧一发之际被另外的兵刃格挡。

"九娘！"伽罗的手猛烈地摇着她，一缕灼然剑光随之而来。

"九娘小心——"伽罗大吼一声，整个人扑在张九微身上。张九微身子一晃，右手触到了一截温热的尖锐，低头看去，只见剑尖从伽罗腹中穿出，淋漓热血顺着剑尖流淌。

"九娘，快……快回去！"伽罗的气息喷在张九微耳边。那剑尖陡然间从伽罗身上抽出，伽罗没有倒下，而是发狠地撞向手执长剑的蒙面人。

"伽罗，不要——"张九微站起身，她嘶厉的声线没有阻住伽罗的脚步，他的身影飞速掠过甲板，随着那蒙面人一道，翻下了船舷。

张九微发疯似的奔向船舷，冲着江面嘶叫着伽罗的名字，然而船下江水卷起的层层浪花之中，只剩惨白的粼光。

不……不可以……张九微颓然坐倒在船舷边，迷蒙的双眼不能视物，周遭的一切在日蚀褪去的炽烈光线中，全都失去了生气。耳边嗖的一声，箭矢掠过左侧肩膀，撩起的疼痛席卷全身，张九微放弃了抵抗，沉沉倒地。

最后的意识里，江面上传来号角的长音。"是州府的府兵——"

有人高声叫道。

紧接着甲板上脚步杂乱,张九微只觉得右手手心遽然间钻心蚀骨,一柄利刃似要将郭二公的佛珠从自己手中挑开。那利刃愈是深入,张九微就愈是拼尽力气紧攥着佛珠,任凭手心中涌出的汩汩温热肆无忌惮地越过指间的缝隙。

"快撤——"呼喝声淹没在又一次响起的号角长音中。

锋利的剑尖终于松劲,张九微的眼前也归于黑暗。

祖父,九微好想回家……

第四十一章
慕容婕：轮回

中州派的紫帆大船一路顺风行船，只半月工夫，便沿着通济渠抵达了泗州。

慕容婕和丁元刚从船上下来，就有一中州派的弟子等在码头上，远远地招呼道："丁谷主——"

待奔至近前，那人急道："丁谷主，总算等到你了。你阿弟两日前在商船上卸货时，为了救人，被船桅砸伤，眼下正在都梁山上的山庄治伤。萧掌门特命我等在此处，说一见到你，就立刻带你去都梁山。"

丁元大惊，恨不能马上就见到丁同。慕容婕见状，忙道："丁兄，既然你阿弟受伤，你且快去探望。我就在泗州等你，待你阿弟无事，咱们再一起回爝明谷。"

丁元见慕容婕如此说，再无犹疑，回道："好，木娘子，你寻到逆旅住下后，就告知码头上中州派的人，他们自会带话给我，你在此处等我回来。"

两人拱手作别，丁元与中州派的人径直从码头去往都梁山。

慕容婕一人在泗州住了小半月，才又收到丁元遣中州派弟子送来的书信，信中说丁同伤得很重，他一时脱不开身，希望慕容婕也同去都梁山暂住。

想到丁元与丁同之间多年的心结，慕容婕不免担心丁元又因阿弟的伤势陷入自责，忙收拾妥当，随来送信的中州派弟子一道前往都梁山。

都梁山位于泗州盱眙县内，濒临即将与通济渠交汇的淮水，山上林木葱郁，山下水势浩荡。中州派的弟子一路护送慕容婕至山腰，指着通往密林的山间小径，道："木娘子，沿着此路继续上行，即可到达都梁山庄，丁谷主就在山庄内。"

慕容婕谢过他，独自一人顺着小径在飒飒作响的山林繁茂中攀缘而上，大约过了半个时辰，山势的确越来越高，但仍未看到有山庄的影子。慕容婕正怀疑是不是自己走错了路，待绕过一段苍翠笔直的松林，就见丁元熟悉的青衣背影赫然独立于靠近山巅的陡坡之上。

"丁兄！"慕容婕高声叫道，脚下同时轻盈蹬出，几步就蹿到了丁元身后。

"木娘子！"陡坡上的丁元转过身，只淡淡地冲慕容婕笑了笑，脸上并无见到她的欣喜，向来温和的眉间也带着突兀的锋利。

慕容婕心知丁元定是在为丁同忧心，遂小心地问道："丁兄，你阿弟的伤势如何？"

"唔……"丁元低头摩挲起手中佩剑，"他刚好一些。"

慕容婕忍不住安慰道："丁兄，你阿弟经年习武，筋骨强壮，又有中州派小心看护，定然会早日痊愈，你且放宽心。"她说着伸手拍了拍丁元的肩膀。

丁元侧过身，毫无征兆地突然攥住慕容婕的手腕，力道之大，挣破了她的袖口，将缠在手腕上的青绿色佛珠一颗颗生硬地压进腕骨。慕容婕猝不及防，欲抽回手腕，丁元却丝毫不愿松劲。

慕容婕不解地瞥向丁元："丁兄，你做什么？"

丁元不答，回身一掌击在慕容婕肩头，趁她受力后挫，顺势就要用左手将佛珠整串从慕容婕的手腕上撸下。电光火石间，慕容婕明白了丁元的意图，她脑中一片空白，但多年死士训练出的身体意识，还是让另一只手迅速反转剑柄，击向丁元左臂内侧最薄弱处。丁元没能避过，嘴里闷哼一声，吃痛松手。

慕容婕迅速退回几步，长剑探出，直指丁元，颤着声音再次问道："丁兄，你做什么？"

丁元眸中投来一道慕容婕从未见过的寒芒，他低沉着毫无波动的面孔，厉声道："把佛珠给我。"他说罢，抵手指在唇上，吹起一声锐音。山巅的密林之中，数条紫色身影立时飞掠而出，手中横刀逼人，排成扇形，转眼将慕容婕包围。

慕容婕大惊之下，手一软，长剑险些跌下，她心中怦怦乱跳，顾不上罩住周身的浓烈杀意，难以置信地望向丁元。无数的疑问在这一刻涌向喉头，最后，却只勉力吐出三个字："为什么？"

可丁元似乎听不懂她的问题。那张脸上再无往日温润洒脱的笑意，清俊的容颜未变，但眉宇间的疏离冷冽却仿佛变了一个人，只听他冷冷地道："多说无益，眼下整个都梁山上都是中州派的人，你逃不掉的。"

慕容婕的眼前变得模糊：为什么？究竟为什么？他接近我，一次又一次地救我，甚至不惜失去手掌，难道都是要为萧元德抢夺师父的佛珠？他是从何时开始算计我的？从前的一切，月下的共饮，崖上的琴音，还有他在船上说过的话，难道……难道全都是假的？慕容婕只觉得胸口仿佛有什么东西碎裂了，那四散飞溅的碎片，扎进全身由内至外的每一处，避无可避的尖锐，割裂着所有的感官。

然而丁元没有给她感到痛楚的时间，他抛剑于空，左手拔剑出鞘，与围着慕容婕的紫色身影一道，直朝她扑来。慕容婕躬身躲过一击，又如旋风般卷起，长剑翻动如潮，以快制快。

丁元跟不上慕容婕的出剑速度，但他与中州派的紫色身影们配合紧密，每一次劈、砍、刺、挑，处处透着狠辣果决。他的剑招也与从前在熻明谷山崖上对试时有所不同，毫无洒脱之意，只是紧紧追着慕容婕的脚步。

　　身周都是兵刃劈风之声，慕容婕心知自己只要稍有行差踏错，立时就会被刀剑砍伤。她以长剑护住要害，脚下更是全力施为，凭借炫目的身法强力支撑。

　　步步惊魂之际，丁元呼的一剑，当头直劈，慕容婕伏地遁起，与他剑刃相接的同时，甩出刚抓进手中的数枚石子，重重击向中州派诸人，霎时有人惨叫倒地。

　　这一手突如其来的弹指神通，给了慕容婕喘息之机，她凌厉地从包围圈中跃出。然而丁元立刻出手补漏，长剑反撩，疾刺她背心。慕容婕听得剑气，在空中转向，剑尖刺破小腿，一缕血光随之飞溅。眼见又要落回重围，慕容婕麻木的脚下不敢有丝毫停歇，踏上一个紫衣人的头顶，借力越过丁元。

　　待站定时，虽不再四面受敌，但背后就是陡峭的山崖，身前唯一的退路已被中州派诸人堵住。慕容婕一直退到悬崖边，毫不留情地从腕上褪下佛珠，将之悬在空中，漠然地道："别动。再向前一步，我就把它扔下去。"

　　丁元眸中紧张得一震，示意余人停下攻势，他紧盯着慕容婕攥着佛珠的手，沉沉地道："把佛珠给我，就放你一条生路。"

　　慕容婕忽然抑制不住想笑的冲动。师父，我本以为不随你去抢夺佛珠，就可以彻底摆脱过去。看来，即使大宁王死了，即使再也不回去吐谷浑，我终究还是逃不开宿命。

　　她这样想着，竟真的在山巅上笑出声来。一时间，青山不语，只有慕容婕笑声中的凄楚，回荡在淮水东流的漫漫归途。

　　笑到全身再无力气，慕容婕喉头甜涩，胸中阻滞的气息逼出一抹殷红挂在嘴角。就在她抽回手去捂嘴的间隙，丁元猝然猛身抢上，直冲佛珠而来。慕容婕侧身闪避，一个腾挪，身体向后掠出山崖。丁元见势不对，扔掉兵刃，倏而纵起，奋力抓到了飞起的佛珠边缘。

这是师父的佛珠，绝不能落在中州派手中！慕容婕抱定这样的信念，在坠落的同时，长剑斜挥，剑锋倒逼丁元。可丁元似乎也铁定了心要得到佛珠，竟不肯松开抓着佛珠的左手，只下意识地用右手格挡挥来的长剑。眼见剑势逼近，瞥到裹在丁元右手上皮质手套的刹那，慕容婕心中一软，到底不忍。

千钧一发间，凛冽的剑锋错开两寸，斩断了慕容婕与丁元手中僵持不下的佛珠，青绿色的珠子登时四溅。慕容婕紧攥着手中剩下的珠子，闭起双目，从万丈山崖上跌落……

第四十二章
张九微：佛珠

耳边依稀传来浪花声，那一阵阵涌起又退却的律动，伴随着全身似有似无的疼痛，仿佛有温热的湿气打在额头、眼角、下颌，再到脖颈，当湿气触及右手手掌时，钻心的痛楚激起一阵激灵，张九微陡然惊醒。她叫嚷着抽回右手，整个人蜷缩着向后挪动，拽起紧紧裹在身上的薄被，直到退无可退。

床榻边的婢女被张九微激烈的反应吓了一跳，惶恐地道："娘子恕罪，殿下吩咐奴为娘子清理伤口。"她手中拿着一块打湿的白色棉帕，上面还沾着点点血迹。

"你是何人？我又是在何处？"张九微戒备地环视四周。

床榻正随着水波轻摇，这似乎是一间舱房，但比云门坞漕船里的舱房要宽敞许多，房内的布局摆设也从未见过。

婢女不敢上前，答道："奴是吴王府的婢女阿兰，这是吴王殿下的官船。"

吴王李恪？张九微糊涂了，我之前明明是在云门坞的漕船上，和伽罗、白芷、郑安还有郭二公一起……猝然间，甲板上血腥的一幕幕涌进脑海，白芷胸前中箭，二公挡下弯刀，还有伽罗……

张九微裹着被子从床榻上翻下，"娘子，娘子！"婢女企图扶住激动的她，张九微却只顾发疯似地叫道："二公！白芷！伽罗！你们在哪儿？"

舱房门口，一袭雪青色鎏金纹襕袍的李恪推门而入，他挺拔的身形差点完全掩住身后的郑安。

瞧见郑安，张九微顾不上向李恪见礼，马上松了薄被，奔过去扯住郑安半边衣袖，呜咽着断断续续地道："郑安，你还活着……你……你怎么伤成这样？"

大大小小的伤口散布在郑安周身，他左手半截手臂吊在三角巾中，绕着手臂的布帛仍能透出浅红色的血渍。郑安也红了眼眶，哽咽道："九娘，只要你没事……所幸这次有吴王殿下搭救，否则我……百死莫赎。"

张九微朝门口望了望："郑安，其他人呢？二公、白芷，还有伽罗呢？"

"九娘，是我无能，"郑安低下头，"白芷她……我们寻到她的时候，她已经断气了。"

"不——"张九微连退几步，双腿发软，向后倾倒的刹那被李恪搀住。

婢女阿兰忙从李恪手中扶过张九微，李恪道："张娘子，那位郭姓的老丈还活着，只是伤势危重，我已遣医官小心看护。"

郭二公还活着……张九微猛地抬起头，对李恪道："殿下，我郭二公现在何处？"

李恪示意阿兰扶起张九微，一行人随着李恪快步步入回廊尽头的另一间舱房。舱房中拥着数人，一见李恪前来，纷纷避让见礼。张九微被舱房中的血腥味熏得脚下虚软，当围着床榻的诸人均向两侧退开，她终于看到了躺在床榻上的郭海。

"二公——"张九微跟跄着跪倒在床榻边。只见郭海紧闭着双目，面色苍白，腮下的半白胡须上还染着血红，他整个身体包裹在一层又一层的布帛之内，气息微弱。

张九微轻轻搭了搭郭海的手，二公手心的温度灼人，显然正发高烧，她焦急地看向房中，问道："哪位是医官？"

一位面容方谨的中年人上前，躬身答道："娘子，某正是吴王府上的医官樊正。"

"樊医官，我二公他……他伤势如何？"

"回娘子，"樊正顿了顿，似乎在琢磨如何措辞，"这位老丈的刀伤虽未伤及要害，但伤口很深，他失血过多，加之又上了年纪，某实在……实在没有把握。该用的药，该施的针，都已用上，眼下就只有看他个人的造化了。只要能挺过这场高烧，方能无碍。"

泪水不自觉地从眼眶中滚落，张九微用手拭去，纵然无力，仍起身对樊正行了个大礼，道："有劳樊医官，我二公的安危就拜托你了。"

樊正慌不迭地退让回礼，连连道："某自当尽力。"

张九微突然想起要从长安带往流波岛的那些药材，忙对郑安道："郑安，姑祖母给的那些药材现在何处？"

"回九娘，都在船上。秦二爷临行前，将我们的行李都搬来了吴王殿下的官船。"

张九微点点头，又对樊正道："樊医官，我离开长安之时，带了许多贵重药材，只要能救我二公性命，请樊医官随意取用。"

樊正道："如此甚好，伤者年迈，若是能有吊气续命的大补之药，当能有所帮助。"说着询问性地看向立在房中的李恪。

李恪吩咐道："那事不宜迟，樊医官，你这就去三层的舱房拣选药材吧。"

樊正应声退下后，张九微缓步走向李恪，长揖到地："九微叩谢吴王殿下搭救之恩，若非殿下出手，我二公他……"张九微说着又要落泪。

李恪回道："张娘子不必如此，我也是赴任路上行经汉水。鄂州水域在安州治下，我身为安州都督，焉能坐视歹人公然在汉水之上

·227·

行凶？张娘子放心，那伙歹人中已有几人伏法，尸体皆在船上。待我们抵达安州，我必会遣州府详查此事。"

尸体……张九微再次忆起伽罗翻下船舷的那一刻，突然道："殿下，你们可有……可有找到一个天竺少年？"

"天竺少年？"李恪略微思忖，"伏法之人中确有两个西域胡人，但未曾见到有天竺人。"

张九微心中莫名松了口气。

一旁的郑安哑着嗓音道："九娘，我和秦二爷在漕船附近的水域打捞数次，都未能找到伽罗，伽罗他……恐怕凶多吉少。"

"不，不会的！"张九微打断郑安，固执地直起身子，"只要没找到伽罗的尸体，他就一定还活着！"

郑安没有反驳，只是默默用衣袖揩了揩眼角。

去找药材的樊正很快返回舱房，手中捧着漆盒，一进门就道："殿下，张娘子，我寻到一根百年老参，应能对伤者有用，我这就把参须煎汤，给老丈服下。"

张九微急道："樊医官，是不是只要服下参汤，我二公就能醒过来？"

樊医官为难地道："娘子，纵然这百年老参极为难得，的确可以帮老丈吊一口气，但老丈伤势沉重，某……实不敢做此保证。"

张九微不肯罢休，仍要询问，李恪却从身后发话："樊医官，你只管尽力就是。"他接着上前一步，来到张九微身边，道："张娘子，樊医官的医术我信得过。眼下老丈未醒，你身上也还有伤，不如先回舱房歇息，待这边一有消息，樊医官自会告知于你。"

阿兰也道："娘子，樊医官说你右手上的刀伤深入及骨，每隔几个时辰就要清理上药，就让奴侍奉你先回舱房上药吧。"

张九微这才抬起自己的右手，翻转手掌朝上，手心处的抽痛提醒了她——佛珠呢？二公托付给我的佛珠去哪里了？

她拽住阿兰,急切地问道:"阿兰,你可曾见到我的一串佛珠,青绿色的?"

"佛珠?"阿兰眼神迷茫。

"是这串吧?"李恪说着从怀中取出佛珠,递了过来,"张娘子昏迷前,一直紧攥着它。"

张九微一把抢过,佛珠上的血渍已被拭去,但青檀的香气中混杂着血液的浓腥。她捧着佛珠,想起二公推开自己挡下刀刃的刹那,眼中再次盈满水汽。赶在落泪前,张九微将佛珠缠在手腕上,对李恪道:"殿下,白芷的尸身在哪儿?我想去看看她。"

"九娘,"郑安阻拦道,"昨日的凶险才过,你又有伤在身,我怕你……"郑安嗫嚅着说不出后面的半句话。

"郑安,"张九微坚定地道,"我与白芷主仆一场,不论她的尸身是什么样,我都要去看看。"

李恪见状,应允道:"好吧,张娘子请随我来。"

李恪引着几人出了舱房,来到船尾部的甲板上。日光晃得张九微有些睁不开眼,她在舱房口缓了缓神,才渐渐看清甲板上零零落落放置着数具尸体。船尾左侧的尸身上都盖着浅色的布,而船尾的右侧有用木板围出的一小块空地,白芷的尸身便孤零零地躺在那里。

张九微艰难地挪动步子,来到白芷身畔。白芷襦裙的前襟被殷红浸透,早已看不出本来颜色,胸前箭矢穿出的地方,紫黑色的血肉狰狞地向外张开。她面容下泛着淡淡的青色,僵硬的双唇还微微张着。想到这些年白芷对自己的细致妥帖,张九微悲从中来,伏在白芷冰冷的小小身躯上,泪如雨下。

郑安也跪在白芷尸身边,喉头的抽噎仿若野兽低号,大颗大颗的泪珠从他脸颊滚落。

良久之后,张九微起身走向李恪,躬身道:"殿下,我想将白芷葬于江中,恳请殿下准许我将白芷暂时挪去舱房,为她换一身干净的衣裙。"

李恪略微有些惊讶，道："张娘子，船行已过鄂州，再过几个时辰便能抵达安州码头。死者应入土为安，何不等到了安州再行安葬？"

张九微抿着嘴摇了摇头，坚持道："殿下，白芷的归宿是大海，只有将她葬于江中，她才能顺流而下，找到归途。"

李恪道："好吧，既然张娘子坚持，那就依你所言。阿兰，你去帮张娘子一道为白芷更换衣裙。"

"不必，白芷伴我多年，我能为她做的，就只有这一件事了。"张九微说罢，示意郑安将白芷的尸身抱进舱房。

舱房内，张九微无视手心与肩上伤口的疼痛，脱去白芷身上的血衣，又从自己的衣裙中挑出一套从未穿过的，小心为她换上。半个时辰后，张九微紧挨着官船的船舷，最后握了握白芷的手，强忍泪水，目送郑安和官船的船员用绳索和木板将白芷的尸身送入滚滚涛浪。

白芷，都是我不好，张九微默念着，没能带你回去流波岛，你一定要顺着江水，找到回家的路。她就这样强撑在船舷，直到江浪一点点将白芷的身躯吞没，仍怔怔望着东流入海的江水，不肯离去。

李恪不知何时也来到甲板上，在张九微身后轻叹一声，道："张娘子，生死有命，还请节哀。"

张九微没有答话，只是胡乱擦去脸上泪痕，李恪又道："不知张娘子可愿一观那些歹人的尸身？若能辨认出宵小一二，或许能为法曹查案，提供些线索。不过，这些歹人死状恐怖，若是张娘子不愿意，也不勉强。"

不等李恪说完，张九微就道："殿下，现在就去辨认吧。"

李恪微一挺眉，说了声好，便带同张九微和郑安走到船尾甲板的左侧。他的随行侍卫会意，俯身掀开四具尸体上的布帛，露出脸孔供张九微和郑安辨认。

这些尸体中有两具是唐人，另外两具则是高鼻深目的西域胡人，张九微不顾尸体上漫出的腥臭，走近尸身仔细查看。然而这些人和昨日船上的那些影子一样，她的确从未见过。

李恪问道："如何？张娘子可认得他们？"

"从未见过。"张九微强迫自己将记忆拉回昨日江上的惨痛，又道，"昨日，日蚀刚出现不久，泷船上就有人朝我们射箭，之后，有一个武艺极高的黑衣剑客登船，再后来，就是这些胡人，"她指了指胡人的尸身，"他们是从一艘疾行的客船上踩着绳索跃进甲板的。"

李恪沉吟道："这么说，一共有三拨歹人先后袭击了你们？"

"应该是吧，"张九微无力地道，"他们袭击我们的同时，也在相互攻击。"

"这倒奇了，"李恪蹙起眉头，"张娘子可知他们袭击的目的？是为了劫财？还是与漕船有什么过节？"

袭击的目的？张九微的手心中一阵抽痛，昨日的确有人想抢郭二公的佛珠。二公对我说的那些话，又是何用意？白芷中箭和伽罗翻下船舷的情形再度出现在眼前，哀恸毫不留情地撕扯着张九微，她无法再思考下去，对李恪道："殿下恕罪，九微实在不知，我伤口痛得厉害，请殿下容我先行回舱房歇息。"

李恪幽黑的双眸中有些疑惑，但还是道："张娘子请便。"

张九微迅速转向船舱，一步并作两步地朝自己的舱房走去，她隐隐感到心中的悲痛愈来愈烈，只想快点蒙起被子，暂时逃开。刚在床沿边坐下，只听身后咚的一声，尾随而来的郑安突然跪倒在地，几乎是嘶吼着道："九娘，郑安对不住你！"

张九微被郑安这突如其来的动静惊到，扶着床沿，问道："郑安，你怎么了？有什么话起来再说。"

郑安仍然跪着不动，回道："九娘，郑安大错，是郑安害了你们！"

随张九微进到舱房中的阿兰见状，躬了躬身："娘子，奴先去樊医官那边瞧瞧老丈。"说罢立即退出舱房，同时阖上房门。

张九微心知阿兰有意避开，也没阻拦，问道："郑安，究竟怎么回事？"

"九娘，"郑安如鲠在喉，"适才甲板上其中一具唐人尸体，我认得。他名叫阿川，是中州派的人。"

"中州派？"张九微依稀觉得在哪里听到过，"那不是秦二爷说过的大唐漕帮？难道是他们与云门坞结了仇，要袭击秦二爷？"

郑安神色复杂地摇了摇头："九娘，他们是冲你来的。"

"我？"张九微诧异地张了张嘴，"可我从来不曾结识什么中州派，怎么会是冲我来的？"

"九娘，"郑安低下头，不敢看张九微，"是我把你的行踪告知了他们，可我……我万万没想到他们竟是要杀你！"

"中州派为何要杀我？郑安，你到底在说些什么？"

郑安未受伤的那只手紧攥着："九娘，要杀你的人，是大郎。"

张夔？张夔要……杀我？张九微难以置信地望着双颊涨成紫红的郑安。

"九娘，贞观九年我与伽罗回流波岛，大郎拿瑾辰的信给我。我本以为此生再也收不到瑾辰的只字片语，没想到大郎竟然说服瑾辰，从那以后，我和瑾辰就通过大郎在扬州的人，常使书信，但……大郎他……他要我将你经营离岛和船队的消息都告知与他。那一次，伽罗抢在大郎之前收购了极多香木，误了大郎接下崔掌柜的货单，他就开始怀疑九娘你介入了香料生意。"

混乱的脑中，一桩桩不愿忆起的经过闪现，串起张九微没办法无视的前因后果。她喃喃地道："所以，是你把懿烁庄和紫棠伽楠的事都告诉了大哥？"

"是，"郑安艰难地应下，"开始我只对大郎敷衍些无关紧要的事情，直到大郎逼问我伽罗去摩逸国收购那么多檀木要卖去何处。他以再不为我与瑾辰递信作要挟，我……我就说出了懿烁庄。大郎得知懿烁庄之后，消停了一阵，可去年夏日，他突然向我问起紫棠伽楠。"郑安顿了顿，声音变得急迫，"九娘，不管你信不信，我从未主动对大郎提起过紫棠伽楠，我也不知他是如何得知懿烁庄有售卖紫棠伽楠。再后来，就是大郎也去了摩逸国高价收购。"

是崔奉天……张九微耳边响起了伽罗的声音。她徒劳地看向身侧，伽罗那双亮闪闪的眸子却没有出现。

如果伽罗在这儿，他会说些什么呢？张九微下意识地自言自语道："大哥受崔奉天之托，高价采买紫棠伽楠，却被郑齐再次坏了生意。崔奉天这么执着地要买下紫棠伽楠，究竟为何？"

"我实在不知。我只知中州派的商船是崔掌柜安排的，那封大少主的书信也是中州派的人送来长安。大郎给我的信中，让我务必引你一行乘中州派的客船从洛阳南下扬州。我以为，大郎只是要以岛主病重的消息将九娘暂时调离长安，打乱懿烁庄和离岛的生意，又或是九娘许久不回流波岛，大郎要让大少主出面，夺回九娘手中的产业。我怎么也没想到……"愧疚的泪水淹没了郑安痛苦扭曲的脸孔。

怪不得在洛阳时，秦二爷提出送我们去钱塘，他会不停地劝阻。彻骨的凉意蔓延全身，张九微无法相信，跟随自己多年的郑安，竟会眼睁睁看着自己步入张夔的圈套。

郑安重重叩首在地："九娘，所有一切都是我亲手造成。若不是我将换乘云门坞漕船之事告知了中州派，你就不会遇袭，二公也不会重伤，白芷和伽罗就都还活着。郑安铸此大错，无颜再活在世上，只待确保九娘安全之后，郑安自会以死谢罪。"

张九微用手紧紧抠着床沿，强撑着几欲倾倒的身体，舱房内一时静谧得可怕，张九微的心潮却如翻滚的巨浪，惊天席卷而至。

过了良久，张九微终于一字一句地道："郑安，我无法代替伽罗、白芷和郭二公决定你的生死，但流波岛上，不会再有你的位置。待船到了安州，你就走吧。从今往后，你是生是死，都与流波岛再无干系。"

郑安猛地抬起头，跪着向前蹭出几步，哭着叫道："九娘，郑安可以走，但眼下郭二公生死未卜，中州派和那些胡人不知还会不会去而复返，我不能让你独自一人。求九娘让我暂时留下，至少……至少要等郭二公醒来。"

独自一人……是啊，郑安走后，我就是独自一人了。想到这儿，右手手心又钻心地抽痛，痛到浑身都打起了寒战，然而张九微还是狠心斩断了自己最后的不舍，昂着头道："郑安，你我主仆情分已尽，你走吧，我……不想再看到你。"

郑安眼底的光颓然熄灭，他呆呆地望着一脸决然的张九微，半响都没有动。最后，郑安向张九微叩首三下，道："九娘保重！"便起身走向舱门。

他的背影被残阳拉出长长的影子，在出舱门之后，一寸寸消失不见。

晨曦之中，张九微直勾勾地盯着头顶的床框，又是一夜未眠。每次阖上双眼，都会看到伽罗翻下船舷的那一幕，恐惧总是通过噩梦袭扰着张九微，让她不敢入睡。

借着让阿兰彻夜留在房中的烛火，张九微再次取下腕上的佛珠，捏起那颗挂着穗子的三孔，举在眼前。这些日子她常盯着佛珠看，早就发现整串佛珠上，只有这颗三孔珠并非是青檀做成，只因郭二公多年盘摸，每颗珠子表面都蒙了一层油脂，才掩盖住这颗三孔区别于青檀的微弱莹亮。

南山至相寺，那不是僧邕大师的归葬处吗？二公为何要在危急时刻，让我将大师舍利塔所在之地转告祖父？还有这串佛珠，我从小就见二公戴着它，为何漕船上会有贼人想抢夺这串佛珠？

苦苦思索，仍是无果，直到阿兰轻手轻脚地掀开床边层层纱幔，张九微用手挡住刺眼的光线，问道："阿兰，我二公他醒了吗？"

"回娘子，郭公还是老样子。喂得进药水羹汤，但总是说些胡话，不曾清醒过。"阿兰边说边从床上扶起张九微。

"喔，"张九微木然地点点头，"阿兰，我到安州多久了？"

"到今日正好半月。"阿兰手脚麻利地服侍张九微更衣梳头，从前白芷也是这样，只是张九微不喜早起，白芷总要变着法地哄她起床。想到白芷，张九微胸腔里针刺般地痛，她郁郁地坐在铜镜前，对着镜中之人失神。

"娘子生得可真好看，"阿兰在张九微的高髻上插上一支鎏金银钗，"就是如今脸色不太好，奴为你点些胭脂吧。"

张九微瞟了一眼镜中的自己，这张毫无血色的脸孔上，处处都透着哀戚，她不想再看，把铜镜放倒在妆匣边，对阿兰道："不必了。"阿兰应声退下，没过一会儿又和另外一名婢女端着放满碗箸杯盘的长案进入房中，道："娘子，用朝食吧。"

"阿兰，把这些都拿下去，我没胃口。"张九微坐着不动。

阿兰为难地道："娘子，自你住进都督府后，总共没用过几顿，吴王殿下昨日还问起娘子的饮食，要奴小心侍奉。"阿兰边说边将朝食分列归置在食案上，"娘子，都督府的厨房特意做了金乳酥和水晶龙凤糕，配上梨花蜜，娘子定然会喜欢。"

梨花蜜，在漕船上，伽罗也是用梨花蜜为我配酸枣茶。张九微望了望装有梨花蜜的瓷罐，挪动到食案边。她将梨花蜜满满地浇在水晶龙凤糕上，默默吞咽。口中梨花蜜的香甜，却阻不住心头凝成利刃的苦涩，就如同右手心中的刀伤，一而再地撕裂，总是难以愈合。

恍恍惚惚地用过朝食，张九微先去瞧了瞧病榻上的郭海。的确如阿兰所言，郭二公虽已退烧，能勉强灌进汤羹，但他仍旧在梦里不停念着"师父"，要么就是嘟囔起几个师兄弟的法名，樊医官对于郭二公何时能彻底醒来，毫无把握。

探望过郭二公之后，张九微独自一人来到安州都督府的别苑。安州虽远不如长安繁华，但都督府占地甚广，除了李恪的宅邸之外，佳木葱茏的别苑内，山水相衔，更于平坦宽豁处围出一方马球场和一方狩猎场。北面的狩猎场离主宅院最近，张九微行至狩猎场外围的茂林中时，李恪果然又在狩猎场中走马射箭。

只见他在疾驰的马上左右搭弓，长箭势如破竹，正中围猎场最南端的靶心。李恪如此往返数次，射出的箭一次比一次更快，全都稳稳中靶。可他似乎还不甘心，继续或侧身，或反仰，或半跪在马背上，拉开长弓，以更大的劲力将箭矢射出，直到把箭靶彻底射穿。每次射穿靶心之后，他都会将所有中靶的箭矢折断，抛于猎场。

都督府狩猎场中的吴王李恪，与从前在长安的沉稳自持大不一样。张九微初到安州时误入别苑，撞上他用马鞭抽打猎场上的野草，直到把一块草皮连根抽起，那怨愤就如同他今日射穿靶心再折断箭矢一般。

张九微说不清为什么，从那以后，她每日都会躲进茂林，看李恪在狩猎场演练。好像只有在这里，她才能暂时从痛楚和无望中抽身，看李恪每一次射穿靶心，都能带给她一丝莫名的痛快。

她羡慕李恪，至少他还可以在狩猎场中发狠泄愤，而自己只能将内心与日俱增的愤怒揉成团，生生压下。她恨要置自己于死地的张夔，恨用心歹毒的崔奉天，更恨背叛了自己的郑安。他们联手将白芷和伽罗从自己身边夺走，而她却还被困在大唐，不知如何应对。

箭矢又一次从厚重的箭靶中穿出，张九微忍不住叫了声好。

"谁？"李恪顿时警觉，搭弓一箭飞出，擦过林木的枝叶，正中张九微斜后几尺的树干。没等张九微作出反应，李恪已策马跃进茂林。

"张娘子，"李恪翻身下马，"你不在府中宅院内，跑到这儿来做什么？"

张九微慌忙见礼："殿下恕罪，九微枯坐房中，有些烦闷，出来透口气。"

李恪神色中有些不悦，但没发作，只是牵着马，示意张九微跟上。两人沉默着走了一阵，李恪突然道："张娘子，我已向药师公递了信，说明你遇袭的原委，估摸他不久之后就会遣人接你回长安。"

张九微停下脚步："我不回长安。"

"不回长安？"李恪回身蹙起眉头，"张娘子，你如今孤身一人，就算那老丈能逃得性命，你们病弱之躯，除了回长安，还能去哪里？"

"我……"张九微语塞，"总之我不回长安。"

李恪冷淡地道："张娘子，一味地逞强，非但帮不了你，还可能让你再度陷入险境。"

张九微心头火起，碍于李恪的身份，还是道："殿下，九微蒙你搭救，深感于怀，但之后的事，不劳殿下费心。"

李恪鼻中轻哼一声："张娘子，你是药师公亲眷，我只管将你周全地托付给他。至于之后你想如何，你自去同药师公商量，与我无关。"

他的话斩钉截铁，一点余地不留。"你——"张九微想不出反驳的话，愠怒地盯着李恪。

李恪侧着高傲的脸："你不用这样看我，我不是四弟、五弟，我不会纵着你争强好胜，伤己伤人。"

争强好胜，伤己伤人……张九微猛然间被李恪的话刺痛，她迈出两步，拦在李恪身前，怒道："我几时争强好胜了？"

"张娘子何必明知故问？"李恪的剑眉高高挑起，"这三年多，你处处大出风头，惹得四弟、五弟几次因你起了龃龉。听说五弟还曾为你当街与人争执。药师公为人谦虚谨慎，从不居功自傲，张娘子日日跟在药师公身边，连登高跌重的道理都不懂吗？我劝娘子还是收敛这争强好胜的心性，多学一学药师公的虚怀若谷。"

李恪说罢，就要绕开张九微继续前行，但张九微已然气极，心中积压多日的愤怒让她再次挡在李恪身前，口不择言地道："吴王殿下是要我学你吧。殿下心中明明不满圣人偏宠嫡子，却还要处处忍让，不敢在圣人及众臣面前抢去太子与魏王的光耀。我姑祖父的确虚怀若谷，可他那是壮志已酬，无须再争，而殿下不争，却并非是胸襟宽广，殿下……殿下只是不敢争罢了。"

李恪冷峻的眼底登时阴沉，他上前扯住张九微的右手，鼻息粗重地喷在张九微脸上："你说什么？"

"难道不是吗？"张九微毫无惧意，"殿下在长安众人面前，进退得体，但在这都督府的猎场中，却为何要对着野草愤懑挥鞭？又为何非要将靶心全部射穿？殿下这样做，是因你不甘心只做太子和魏王的陪衬。我争强好胜又怎样？至少我顺应自己的本心，殿下呢？殿下心中的不平之气，可曾因那些隐忍、那些谨慎，消减过半分？"

李恪深邃的瞳孔里惊云狂卷，他身上迸发出威势，高大的身形宛如大山般压下来，攥着张九微手腕的手恨不能捏碎她的骨头。张九微这才感到可怖，她不敢再说话，但双眸依然不肯示弱地回看着李恪。右手手心的伤口很快再度灼痛，被李恪捏到变形的手中，殷红缓缓流下。

血的温热让李恪略略恢复些理智，他骤然间甩开张九微，径自翻身上马，疾驰而去。

从别苑回到房中后，阿兰一见张九微滴血的右手，忙迎上来道："娘子，你的伤口又裂开了？奴这就去找樊医官。"

"不许去！"张九微大叫道，同时抄起食案上的一只杯盏，重重朝地上砸去。

阿兰惊呆，连连摆手道："娘子，娘子莫要动怒，奴不去就是。"

张九微却彻底发了疯，她胡乱抓起食案上的茶盏、长杯、执壶，甚至是床边的香炉，一件件狠狠地摔在地上，一时间，厢房中的碎裂声此起彼伏。阿兰吓得手足无措，既不敢上前相劝，也不敢退下，只不断小声嗫嚅着"娘子，当心"。

直到砸完房中最后一件可以砸碎的物件，张九微终于瘫坐在满室狼藉之中，捧着右手上再次撕裂的伤口，呜呜地哭了起来。

李恪的话让她第一次意识到，充塞于胸的满腔怨懑并非只是对雇凶杀人的张夔或是出卖自己的郑安，她内心深处最愤恨与最责难的人，正是自己。

我为何一定要与大哥一争高下？为何要与祖父断绝联系？如果我不是那么执拗，早一些回到流波岛过年，那大哥与大伯父就无法寻到机会对我下手。如果我可以听从老掌柜与伽罗的建议，不将紫棠伽楠全部收下，那大哥与崔奉天或许就不会雇凶袭击漕船……李恪说得对，我争强好胜，伤己伤人。白芷与伽罗自幼就跟着我，无论我说什么刻薄的话，他们都不放在心上。每次在大伯父、二伯父那里受了委屈，他们都会维护我。可如今……如今却是我害了他们。

无尽的自责与悲恸欺肝入脾，张九微埋头在自己膝间，任由伤口的血与眼中的泪在手掌中绝望地交汇。

"殿下！"阿兰的声音传来。

张九微抬起头，身穿靛青色襕袍的李恪出现在房中。他打量着满地的碎片，神色中透着些局促。张九微没有起身见礼，只是扭过头，用衣袖迅速拭去满脸泪痕。

"阿兰，"李恪吩咐道，"叫人把这里清理一下，再去取些热水和布帛。"

"喏。"阿兰应声而出。

李恪径直走向张九微，挪了一张坐床在她身畔坐下，然后把手中端着的小巧瓷瓶放在触手可及的几案上。他默默坐了半晌，张九微一直侧着身子，不愿李恪看到自己狼狈的模样。直到阿兰和其他婢女将热水与布帛取来，李恪才道："把手给我。"

张九微一动不动，两人僵持了一会儿，李恪突然抓过张九微右手。这一抓牵动了伤口，张九微不自觉地发出嘶的一声，人也跟着转过来。

李恪将她还在渗血的手掌摊开，阿兰见状，忙道："殿下，还是奴来吧。"

"不用，"李恪目不斜视，"你们收拾完，就先退下吧。"

张九微就势要抽回，李恪却将她右手压在案上："别动。"

他用干净的布帛沾了热水，仔细擦去张九微掌中的血迹。待血渍尽褪，张九微右手腕上的青红指印愈加明显。李恪瞥了一眼那些瘀青，眼神闪动，继而掀开案上的小瓷瓶，用手指挑出瓷瓶中的药膏，一点点轻柔地抹在张九微的伤口上。

在用布帛包扎时，李恪低声道："伤口勿碰水，有什么事，就找阿兰。樊医官说你的伤口已经撕裂三次，若再不小心，只怕要生脓疮。"李恪打好布帛的结，这才松了手，张九微收回右手抱在胸前，不知该说些什么。片刻之后，李恪又道："你若是暂时不想回长安，就写封信给药师公，我差人送去驿站。"

张九微迟疑地望向李恪，见他颜色认真，便微微颔首道："好。"

房中重又恢复了安静，李恪默默地盖上瓷瓶的盖子，正欲起身，阿兰忽然间冲进屋内，叫道："殿下，张娘子，郭老丈他……他醒了。"

张九微立刻跳起，不等李恪先出门，飞速地朝着郭海的厢房奔去。待踏入郭海的房间，樊医官满脸欣喜地迎上来，道："娘子，老丈醒过来了。"

张九微悬着的心总算落在实处。她顾不上与樊医官寒暄，绕过他，直接跪倒在郭海床前。只听随后而来的李恪说了句"都退下

·240·

吧",房中诸人有序退出,只留下张九微和郭海。

郭海的眸中带着大梦初醒的憎然,好半天,才认出早已泪如雨下的张九微,喃喃地道:"九娘……"

"二公,"张九微扑在郭海胸前,"二公,你总算醒过来了。"

郭海轻拍着张九微的头,虚弱地道:"让九娘费心了。"

张九微连连摇头,哭得上气不接下气:"只要……只要二公能好起来……"郭海的声音让张九微想起了祖父,她更加不愿撒手地搂着郭海的脖颈,哭个不停。良久,张九微终于收住眼泪,关切地问道:"二公,你感觉怎么样?你的伤口还疼吗?"

郭海微微一笑:"九娘放心,老奴命大,逃过这一劫,定然无碍。"可紧接着,他习惯性地摸了摸自己的手腕,神色忽然大变,激动地拉住张九微,问道:"九娘,老奴的佛珠呢?你可有见过?"

"在这儿。"张九微连忙从左手腕上褪下佛珠,交给郭海。

郭海将佛珠贴在胸口,长舒一口气。

张九微揉了揉红肿的双眼,问道:"二公,这串青檀佛珠很贵重吗?为何你在漕船上,一定要我好好保管,带给祖父?"

郭海长叹一声,捏起佛珠上串起穗子的那颗三孔珠,对张九微道:"九娘,你可知这是何物?"

张九微再次打量起那颗青绿莹亮、比其他青檀珠子略大一圈的三孔珠,摇了摇头。

"这是青泥珠。此物可化沼泽淤泥成清水,一直被西域胡商传为至宝。"

张九微恍然道:"怪不得袭击我们的胡人一门心思要抢二公的佛珠!"

"恐怕……"郭海顿了顿,接着沉沉地道,"恐怕他们想要的不只是这青泥珠,还有青泥珠能够开启的前朝遗藏。"

(第一部完)